講談社文庫

# 星に仄めかされて

多和田葉子



講談社

# 目次

# 星に灰めかされて

# 登場人物

＊Ｈｉｒｕｋｏ
中国大陸とポリネシアの間に浮かぶ列島から留学してきた女性。帰国直前に母国が消えてしまい、北欧を転々としながら暮らしている。その過程で、スカンジナビアの人ならだいたい意味が理解できる手作り言語「パンスカ」を発明した。自分と同じ母語を話す人間を探している。

＊クヌート
デンマークに住む言語学者の卵。Ｈｉｒｕｋｏと彼女の話す人工語「パンスカ」に惹かれ、彼女の失われた母国の同郷人を探す旅に同行する。

＊アカッシュ
ドイツに留学中のインド人男性。女性として生きようと決めてから、外出するときは赤色系統のサリーを着るようにしている。トリアーでＨｉｒｕｋｏとクヌートに出会う。

＊ナヌーク

グリーンランド出身のエスキモー。ニールセン夫人の援助を受けデンマークに留学するものの、語学学校の授業が退屈になり長期休みを利用して旅に出る。見た目から日本人と勘違いされることが多く、ついには語学の才能と器用さを生かし、鮨職人を演じられるまでになった。旅の途中、トリアーで一文無しになりノラに助けてもらうが、彼女のもとからも逃げ出してしまう。

＊ノラ

トリアーの博物館に勤めるドイツ人。日本人を騙ったナヌークのために、ダシとウマミに関するイベント「ウマミ・フェスティバル」を企画。やってきたＨｉｒｕｋｏ、クヌート、アカッシュと交流を結ぶ。

＊ニールセン夫人

クヌートの母親。外国人留学生への慈善事業の一環として、ナヌークの学費と生活費を出している。

＊Ｓｕｓａｎｏｏ

福井で生まれた日本人。ある時から歳を取らなくなった。造船を学ぼうとドイツに留学したものの、紆余曲折あっていまはフランスで鮨職人として働く。

グリーンランド
アイスランド
ノルウェー
フィンランド
スウェーデン
オスロー
コペンハーゲン
デンマーク
ロシア
オーデンセ
ハンブルク
アイルランド
イギリス
ドイツ
ポーランド
ケルン
コーブレンツ
ウクライナ
トリアー
オーストリア
フランス
アルル
イタリア
ポルトガル
スペイン
トルコ
ギリシャ
チュニジア
モロッコ
アルジェリア
リビア
エジプト
0
1000km

## 読書のためのガイド

### 第一部『地球にちりばめられて』

留学中に母国を失くしたHirukoは、テレビ番組に出演したことをきっかけに知り合った青年クヌートと、同郷人を探す旅に出る。最初の手がかりは、トリアーで開催予定の「ウマミ・フェスティバル」。そこで二人は、インド人のアカッシュと、ドイツ人のノラという友人を得る。ノラから、日本人を自称する青年ナヌークの話を聞いたHirukoたちは、彼が向かったというオスローへ。ナヌークから、自分は日本人を騙るエスキモーだが、Susanooという日本人がいて、どうやらアルルで鮨職人をしているらしいと聞く。情報をもとに、それぞれにアルルへと向かう一行。Susanooには出会えたものの、彼は言葉を発さない。失語症に陥っているのではと考えたクヌートは、それについて研究している先輩を訪ねようと提案する。

# 第一章　ムンンは語る

雨は立派だな。文句も言わずに、人間たちの足跡をぴちゃぴちゃ洗い流してくれる。汚れは細い茶色い帯になって、横に逸《そ》れて、見えなくなる。道の脇に多分、地下道に続く秘密の入り口があるんだろう。そうやって道を洗って、洗って、洗い続けているうち雨は疲れてくる。息が切れて、ぴち、ゃ、ぴち、ゃ、と間隔があき始める。本当に疲れるね、人間たちの足跡を洗う仕事は。

あれ、白い傘をさして向こうから歩いてくる女性、知っている顔だ。白衣を着ていないから別人みたいに見えるけれど、いつか「猫の舌」というお菓子を一箱くれた看護婦さんだ。他の人よりも出勤が遅いのは、娘を遠くの学校に車で送ってから来るからだって話していた。ハイヒールの音がかっかっかっかっと迫ってきて、彼女の膝《ひざ》とおいらの目が同じ高さになった。と思った瞬間、足はプッと右に曲がって視界から消えた。

ここは半地下。外からはおいらの姿は見えないようだ。

ヴィタとおいらは、半地下でお皿を洗っている。中から勢いよくお湯が吹き出してくる銀色のメタルホースをいつも「蛇」って呼んでいるんだ。吹き出すお湯を皿に当てると、汚れを叩き落としてくれる。お皿が白さをとりもどしたら、仕切りが並ぶプラスチックの箱の中に立てて入れる。空いている場所がなくなったら、箱の尻をホイと押してやると、電車みたいにレールの上を走り出し、トンネルの中に入って行く。トンネルの中では、親指くらいのサイズの透明人間たちがお皿をブラシでゴシュゴシュこすって、小さな汚れを落としているに違いない。向こう側の出口から出てくる時には、どのお皿もツラツラと白く光って、しかも汚れていた時よりもまるくなっている気がする。

時々、お皿についた汚れの模様が気になって手がとまってしまうことがある。昼食はどんなメニューだったのかな。渦巻き模様をお皿に残していく人が必ず一人はいる。残っているマヨネーズやソースを最後にパンで追いまわすとこうなる。同じことを何度も考えているうちに、頭の中が渦巻き模様になってしまうのかもしれない。堂々巡りだ。女性のおっぱいとお尻の曲線をマヨネーズやソースでお皿に描く人も必ず一人はいる。誰かのことを考えながら食事したんだな。あまり好きになれないのは、楕円《だえん》を描いてから、上から斜線を何本も引いて楕円を否定する人だ。大きなシミを一つだけ残していく人もいる。蕁麻疹《じんましん》みたいな斑点《はんてん》をお皿全体に残していく人は、食後ヒョウに変身してしまったかもしれない。お皿はぺちゃんこになった人間の魂だ。

作業しているとメガネがずれ落ちてくる。肩を顎《あご》に近づけて、腕の付け根でメガネを押し上げる。濡れたゴム手袋でレンズを触りたくないから。皿に汚れで書かれた運命を夢中で読んでいると、ヴィタの視線を感じた。顔をあげてみたら、やっぱりこっちを見ている。前歯が欠けている部分の細長い闇が可愛い。

「あたしたち、読めラないでしょう。」
「おいらラ、読めラるよ。」
「ムンンは新聞ラ、読めラるの？」

「おいらは皿ラ、読めラる。皿ラも新聞ララだ。それからラ、月ならラ、読めラる。月ラも新聞ラだ。」

「月はまだ出ラれてない。」

「夜が来たらラ、月は出らラれる。」

「どこからラ出らラれる？」

「わからララない。おいららラも遠くから来たララ。」

「星ラは？」

「星ラはこちららラに来ララない。あちららラにいららラして、そのまま語らラる。」

ヴィタと話す時には、自分たちで作った特別な言語を話す。普通に話していたのでは舌が邪魔になって、すぐ次の音に移ることが難しい。それで、どもったり、つかえたりする。子供の頃に一度、「お前は蛇だ。舌が長い」と言われたことがある。本当に蛇だったらすごいよな。ヴィタも自分は舌が長いんだと言っていた。だから、舌が余ってしまう部分にラリラリを補足してみたら喋《しゃべ》りやすくなった。別に厳しい規則があるわけじゃない。喋りやすいように適当にラリラリを入れればいいんだ。

おいらは自分がどこから来たのか知らない。生みの親を知らない。ものすごく遠くで生まれたのかもしれない。別の星で生まれて、地球に落っこちてきたのかもしれない。気がついたらコペンハーゲンの近くで教師をやっている夫婦の一人息子になっていた。生みの親、海の親、山の親、里の親、里親、義理の親、偽の親。親にはたくさんの種類があるんだと教えてくれた。「ムンン」はおいらの里親がつけてくれた呼び名だ。学校を出てからは、住み込みでこの大病院で働いている。ヴィタも同時に雇われた。ヴィタは妹じゃないのに鏡の前に並んで立つとおいらと顔が似ている。

お皿を入れた箱が吸い込まれていく機械の四角い口。すぐ横に名前が刻まれたプレートが固定してある。機械を作った会社の名前かな。汚れを集めて洗い流す会社の名前。おいらはアルファベットをゆっくり眺めるのが好きだ。Rはお腹がぷっくり膨《ふく》れていて、片足を斜め前に出している自信家だ。iはなんだか子供みたいだな。小さな頭が首から離れて宙に浮いているのが心配だけれど。食べすぎて太ってきたg。お腹が痛くて体を丸めているe。病気じゃないといいな。tはお墓の十字架だ。

昼のお皿を洗い終わってホッとした頃に、ヴィタとおいらの夕食が運ばれて来る。今日は、表面がパリッとして、かぶりつくと熱い肉汁が口の中に溢《あふ》れる焼きたてのフリカデラ。キュウリは薄く切ってあって、酸っぱくて、水っぽい。ジャガイモはマヨネーズをたっぷり身にまとっている。魂の痕跡が残らないようにお皿をきれいに舐《な》める。

おいらとヴィタは健康だから、患者たちと違って、美味《おい》しい食事を食べることができるのだ、と「相談人」が教えてくれたことがある。患者たちは、脂肪分、糖分、塩分を摂《と》りすぎてはいけないので、退屈な味の食事しか与えられない。気の毒だなあ、砂糖も塩もバターも控えめなんて。でも、どうやらマヨネーズは許されているようだ。お皿を洗いながら、今日の患者たちの食事は何だったのかなあ、といつも考える。

おいらとヴィタには「相談人」が付いている。「相談人」は毎月ここに訪ねてきて、誰かに身体を触られなかったか、写真を撮られなかったか、不快な冗談を言われなかったか、仕事を押しつけられなかったか、などいろいろな質問をしていく。いつだったかヴィタが「患者のメニューは私たちのメニューと違うんですか」と尋ねたことがあった。多分思いつきで訊いただけなのに、相談人は慌てふためき、電話ですぐに食事管理部とやらに問い合わせてくれた。

ゆっくりものを考えている暇もない毎日だ。おいらとヴィタが朝食を食べ終わってしばらくすると、もう一部早食いの患者たちは朝食を終えて、最初の汚れた皿がリフトで半地下に運ばれて来る。それを洗い終わって自分たちの昼食を食べ、うとうとしていると、いつの間にかもう患者たちの汚した昼食の皿が到着し始める。

夕方は作業がはかどらない。腕がだるいのだ。天井からぶら下がっている銀の蛇の首をつかんでうまくお湯が皿の汚れに当たるようにするのだが、夕方の蛇はくねくね勝手な動きをするので扱いにくい。今日の患者たちの夕食には、茶色いソースをかけた料理が出たようだ。油っぽい茶色で書かれたメッセージは、マヨネーズの淡い黄色よりもはっきりしている。メッセージが目に飛び込んで来た時、おいらは驚いて皿を落としてしまった。床に叩きつけられ、粉々になって、白が飛び散る。ヴィタがおいらの腕に手をかけて訊いた。

「何が起こったラ？」

「皿ラ読めたラ。」

「何って書いてあったラ？」

「今日、おいらラの兄さんが来るル。」

「兄さん？　あなたに兄さんがいるルの？」

「どうやら、いるルらラしい。今日、来るルんだ。」

「今日？　どうして分かるル？」

「皿ラを見て。」

「皿ラに書いてあるルの？」

「書いてあるル。アルルから来るル。」

「アルル？　それ、どこ？」

「ふラランす。お皿をあらラっても、あらラっても、消えないのは過去。アルルはアルル。いつまでもアルル。」

喋っているうちにますます興奮してきた。頰の上の方がヒクヒクひきつる。ヴィタはおいらが笑っているんだと思って、つられて笑い始めた。おいらは全く愉快ではないのにヒクヒクし続けた。嬉しくて、怖くて、何かが確実に起ころうとしているのだけれど、どうすればいいのかわからなくなって叫んだ。「あ、あ、あ、あ、外は雨だ。でも、でも。」

お皿を洗っているうちに、興奮が収まって楽になった。洗い終えて、窓の外をぼんやり見ていた。もう暗くなりかけていた。もうすぐ何も見えなくなる。あれ、黒い人の形が近づいてくる。若い男だ。ずいぶん遅い来院だな。傘を肩に担《かつ》ぐみたいにして斜めにさしている。髪の毛が真っ黒に光って見えるのは濡れているせいかな。それとも夜を頭に乗せて来たのかな。足をほとんど地面から上げない歩き方だ。

しばらくすると、エレベーターの扉が開いて、その男が半地下に現れた。どうしてヴィタとおいらのところに来たのかな。ここは食器を洗う場所だよ。病気を治す部屋じゃない。ボタンを押し間違えたのかな。患者は上の階に行くものと決まっている。地上より低いところには、皿を洗うこの部屋と、書類をしまってある倉庫しかないよ。

地下には死体をしまってある部屋もあるんだとヴィタが言い出したことがあった。鉄の箪笥《たんす》がずらっと並んでいて、引き出しを開けると顔をこちらに向けて死体が仰向けに入っているそうだ。廊下にはしゃれこうべが落ちている。ヴィタは夢を見たんだろう。でなければ、映画の中と外がごちゃごちゃになっているんだ。

その男はおいらの顔をジロジロ見ているうちに、だんだん友達顔になってきて何か言った。名前を呼んだみたいだった。おいらの名前は「ムンン」なのに、そうは聞こえなかった。別の名前だ。人違いかな。

「ドクターは上の階です。上の、上の、随分と上の方です」

と教えてあげたのに、全く理解できないようだ。どうやら「普通の言語」が理解できない外国人らしい。仕方がないので地上階のボタンを押してやった。

「受付で訊いてください。どの階があなたのお医者さんか、教えてくれます。」

緑のランプが最上階でずっと止まっていて、エレベーターはなかなか来なかった。

「君、名前はなんですか」

と「普通の言語」で訊いてもその人がぽかんとしているんで、おいらは自分の胸を手の平でパンと叩いて、「ムンン」と言ってみた。すると相手は指で自分自身の鼻先を指さして、「Ｓｕｓａｎｏｏ」と言った。それがこの男の名前なのかな。でもどうして鼻先を指差したんだろう。

やっとエレベーターが来てドアが開いたのに、Ｓｕｓａｎｏｏが乗るのをためらっているので、背中を軽く押してやった。Ｓｕｓａｎｏｏはロボットみたいに膝をガクガクさせてエレベーターに乗り込んだ。扉が閉まった瞬間、ヴィタがトイレから戻って来た。

「彼が来たラ、来たラ。」

「兄さんが来らラれた？」

「違う。Ｓｕｓａｎｏｏっていう名前らラしい。」

ヴィタはキュラキュラ笑い始めた。そんなにおかしな名前かなあ。

「すっさ、すっさ、NO、NO、NO！」

とヴィタが節《ふし》をつけて歌い出した。おいらもその節に乗っかって、歌ってみた。

「すっさ、すっさ、NO、NO、NO！」

頭が左右にメトロノームだ。ヴィタの腰がホイホイ揺れている。おいらも骨盤を揺らしながら、ヴィタに近づいていった。二人で向かい合って、ずんずん踊った。


どのくらい踊っただろう。ヴィタは急に動きを止めると、ハアハア息を吐きながら居間に引っ込んでしまった。おいらはその後を追った。ヴィタがソファーに身体を投げ出したんで、おいらもすぐ隣に身体を投げて、ヴィタを両腕で抱きしめた。ヴィタはおいらの腕を振りほどいて立ち上がり、怒ったように頬を膨らましてテレビをつけた。いたずらっ子のような笑いを浮かべた男が画面に大写しになっている。頭は良さそうだが何か子供じみたことを企んでいる顔だ。ヴィタは立ったまま、その顔をじっと見ている。誰だ、テレビの中にいるこの男は。もう子供ではないのに、いたずらっ子みたいに光る目を細めて、かすれた高い声でブランコをゆするみたいに話している。話が途切れると番組の司会者が、

「ところで、あの映画を撮った頃の時代背景はどんな風だったんですか」

と質問した。難しい言葉が急に機関銃みたいに連発された。男の顔が画面から消えて、代わりに寂しく湿った暗い場所が現れた。石の壁に囲まれた路地。一度雨が降ったら、石畳の壊れた窪みに溜まった水がずっと乾かないような場所だ。カメラがスタジオに戻ると司会者が、

「あなたにとって、ヨーロッパはこんなに暗い場所だったんですか」

と尋ねた。ゲストは質問に答え始めたけれど、言葉がおいらの頭に入ってこようとしない。

「つまらラない番組ね」

とヴィタが楽しそうに言って、テレビのすぐ前に正座した。つまらないと言ったくせに、鼻を画面にくっつけるようにして熱心に観ている。

「チャンネルルを変えるルてはいけない。お化けが出る。」

「チャンネルルを変えるルか。」

おいらはアハアハと笑った。チャンネルを変えたら、お化けが出るのか。それもいいじゃないか。出ろ、出ろ、おばけ、おばばけ、おばばばけ。お化けの方が番組より面白いぞ。ヴィタはつまらないと言ったくせに画面に顔を近づけて、瞬きもしないで見ている。きっとこの男が気に入っているんだ。

「もう寝ようよ。」

「あたしはまだまだテレビを見るル。好きな人が出ているルからラ。へへへ。」

「だれレ？」

「ラフルスフォントリリア。映画作る人。」

「へえ、つまんない仕事だね。」

「あたしたち、みんな映画の中に住んでいるルんだよ。」

「どういうこと？」

「さあね。」

ヴィタは自分で言ったことの意味が分からないことがある。実はおいらもそういうことがある。別に嘘《うそ》を言ったわけじゃない。言葉が自然と口から出てきてしまうんだ。

朝は苦手だ。目覚まし時計がフライパンの中のおいらをジリジリ焼いているけれど、暖かく身体を包んでくれている毛布の外に出る気はしない。耳を塞《ふさ》いでそのままじっとしている。目覚まし時計の音が止まった。ああ、よかった、もう一寝入りしよう、と思って寝返りを打つと、毛布の幕がバッとあいて、スポットライトが当たる。

眩《まぶ》しい。ヴィタが太陽みたいに真上からおいらを見下ろしている。

「起きなさい。」

仰向けに寝ていたおいらは、ゴロンとうつ伏せになって、お尻を高くあげて腕で支え、そのままゆっくり頭を持ち上げた。これが一番楽な起き方だよ。仰向けになったまま起きようとしても、お腹が邪魔になって起きられない。

今日も雨だといいな。眠い時に太陽がギラギラ照っているのは酷《こく》だ。おいらは雨が好きなんだ。ヴィタは太陽が好きで、外が明るい日には顔を輝かせている。女性にはそういう傾向があるのかもしれない。おいらには実は太陽みたいな姉さんがいて、彼女は太陽系という名前の会社の社長で、いつも明るく輝いていて、疲れることも陰ることもない。そんな作り話をして子供の頃、友達を驚かせたことがあったっけ。「太陽姉さん、太陽姉さん」と歌い始めたらなぜか次に「月兄さん」という言葉が出た。

その日の朝食のお皿にはどれもヌテラがべったりついていた。どうしてみんなヌテラをパンに塗らないで皿に塗るのかなあ。ぬってりしていて、落とすのが大変だよ。落とし終わってため息をついて、居間のソファーに身を任せた途端、ドクター・ベルマーが半地下に現れた。おいらが唯一名前を知っている医者だ。病院にはたくさんの医者が働いているけれど、他の医者たちは白衣に包まれた匿名さんばかり。おいらに話しかけたりはしないし、こちらからも話しかけない。

ところがベルマーだけは半年くらい前に突然半地下に降りて来た。

「仕事を手伝ってくれ。来週、言語研究の実験台になってくれ」

知らない医者ではあったけれどおいらは仕事を頼まれたのが嬉《うれ》しくて頷いた。次の日に相談人が来たので、

「おいらは実験用のネズミになるんです」

と話したら、相談人は慌てて弁護士を連れてきて、おいらが自由意志で実験に参加するのかどうかを何度も言葉を変えて確認した。なぜ「実験用のネズミ」という言葉を使ってはいけないのかということも丁寧に教えてくれたけれど、あまりにも長い説明だったんでもう思い出せない。

「君が変な風に言いふらすから、こちらは散々絞られたぞ」

とベルマーに後で文句を言われたが、同時にバターのたっぷり入ったスコットランドのクッキーをもらった。もちろん賄賂《わいろ》をもらって意見を変えるつもりはない。その辺は、相談人にしつこく言われている。「プレゼントをもらったからといって、相手のために嘘を言ってはいけない、そういうのは賄賂と言って、もらった方も刑事責任

を取られるんだ」って言っていた。それ以来、政治家が土木建設会社から賄賂をもらったというニュースをテレビで観る度に、ああ、あれだな、と思う。政治家は一箱ではなくて十箱くらいクッキーをもらったんじゃないかな。ちょっと羨ましい。

　それ以来ベルマーは時々半地下に降りてきて、おいらに手伝いを頼んだりする。今日もそうだ。

「君の精神は退屈しているだろう。退屈まぎれにショーペンハウエルでも読んでいるのかい。ははは。邪魔してすまなかったな。でももし読書中じゃないなら、仕事を手伝ってくれるか」

　と言ってニヤニヤしている。おいらは頷いて立ち上がった。ショーペンハウエルというのはよほど面白いのだろうけれど、病院の廊下ほど面白くはないだろう。白いタイツが大股で歩いて行く。看護婦たちだ。顔を隠す大きなマスク。青いゴミ袋みたいな服。手術を終えたばかりなのかもしれない。眉間《みけん》に青い血管が浮き立っている医者。たくさんの管に繋《つな》がれた人間を乗せて移動する車輪のついたベッド。ポケットがガバガバになった白衣を着た暇そうな医者。ブルーの縦縞模様の寝間着を着た患者。極端に暇そうな人たちと極端に忙しそうな人たちが同じ廊下を使っている。

おいらはベルマーの背中を見失わないように気をつけながら先を急いだが、脇見をしないで歩くのは無理だった。一番面白かったのは、車椅子に乗って白髪をおかっぱに切った女性だ。廊下の真ん中に止まって、天井をじっと睨《にら》みつけている。つられて天井を見ると、小さな鞠《まり》が天井の裂け目に挟まっている。入院中の子供が投げたのかな。

そのうちベルマーがある部屋のドアを開けて中に入ったので後に続いた。以前来たことのある部屋だ。ベルマーがロッカーを開けると、一番下の段に大きな木の箱が入っていた。

「箱を引き出して、中の物をテーブルに並べなさい。君も知っているとおり、私は腰痛のせいで、しゃがむことはもちろんのこと、かがむことさえできないのだ。」

ベルマーはまた、あの不思議な遊びをするつもりらしい。おもちゃを患者に見せて、「これは何ですか」と質問する遊びだ。声を出してしまったら患者の負け。黙り続けていられたら患者の勝ち。変なゲームだ。

柔らかくて可愛い熊、ベタベタするゴムの蛇、ガラス玉の目が光っている毛の生えた硬いウサギ、葉っぱ、石ころ、ナイフ、釘《くぎ》、消しゴム。まだまだある。箱の中に手を突っ込んで、手にぶつかった順に取り出して、机に並べていく。

「ムンン、お前は身体が柔らかいな。多分精神も柔らかいんだろう。しかし、柔らかいことは必ずしも長所ではないぞ。王国病院のような大きな組織を引っ張っていくには硬い精神が必要だ。」

ベルマーの話す言葉はちょっとだけ変だ。でも意味が分からないというほど変じゃない。例えばテレビに時々登場するカウボーイは、みんなに意味が分かるようにちゃんと喋ることができない。だから画面の下に透明人間が隠れていて、セリフをどんどん普通の言葉に翻訳して字にしていく。そのスピードは信じられないくらい速くて、アルファベットを眺めている余裕も与えてくれない。ベルマーの言葉は、そういうカウボーイの言葉ほど理解不可能ではないけれど、「普通の言葉」ほどは消化がよくない。ちょっとずれていたり、抜けていたり、ボケていたりする。いつだったか相談人が訪ねてきた時、なんでも質問していいと言うので、

「ドクター・ベルマーの言葉は、どうして普通の言葉と違うんですか」

と訊いてみた。相談人はそれがおいらとヴィタが差別されたという話ではないので安心したのか表情を緩め、

「あなたが普通の言葉と呼ぶのはデンマーク語です。ドクター・ベルマーはスウェーデン人ですから、おそらくスウェーデン語を話されているのでしょう」

と答えた。

おいらがおもちゃを机の上に並べ終わった頃、背の高い看護婦が患者を連れて部屋に入って来た。なんだ、昨日、半地下に迷い込んで来たあの男じゃないか。昨夜は病院に泊まったのかな。入院したとしたら重病なのかもしれない。Susanooという名前だったっけ。おいらの姿を見ると男はベルマーを無視して、そそそとこちらに近づいてきて手をぎゅっと握り、またあの言葉を口にした。それはおいらの名前「ムンン」じゃなかった。「つっこみ」と聞こえた。おいらは、「Susanoo」と呼びかけてみた。Susanooは嬉しそうにおいらの顔を眺めていて、ベルマーがそこにいることなど忘れてしまったみたいだった。ベルマーはどしどしと足音をたてて前に出て、眉をひそめて咳払いし、

「私がドクター・ベルマーです。どうぞ、お座りください」

と言った。Susanooはベルマーを見て一瞬目を大きく見開いたが、すぐに目をそらして椅子に座った。さっきの看護婦が、ファイルを抱えて部屋に戻ってきた。ベルマーは気取った声で言った。

「これから実験を始めます。目を閉じてください。」

Ｓｕｓａｎｏｏのまつ毛はみっしり生えていて、色が真っ黒だ。

「右の耳を引っ張ってください。」

Ｓｕｓａｎｏｏはなぜか右手ではなく左手で右の耳を引っ張った。おいらなら右耳は右手で引っ張るけどな。

「両膝をあげてください。」

ここまで来てやっと、おいらは重要なことに気がついた。ベルマーはいつも喋っている言葉を喋っていない。それは普通の言葉ではないし、もちろんカウボーイの言葉でもない。それなのにおいらには意味が隅々までよく理解できる。初めて聞くのに懐かしい言葉。一体どうなっているんだろう。

Ｓｕｓａｎｏｏは言われた通りに両膝を持ち上げて、また下ろした。Ｓｕｓａｎｏｏはベルマーと違って、お腹の筋肉がしまっている。立ったまま様子を見守っていた看護婦が、

「患者さんはフランス人ですか」

とベルマーに尋ねた。

「フランス人ではない。しかしフランス語ができる。私ももちろんフランス語くらいはできる」

とベルマーが得意そうに答えた。つまり、おいらもフランス語ができるんだな。そんなこと、これまで考えてみたこともなかった。

ベルマーはしばらく書類に何か書き入れていたが、次に普通なら最初にするべき質問をした。

「名前は？」

Susanooは答えない。昨日おいらには答えてくれたのにな。おいらには、言葉が通じないのにちゃんと答えてくれた。Susanooが黙っているんで、おいらが代わりに答えてあげた。

「Susanooです。」

「君には訊いてない。黙っていなさい。」

ベルマーは怒った顔でおいらを睨んでから、次の質問に移った。

「どこから来たんですか？」

誰でも容易に答えられる種類の質問じゃない。もしおいらがそう訊かれたら、答えは空白だ。星から来ました、と答えてしまうかもしれない。

「お仕事は何ですか。」

毎回、答えの代わりに沈黙が訪れる。ベルマーはその沈黙を丹念に書類に書き込んでいく。その時、おいらはくしゃみをしてしまった。動物の毛が鼻に入ったのかもしれない。ベルマーが振り返った。

「もう道具は並べ終わったから自分の部屋に戻っていいよ。」

「フランス語。」

「それがどうした。」

「意味がわかるんです、全部。どうしてでしょう。」

「ふん。君はフランス語が分かるのか。」

「はい。」

「ひょっとしたら、君の親はフランス人だったのかもしれないな。」

「親?」

「君にだってお母さんとお父さんはいただろう。いなければ生まれているはずがない。そのお母さんとお父さんはフランス人だったが、君をデンマークに養子にやったということはありうるだろう。国際養子だ。おやじさんの名前はジャン・ジャック・ルソーかもしれないぞ。ははは。」

親がフランス人？　でもフランスについて思い出せることなんか何もない。ジャン・ジャック・ルソーって誰だ。ジャンと言えば、そんな名前の熊がいた。熊じゃなくて、熊みたいな人間、人間みたいな熊。子供の頃、病院で変なテストを受けたことを急に思い出した。おもちゃを見せられて、「これは何か分かるかな？」と優しい声で訊かれた。あまり優しいんで怖かった。ベルマーが今やっているのと同じテストだ。思い出してきたぞ。熊のぬいぐるみを手渡された。手足の柔らかい熊だった。胸に抱きしめて、「Jean de l'Ours」って答えた。あれはフランスだったのか。

Ｓｕｓａｎｏｏは黙ったままベルマーが白衣の胸にいつも付けている変なバッジをじっと睨んでいた。実はおいらもあのバッジは気になっていたんだ。コンパスと定規がバッテンに重なり合った真ん中に大文字のGが胎児《たいじ》みたいに収まっている。触ってみたいけれど、ドクターの胸についているバッジを触ることなんかとてもできない。Ｓｕｓａｎｏｏは不意に立ち上がって、ふらふらっと二歩、ベルマーに歩み寄った。それから恐れげなくバッジを指でつまんで、スイッチみたいに右に回した。ベルマーは眉を釣り上げ、それでも両手は両脇にだらりと垂らしたままで、

「ちょっと、何をしているんですか」

と弱々しく抗議したが、Ｓｕｓａｎｏｏは平然としていた。まるでベルマーがロボ

ットで、つまみを回せばロボットを操作できると思っているみたいだった。カチッと音がしてベルマーが震えた。Ｓｕｓａｎｏｏは「パルドン、ムッシュー」と言ってバッジから手を離し、席に戻った。喋ったぞ。さっきからだんまりを決め込んでいたＳｕｓａｎｏｏが喋ったぞ。ベルマーは鼻の穴を大きく広げて声を出さずに笑った。喋った方が負け、というゲームなんだな、やっぱり。

Ｓｕｓａｎｏｏは、糸を手放された操り人形みたいにへんなり椅子に座っている。おいらは勇気を出してＳｕｓａｎｏｏに近づいて肩に手を置いて、「元気出せよ」と耳元で囁いた。するとＳｕｓａｎｏｏはおいらの顔をまじまじと見て、「Tsukuyomi」と親しげに呟いた。今回はちゃんと聞こえた。意味はわからないけれど「ツクヨミ」だ。ベルマーはそれを聞いて急に顔を輝かし、

「フランス語だ。理解できたか」

と興奮しておいらに訊いた。

「理解できない。」

「T'es couillon me って言ったんだ。」

「違う。ツクヨミって言った。」

「なんだ、それは。意味をなさないじゃないか。T'es couillon me はフランス語

だ。これはちゃんとした文章だよ。ただの単語じゃない。」

その時ドアが開いて、若い男女が入ってきた。男性はどこか熊のぬいぐるみを思わせた。女性の方は痩《や》せていて、目が星みたいに光っていて、艶《つや》のある黒い髪の毛をしていた。彼女はSusanooと少し顔が似ているから親戚なのかもしれない。ベルマーはその男の顔を見ると目尻を垂らして、

「やあ、クヌートじゃないか。待っていたぞ。元気そうだな」

と言った。クヌートと呼ばれた青年は、一緒にいる女性を紹介した。Hirukoという名前らしい。二人の関係はなんだかとても不思議だ。恋人同士みたいに身体を寄せ合っているけれど、よく見ると二人の間には細い隙間がある。相手の身体には決して触れない。話をする時も相手の顔を見ない。それなのにどこかで連結している。こんな男女は見たことがない。

クヌートはSusanooに近づいていって、「やあ」と挨拶《あいさつ》して肩をたたいたが、Susanooは無表情のままだった。クヌートが来たことをあまり喜んでいないのかな。Hirukoに顔を横から覗き込まれると、Susanooはあからさまに顔を背けた。

驚いたことにクヌートはおいらにも握手を求めてきた。嬉しくて、その手をぎゅっと握り返した。Ｈｉｒｕｋｏも握手を求めてきた。とても変わった握手だった。柔らかくて暖かい両手でおいらの手を挟んでぎゅっと握って、頭を軽く下げたのだ。こういうのも握手っていうのかなあ。おいらはこの二人がすぐに好きになった。

「君はもう自分の仕事場に帰りなさい」

とベルマーがいらいらした声で言った。いつもは反抗しないおいらだが、この時はどうしてもその場に残りたくて、

「もっとここにいたいものです」

と答えた。自分でも意外なくらい大きな声になってしまった。ベルマーは目をまるくしたが、Ｓｕｓａｎｏｏがおいらに向かって「そこにいていいよ」という風に手を動かし、クヌートも「いいじゃないか、いてもらえば」と言ってくれた。ベルマーはフンと鼻を鳴らして、

「食事の時間になったら半地下に戻らないと、同僚に迷惑をかけることになるぞ」

と言った。

熊のぬいぐるみをベルマーに手渡されると、Ｓｕｓａｎｏｏは大事そうに胸に抱い

て目を閉じた。

「クマを見たことがありますか」

とベルマーが訊いた。Ｓｕｓａｎｏｏは答えなかったが、しばらくするとＨｉｒｕｋｏが壊れた水道管から水が吹き出すみたいにしゃべり始めた。最初はぽちゃっ、ぽちゃっと漏れていただけなのに、あっと言う間に飛沫をあげている。あの時もそうだった。半地下で水道管の事故があった時のことだ。最初は天井の隅っこが黒ずんで、雫が落ちてきて、しばらく見ていたら部屋の中が大雨になって、床は水浸し。ヴィタははしゃいで、雨乞いの歌を作って歌っていたっけ。実はおいらも少しだけ楽しかった。Ｈｉｒｕｋｏの口から溢れ出す言葉の勢いはその時の水の勢いと同じだ。こんな風に喋れる人にはこれまで会ったことがない。羨ましいな。拍手したかったけれど、拍手する隙も与えずに淀《よど》みなく喋っていた。

Ｈｉｒｕｋｏの言葉はほとんど普通の言葉だったけれどどこか変だった。しっかり摑《つか》めそうだと思って手を伸ばすと宙をつかまされる。踏み込んでも大丈夫だと思うと床が抜ける。でも全体としては、なんだか自分が話しかけられているみたいで、耳が離せない。

ベルマーは荒い鼻息をたてながらＳｕｓａｎｏｏの手から熊のぬいぐるみを取り上

げて、代わりにうさぎの剝製《はくせい》を手渡した。

「これは何だね。」

Ｓｕｓａｎｏｏは黙っている。ベルマーを嫌っているのかもしれない。その沈黙を包み込むようにＨｉｒｕｋｏがまた喋り出した。クヌートもベルマーも熱心に耳を傾けている。

ベルマーは今度はゴムの蛇を手にとった。すると蛇はグネグネっと天に躍り上がった。どっと笑い声が起こったような気がした。星たちが笑ったのか。実際に笑ったのはおいらだけだった。笑いはすぐに凍りついた。だって、ベルマーは本気で蛇と戦い始めたのだ。蛇をつかんで振り回して、机に叩きつける。すると蛇はビヨンと弾んで、ベルマーの首に巻きついて、喉仏をしめつける。息が苦しくなったベルマーが変な声を出した。おいらは助けなきゃいけないと思ったが、身体が動かない。クヌートもＨｉｒｕｋｏも慌てている。Ｓｕｓａｎｏｏだけが落ち着いていて、なんだかニヤニヤ笑いを隠しているみたいに見える。もしかしたら彼が蛇を操って、わざと暴れさせているのかな。

ベルマーはやっと首から蛇を引き離して、机の上に押さえつけた。それからおいらがさっきテーブルの上に置いたフォークを握って、エイエイと蛇の身体に突き刺した。蛇の胴体から透明な血が流れた。涙みたいだ。蛇は震えて動かなくなった。ベルマーは天井を睨んで、「アンダーコントロール」と叫んだ。カウボーイ語だ。

ところがその時、思いがけないことが起こった。蛇が又もぞもぞと動き出し、ベルマーの手をスルッと抜け出して、身をよじらせて空中に舞い上がったのだ。おいらは怖くなって部屋を逃げ出し、半地下に駆け戻った。

ソファーに座って毛布で身を包んで震えていると、ヴィタがトイレから出てきて真剣な顔で尋ねた。

「どうしたの？　ついにお化けが出らラレた？」

「ヘルルマーが踊ったらラ、蛇が踊ったラ。」

「踊ったラ？　誰が踊ったラ？」

「蛇。」

「あたしらラも踊ろロう、ラララ！」

ヴィタには恐ろしさがちっとも伝わらなかったようだ。少しも怖がっている様子がない。蛇とか、お化けとかは、テレビのアニメに出てくる愉快な仲間だと思い込んでいるんだろう。ヴィタがオーディオ装置の頭をパンと叩くと、ズンバ、ズンバ、サンバ、サンバ、ランバ、ランバと音楽が始まった。揺すられ始めたヴィタの身体についた肉がゆるん、ゆるん揺れている。誘うリズム。踊りが始まると、部屋の匂いが変わる。おいらも立ち上がって腰を左右に揺すり始めた。すると怖いシーンが頭の中からどんどん振り落とされていった。やっぱり踊りが一番だな。踊りながらヴィタの腰を左右から抱いた。踊り過ぎて、汗で背中が湿ってきた。ヴィタは踊るのをやめて、ソファーに腰を下ろした。おいらは寒気がしてきて、ブルブル震えだした。

「ふるルふるル震ルえる。寒気がするル。」

「シャワーはどう？　熱いお湯を浴びれレば？」

ヴィタにそう言われて、おいらが服を脱ぎ始めると、ベルマーが部屋に入って来た。

「片付けを手伝ってくれないか。忙しいから一人ではできないんだ。」

ベルマーの声は低くて真剣だった。目がラメラメ光っている。蛇男みたいだ。おいらは下半身が縮む思いだった。あの部屋に戻るのは嫌だ。でもＳｕｓａｎｏｏがおいらの助けを求めているのだとしたら行ってあげたい。それに、さっきはクヌートとＨｉｒｕｋｏにさよならも言わないで部屋を飛び出してきてしまった。「早くしろ」とベルマーが急かすので、はずしたばかりのシャツのボタンを急いでかけ直して、スニーカーの踵《かかと》を踏んだまま、ベルマーの白い背中を追った。

さっきの部屋に戻ると、ゴムの蛇はぐったりテーブルに横たわっていて、もう誰もいなかった。蛇はただのゴムのおもちゃに戻ったようだったけれど、油断はならないぞ。

「蛇はもう危険ではない？」

「どうして危険なんだ？」

「さっき動きました。踊りました。」

「何を言っているんだ。ホラー映画の見過ぎだろう。夜はテレビばかり見ていないで早く寝なさい。」

そう言われてみると確かに、映画の中の出来事と外の出来事がごちゃごちゃになることがある。「あたしたちは映画の中に住んでいる」とヴィタが言ったのはこのことだったのかもしれない。

ベルマーは忙しいから手伝ってくれと言ったくせに、自分は中学生みたいに机に腰掛けて、片付けを始めたおいら相手にお喋りを始めた。

「自分がアウトサイダーだって感じることはないか。」

「ないです。」

おいらはすぐにそう答えた。アウトサイダーというのは、黒の革ジャンを着て髪の毛を油で後ろになでつけて、オートバイに乗る男のことなんだろうけれど、おいらは自転車にも乗れないし、黒い服は似合わない。

「君は本当に自分がアウトサイダーだと感じることはないのか。ふん、幸せ者だな。私は頻繁《ひんぱん》に自分だけ疎外されている気分になる。みんながまるく輪になって楽しそうにミーティングをしている中にいると、腹がたってくる。いろんなことが間違いだらけなのに、みんな気がつかないふりをしている。私がそれを指摘すると、全員がしらけて、邪魔者扱いされる。それで自分だけ輪の外に追い出されてしまうのさ。みんなでまるくなって座っているのがデンマークだ。」

おいらはベルマーを理解しようと努力して、

「スウェーデンでは、四角い輪になって座りますか」

と言ってみる。それを聞いてベルマーは腹を揺すって愉快そうに笑った。太っているようには見えないけれど、やっぱりお腹には結構脂肪を蓄えている。

「書類は四角いだろう。尖ったものを避けるために角を取ってしまったら書類はまるくはなるが、それはもう書類ではない。病院の建物も四角い。あらゆる曲線は妥協でしかない。君はもしかして、あの奇妙なデニッシュという名前のパンが好きなのか。」

「好きです。」

「あのパンは、ウィーンのパンとも呼ばれているようだが、あんなものが美味しいか。」

「とても美味しいです。」

「フロイトもウィーンのパンに過ぎない。」

「フロイト？」

「いいか、言葉を失なった患者には、薬をたくさん投入しても意味がないし、脳をメスで切り開いて辞書を埋め込むこともできない。」

意味はわからないけれど、部屋を片付けながら時々「きっと、そうです」と相槌《あいづち》を打つ。ベルマーには多分話を聞いてくれる人が他にいないんだ。

「だから精神分析しかない。しかし私はどうしても精神分析が好きになれない。自分で使用していながら、ついからかってみたくなる。しかし、人をからかうという文化もここでは理解されない。このままアウトサイダーをやっていたのでは到底この病院でやっていくことはできないと言われて、フリーメーソンに入った。」

ベルマーは胸のバッジをつまんで持ち上げ、おいらにもよく見えるようにしてくれた。

「でもそれもやめようと思っている。彼女があの組織を嫌っているんでね。でも、どうやってやめたらいいのか、はっきり言ってよくは分からないんだ。つまり困ったことだらけさ。誰でも地下室に死体を一つは埋めてあるっていうことわざ、知っているか。」

「知りません。おいらは地下室で働いています。半地下です。」

ベルマーは急においらの腕をきつくつかんで、

「染色体の数のことなど気にするな」

と励ますように言った。おいらもお礼に、

「みんなに嫌われていることは気にしないでください」

と答えた。

夕食の食器を洗い終えてから、ぼんやり窓の外を眺めながら、今日あったことを思い出していた。ヴィタがもうかなり長いことテレビの前に座っているのは分かっているけれど、おいらはテレビを見る気がしない。ヴィタの好きなあの映画監督がまた画面に映っていたら嫌だなと思う。窓ガラス越しに暗くなった空を眺めていた方がましだ。空は埃《ほこり》みたいな雲に覆われている。こんな時間に来院する人は誰もいない。外に出る入院患者もいない。ところが外でブツブツ呟く声がする。おいらは居間に飛び込んでヴィタに言った。

「聞こえるル？」

「何？」

「ツブツブツブ。誰かいるル。」

「どこにいるル？」

「外だよ。」

「そう。」

ヴィタは全く関心ないようで、テレビを観続けた。おいらは普段は夜、外へ出ることなんかない。禁じられているわけじゃないけれど、暗くて寒いだけで、出る理由もない。でもこの時は妙な予感がして室内に座っていられなくなって飛び出していった。門に向かって駆け、立ち止まって振り返ると病院が巨大な化け物みたいに聳《そび》えている。うちの病院、こんなに大きかったっけ。

「ツクヨミ！」

斜め後ろで急に声がしたんで、お腹の中身がひっくり返るほど驚いた。振り返ると紫陽花《あじさい》の茂みの後ろからＳｕｓａｎｏｏが出てきた。

「ツクヨミ、君はフランス語が分かるんだね。」

おいらは頷いたが、自分からは喋れない。

「君は生まれた国が恋しいか。」

おいらは普通の言葉で、

「生まれた国のことは覚えていない」

と答えた。Ｓｕｓａｎｏｏは雰囲気で意味が分かったようだった。

「覚えていないのか。羨ましいな。オレは思い出せないんだ。思い出せないことなんて気にしないで暮らしていた。そこにクヌートたちが現れた。そしたら、それまでの生活を続けることができなくなった。喋れないことも、思い出せないことも苦しくなってきた。だからここへ来たんだ。クヌートには感謝しているけど、顔を見るとイライラする。Ｈｉｒｕｋｏにはもっとイライラさせられる。どうしてなのか、分からないんだ。でも君を見ると自分がひどいことをしてしまいそうな不安が消える。自分がそれほど嫌いでなくなる。」

ベルマーが嫌いなのか訊きたかったけれど訊けなかった。するとＳｕｓａｎｏｏは自分からベルマーのことを話した。

「ベルマーはオレを研究に使いたいから、滞在費を出してくれるって言うんだ。ありがたいな。あの医者、自分の気分の浮き沈みが操作できないし、人の気持ちが分からないみたいだけれど、オレもそういう傾向あるんだ。だから嫌いじゃない。とにかく、もう少しこの病院に滞在できることになったから、また会おうな。」

そう言って、Ｓｕｓａｎｏｏは紫陽花の茂みに消えてしまった。

翌日、ベルマーがまた半地下に降りてきて仕事を手伝えと言う。おいらは昨晩の報告をしなければならないと思って焦った。

「昨晩、Ｓｕｓａｎｏｏが来て、たくさん喋ってました。ずっと一人で喋っていました。」

「ははは。彼が喋るはずないだろう。君は昨晩テレビでどんな映画を見たんだ。ラース・フォン・トリアーかい。また映画と現実がごちゃごちゃになっているんじゃないか。」

「Ｓｕｓａｎｏｏは、たくさん喋っていました。」

「じゃあ彼は一体、何って言っていたんだ？」

「忘れました。でも星の数くらいたくさんの言葉を喋っていました。」

# 第二章　ベルマーは語る

どうやら自分はこの病院内であまりいい印象を持たれていないらしい。そんなことはインガに出会うまでは思ってもみなかった。これだけ正直で明るい性格なのに嫌われているとしたら、外から悪役があらかじめ割り当てられていることになる。外というのは自分で認識できる範囲の現実の外部という意味である。困ったものだ。性格美男な役者でも、冷酷な殺し屋の役を引き受けてしまったらその役を演じ続けるしかないのと同じで、上演中に急に表情を崩して、「これは本当の自分ではないんです」と言い訳することはできない。いや、芝居というよりもむしろ映画だろう。芝居ならば楽屋で化粧を落とし、元の姿に戻っているところにファンが花束を持って駆けつけることもある。しかし映画の場合は、スクリーンの外にいる俳優は見てもらえない。映画の中に閉じ込められてしまった人間ほど惨《みじ》めな存在はない。

そもそもインガという女性が人生に割り込んで来なければ、あれこれつまらないことを気に病むことにならなかっただろう。インガのセリフは心の裏口を激しくノックし、こちらはドアを開けたいのだがノブがもぎ取られているので開けられない。こういう状態を恋と呼ぶ人もいる。しかし、その恋愛物語も自分には見ることさえ許されていないシナリオに最初から書かれているのだろう。

インガは白衣の下にしっかり人間の肉が感じられる女だ。目鼻立ちが華やかで、他の看護婦たちより優秀な体格をしている。骨のつくりが貧弱な女性は、性格まで卑屈に見えるので好きになれない。その点、インガの骨格はしっかりしていて、お世辞で脇腹をくすぐられても、嫉妬《しっと》で後ろから背中を押されてもビクともしそうにない。インガの姿が目に入ると、こちらは喉元が苦しくなり、話しかけることはできないが黙っていると窒息しそうなので隣にいた同僚につい、

「あの人のお尻はタンスみたいだね」

と囁いてしまった。全く悪気はなかった。変わった比喩を考え出すと苦しさから解放される気がする。詩人になればよかったのかもしれないが、どういうわけか学校の成績が良すぎて、気がついたら医者になっていた。同僚は鼻の付け根に皺《しわ》を寄せて、

「タンスは言い過ぎだろう。彼女は痩せてはいないけれど、肉がしまっていて、曲線

を失っていない。家具みたいにかくばってないよ」

と抗議した。同僚が完璧な反論を返したことが不愉快だった。普段からインガを観察していなければ即座に答えを返すことはできないはずだ。

ある日、インガが診療室に入ってきた途端、花瓶が床に落ちて割れた。この時の状況を頭の中で冷静に再現してみると、花瓶が落ちたのは彼女が入ってきたこととは関係なく、自分がサイドテーブルにぶつかったせいだった。

「NORDLI、しっかりしてくれよ。」

慌てふためく自分を隠すように、そんなセリフが口から飛び出した。イケアの家具に話しかける癖は以前からあった。特にNORDLIのシリーズにはタンスからベッドまで親近感を感じている。ところがインガは間髪を入れずに、

「LINDVEDですよ」

とこちらの間違いを正した。この時ほど驚いたことはなかった。目の前に倒れているのは確かに三本足の華奢《きやしや》なLINDVEDである。我が祖国イケアの製品名を間違えたことなどこれまで一度もなかった。魔がさしたとしか言いようがない。しかも忌々しいことに、その間違いを外国人に指摘されてしまった。インガは微笑みを崩さないまま、

「家具と言えば、いつだったか、私のお尻がタンスみたいだとおっしゃったそうですが、それはMALMのタンスかしら、それともHEMNES？」

と不意打ちをかけてきた。気の利いた答えを返したいのに、言葉が一つも思い浮かばない。失語症というのはもしかしたらこんな感触なのか。インガは余裕のある表情で、

「まあいいでしょう。私は祖父母から譲り受けた家具を使っているから、イケアに家具を買いに行ったことはないんです」

と付け加えると、くるっと背中を向けて部屋を出て行った。その時、白衣の下でかすかに揺れるお尻は家具ではなく白桃だった。

最近の自分はぼんやりしていて、落とし穴に落ちるように失敗を犯してしまう。ある時、視察に来た保健省の役人に肝臓摘出手術を見学してもらうことになったのだが、うっかりして肝臓ではなく心臓病を患う同じ名前の患者のカルテを役人に見せてしまうというとんでもない失態をやらかした。同姓同名は法律で禁止すべきだ。ところがその場にいたインガが機転を利かせて、

「実は予定していた肝臓手術が延期になったので、こちらの書類にある心臓病の方の

手術を見学いただこうかと思ったのですが、急遽、肝臓手術が予定通り行なわれることになったので、ご案内します」

と言って、少し混乱気味の役人をさっさとその場から連れ去ってくれた。こうして賢い女は、出世階段を危うく転げ落ちるところだった男を助けてくれた。タンスの件があったにもかかわらず助けてくれたのだから自分によほど好意を持ってくれているのかと思えば、あれ以来、廊下ですれちがってもニコリともしない。こちらが挨拶しても無視する。看護婦が医者と平等であることは理解しているし、職場における個人の自由も認めるが、ここまで失礼な態度を取られれば普段なら黙っていない。叱《しか》るわけにはいかないが、少なくとも毒をたっぷり含んだ皮肉をぶつけただろう。しかしインガに関しては、こちらに弱みがあるので黙って耐えるしかない。

自分の人生なのに他人がシナリオを書いていて、こちらはそれを演じさせられているだけだとしたら、インガとの恋愛騒動もあらかじめ結果が決まっているのだから、あれこれ悩んでも仕方がない。なるようにしかならないだろう。病院の廊下を歩いていると、白衣に包まれた寂しげな背中が脳裏に浮かぶ。それは自分自身の背中だ。カメラが後ろから映しているのだ。

一つだけどうしても消せない心配が心に影を落としている。自分はひょっとしたら、この映画の脇役に過ぎないかもしれないという疑惑だ。主人公は別の人で、そいつが入院する必要に迫られたので、医者が必要になっただけだとしたら。実際、映画では主人公が交通事故にあったり、不治の病にかかったりして観客の気をひこうとすることが多いので、医者がよく登場する。しかし医者そのものが注目されることは滅多にない。主人公は誰なのか。そいつを見つけ出して懲《こ》らしめてやりたい。

病院の中には医師や看護婦が自動販売機でコーヒーを買って一服する部屋がある。その部屋を密かに「フィルターコーヒー」と呼んで軽蔑し、中に入ったことはほとんどなかったがその日、廊下で偶然すれ違ったインガの背中をつけていくと、いつの間にか「フィルターコーヒー」に入ってしまった。入ったからにはコーヒーを買わないと怪しまれると思い、自動販売機と向かい合ったが、使い方が分からない。「カフェオレ」のボタンを押したが何も出てこない。そうか、先に硬貨を入れるのかもしれない、と思って慌てて財布から硬貨をつまみ出したが、入れる穴がない。その代わり、カード差し入れ口のようなものがある。財布の中にあった院内でだけ使えるクレジットカードを差し込んでボタンを押すと、カップは出てこないで、そのままコーヒーが流れ出した。思い出した。環境に優しい自動販売機とやらだから、自分のカップを持ってきて、流出口の下に置かなければいけないのだ。誰かがそんな話をしていたのを小耳にはさんだことがある。インガが近づいてくる気配がしたが、顔をあげる勇気が出なかった。視線を低く這《は》わせていくと自動販売機の隣にあったテーブルに一リットル入りの紙の牛乳パックが救いの神のようにどっしり構えていた。顔を上げると予想通りインガの顔があったが、こちらは牛乳のおかげで話題をみつけ、かなり落ち着いてこう言い放つことができた。

「テトラパックですけど、初期は四面体だったんですよ。どうしてか知っていますか。」

言ってしまってから、自分でも答えを思い出せないことに気づいた。四面体だと輸送に便利なのか、それとも不便なのか。思い出そうとしても脳が機能しない。我が国を発祥の地とする会社の詳細には隅々まで通じているつもりでいたが、話す機会がほとんどないのでどんどん忘れていく。幸いインガはテトラパックには全く関心がないようで、コーヒーの自動販売機の流出口の下に特色のないのっぺりした白い陶器のカップを差し入れて、もう一度ボタンを押した。カードを入れていないのに、コーヒーが出てきた。手品だ。カップの縁ギリギリまで茶色い液体が満ちると、少しも震えない手でカップを持ち上げて、どうぞと言うようにこちらの鼻先に突き出した。

「カードを入れ直していないのにどうしてコーヒーが出たんだ？」

訊かなければよかった。インガはからかうように答えた。

「誰でも一度だけなら失敗が許されるようにプログラミングされているんです。」

まさかそんなことはないだろう。インガは魔法使いなのだ。インガのくれたコーヒーを義理で一口飲むと、一万クローネも出して購入した我が家のエスプレッソマシーンから出るコーヒーと同じくらい美味しい。湯気は高貴な香りに満ち、無駄な苦さはないがコクがある。壁にもたれてコーヒーを飲みながら、落ち着け、落ち着け、と自分に言い聞かせた。インガがこちらを見つめて言葉を待っているので、何か言わなければならない。

「ストリンドベリの結婚は、どうして失敗したのだと思いますか。」

テトラパックが不発弾に終わったので今度はストリンドベリを出してみた。優位に立つには、自分の陣地に留まりながら、意外な方向から攻める必要がある。ところがインガは我が国の生み出した巨大な精神の山が目の前に現れても全くうろたえる様子は見せず、

「それは彼が自分の作品世界の中に迷い込んでしまったからでしょう」

と静かに答えた。なるほど。自分の作品の中に迷い込んでしまった作家と結婚して

いる女性は苦労が多いだろう。しかし自分自身の文学作品に迷い込むのは、他人の映画に迷い込むよりはましなのではないか。その時、どういうわけかインガが二秒ほど目を閉じた。皺のさざなみに覆われた瞼《まぶた》の皮膚の上で、化粧品の粉が銀色に光っているのが見えた。引き寄せられるように近づいて両腕に手をかけた。目を開けたインガは驚く様子もなく、好奇心に満ちた眼差しをこちらに向け、唇をかすかに開いた。

インガは速球を投げても、変化球を投げても、しっかり受け止めて、簡単に投げ返してくる。初めはこちらをからかっているように見えていたインガの唇の曲線が、日が経つにつれ、誘惑しているように見えてきた。

「これから帰宅ですか。それじゃ車でお送りしましょうか。」

「結構。私が乗らないとバスの運転手が心配するんで。」

「確かにバスの中は広々していますね。でも親密さはある程度の狭さを好むのではないでしょうか。もちろん狭いという表現は適切ではない。ボルボの車内はご存知の通り広々としている。しかも安全だ。」

「ごめんなさい。でもボルボは安全性を押し売りしているように思えるんです。私、少し冒険が好きなの。」

「それじゃ、なおさらボルボに乗らないと。ヘラジカがばんばんぶつかってくるような森にお連れします。これこそ冒険でしょう。」

結局インガを説《と》き伏せて、家に送ることになった。

去年は白魚みたいな二十代の看護婦に貯金も神経も擦り減らされてしまった。若い女は自分が何かをもらうことにしか関心がない。視線をもらう、誉め言葉をもらう、プレゼントをもらう、約束をもらう。まるで外から何かもらわなければ干からびてしまうような、独立心のない怪物だ。恋愛はもううんざりだと思っていたところ、インガの目尻に刻まれた慈悲の皺が天の川のように宇宙の闇に現れた。少年時代に読んだ空想科学小説を思い出した。天秤座がいつまでも人を迷わせて苦しめ、さそり座が針先から毒を流し込んでくる夜空に不意に夜の女王が現れる。女性ではあってもクラスの女の子たちとも母親ともかけ離れた存在だった。医学の道を選んでからは科学的根拠のない読み物は指先でさえ触らないようになったが、少年時代の自分は女神なしでは通り抜けられない長いトンネルの中を歩いていたのだ。

女神はどこまでも善意に満ち、しかも無経験で純情なわけではなく、世の中の酸っぱさと苦さと辛さをたっぷり舐めた上で、平然と正義に加担する。女神の与えてくれるスタミナドリンクは常に甘く、栄養に満ち、健康を害することはない。ところがつい先日、インガがとろんと耳に流し込んだ言葉は、毒素のようにゆっくりと全身を循環し始めた。それはこんな一言だった。

「同僚たちと違って私は、あなたが本当は良い人間だということを一度も疑ったことはないの。」

こちらの心臓はつんのめった。

「みんなと違って?」

一音節ずつ嚙《か》みしめるように訊き返すと、インガは目に埃でも入ったように激しく瞬きし、

「あなたの悪口を言う人が多いけれど、それは誤解だってこと」

と付け加えた。

「悪口って、どんな悪口だ?」

インガは珍しくそわそわし始めた。

「そんなに慌てなくてもいいよ。みんながどんな誤解をしているのかを話してほしいだけなんだから。どんなに歪《ゆが》んだ誤解でも、君の責任じゃないよ。」

それを聞いてインガは表情を和らげ、上目使いに天井を睨んで記憶の糸車を回し始

め、

「例えば、あなたがいつも不機嫌で、同僚や看護婦や患者に当たり散らすとか」

と言って、こちらの顔色をうかがった。こちらは何を聞いても平然としていなければいけないと自分に言い聞かせながら、やめればいいのに催促してしまった。

「他には？」

「新米の看護婦の書類の書き方がなってないと言って、むやみに怒鳴りつけるとか。ちゃんと説明できないくせに気が短いとか。」

糸車は勝手に回り始め、誰にも止められなくなってしまった。どれだけ長い誹謗中《ひぼうちゅう》傷《しょう》の糸が引っ張り出されてきても、冷静さを失ってはいけない。

「実はまだまだあるの。廊下で会って話しかけても、無視してそのまま歩いて行ってしまうとか。」

「いちいち立ち止まっていたら、自分が何をしようとしていたか忘れてしまうだろう。」

「でも、今忙しいから後にしていただけますか、と謝るんじゃなくて、黙ってそのまま去ってしまう。私は別にそれほど悪いことだとは思わないけど、でも普通はそういうことはしないから、みんな首を傾げているのよ、きっと。気にすることない。」

「それから?」

「会議の時にみんなの意見を無視するとか。この間も、」

インガは何か言いかけて急に思い直したのか、唇をぎゅっと結んで、こちらの首に抱きついてきて、

「誤解なんて、にわか雨みたいなもので、すぐに晴れるでしょう」

と耳元で囁いた。分別ある女性がこんな少女じみたことをするのはインガの場合に限って可愛らしいが、そんなことでこちらは誤魔化《ごまか》されない。

「どんな誤解をしているんだ。」

「あなたはみんなの提案を頭から否定して、自分のやり方だけを強引に通そうとしている。しかも、」

「しかも何だい?」

「自分以外の人の思考力は劣《おと》っている、とあなたが思っている、とみんなは思っているらしいの。」

「それは真実だ。」

「でも、それは傲慢《ごうまん》ではなくて、相手の思考力を必ずしも高くは評価できない、ということでしょう。別に珍しいことじゃない。誰でも自分の方が人より頭がいいと思っ

ているけれど口にしないだけ。あなたは正直だから。」

「何人くらいの人間に嫌われていると考えればいいんだ？」

「それは、数だけみれば少ないとは言えないけれど、でもこういう問題は数より質だから。」

「それじゃあ数は多いけれども、質はまろやかなのか？」

「まあ怒りは怒りだから常にある激しさを伴ってはいるけれど。」

インガと出会うまでは、自分がみんなに嫌われているなど考えてみたこともなかった。「自分」という名前の楽しい闇の中で生きていた。どこが壁なのか分からないので、狭いと感じることがない。自分というものの輪郭《りんかく》は見えない。自分のいる空間全部が自分だから無理もない。ところがその空間が少しずつ明るくなってきた。日が差し込んできたのなら気分がいいが、そうではない。写真スタジオにあるような不愉快なスポットライトが四方から当たり始めたのだ。まず白みがかった金髪の生えた自分の手の甲が見える。爪は不規則に伸び、汚れが詰まっている。慌てて手を洗う。しかし洗面台の前にかかった鏡に映った自分の顔を見ると、いつものように男らしく、知性に満ちた、優しげな美男ではない。監督がどこかで見つけてきたかなり変わった男優だ。個性的といえば聞こえはいいが、自分は個性的であろうとしたことなどない。これでも美男で親切で頭のいい青年だったはずだ。そして年をとってきても、青年の面影は自分に限って消えないような気がしていた。ところがそこにいるのは、疲れた偏屈な男である。偏屈だと分かったと同時に、そんな自分を愛してくれる恋人が見つかったのだから不思議だ。

インガはまだ一度も白衣のボタンを外していない。焦る気持ちはない。身を寄せ合って話を聞いてもらって、唇のまわりを指で撫《な》でてもらうだけでも、脳天からすっぽり意識が抜けて飛び上がるくらい快い。次の休暇には二人で中南米を旅行しようと話し合っている。その際には、まさかシングルを二部屋予約することはないだろう。ただし中南米というのは彼女の提案で、こちらは全く興味がなく、正直言って気が進まない。

インガの快さを知ってしまったが故に、自分という洋服がすっかり嫌になったが、脱ぎ方がわからない。自分はまわりの人たちにどう思われているのか、などと絶え間なく考えるのは思春期の病気で、思春期そのものが一種の病気なのだから若い子が鏡を睨んで考え込むのは仕方ないが、自分の歳で鏡をじっと睨んで考え込んでしまうのはどこかが故障しているのだ。

いつも不機嫌で当たり散らす、と言われ驚いた。急に話しかけられると、混乱するから苛立つだけだ。これと決めたら一直線に進む性格なのだ。当たり散らすつもりなど全くない。つい先日も、短い空き時間に薬品管理室へ行って睡眠薬の在庫を確認しようと急いでいる時に、ずっと年下の、生意気にも口ひげをはやした同僚が急に目の前に現れて、

「失語症の患者が何度も電話してきているから今すぐ受付に行ってください」

などと無理なことを言う。第一、人の視界に突然飛び込んで来ること自体が失礼である。失語症が専門であると言っても、いつもは痛くもない場所に痛みを感じる以外に芸のない患者たちの口をいかにして塞ぐかという問題にかかりっきりで、本物の患者に出会うことなど滅多にない。だから患者が現れたこと自体はありがたいのだが、しかし今は睡眠薬の在庫を確認しなければならないのだ。同僚を無視して先へ進もうとすると、相手は厚かましくもこちらの腕をぐいっと摑んで、

「何回電話しても専門医がつかまらないと受付の女性に泣きつかれたんだ」

と、マフィア映画じゃあるまいし、脅《おど》すように低く押し殺した声で言った。

「腕を離せ。他人の専門に首を突っ込まないで自分の仕事をしろ」

と答えた。

「今すぐ受付に行かないと、せっかくの患者を逃すぞ。」

こちらの弱みに付け込んで脅すつもりらしい。それにしてもなぜこいつはこちらの弱みを知っているのか。暇さえあれば人の心を覗きみて快楽に浸る覗き魔か。方向転換は大嫌いだが、渋々踵《きびす》を返して受付に向かった。すると受付の椅子は空席だった。息を大きく吸い込んで、

「人を呼びつけておいて持ち場を離れるとは何事だ！」

と通りかかった車椅子に乗った女性患者を怒鳴りつけた。まわりに他に怒鳴りつける相手がいなかったから、顔を借りただけなのに、相手はそれを個人的攻撃と捉えてしまったようで、病院を訴えるとか何とか息巻いている。その時、やっと受付で働いている女性が戻ってきた。休み時間の高校生みたいに無邪気な表情をしている。こちらの怒りはすでに爆発型から粘着型に化学変化していた。

「お元気そうで何より。人を呼びつけておいて職場を離れるなんて、大会社の社長並みの度胸で頼もしいですねえ。」

「トイレに行ってはいけないんですか。」

「便秘でもしていない限り、排泄にそれほど時間がかかるはずないですよね。それと

も顔を修正しようとして鏡の前で努力していたんですか？　女性はトイレで過ごす平均時間が男性よりずっと長いそうです。同じ時給では不平等だといつも主張しているんですけれど、次回はあなたを例に挙げさせていただいてもよろしいでしょうか。」

「昨日から何度もお電話して、メッセージも残しておいたんですけれど。」

「そりゃあ気の毒なことをしたね。電話に出るよりもっと大切な仕事があったんでね。例えば患者の治療とかね。もちろんあなたは、そういう仕事には関わったことさえないから、理解できないんだろうけれど。受付の仕事なんて、デパートでも病院でもカジノでも同じだから。」

「失語症の患者さんが何度も電話してきているんですよ。」

「何度も電話できるなら失語症ではない。非医学的な冗談はよしなさい。」

そう言われると相手もハッとした表情になって黙った。こちらは余裕を持って指示を出した。

「今度電話があったら、水曜の午後に予約を入れておきなさい。」

全く悪意はなかった。いつも通り、誠意を込めてユーモラスに他人の言葉に反応し続けていただけだ。

もし不機嫌の研究をしている学者がいるなら、話を聞いてみたいものだ。いや、他人の研究など信用できないから、自分自身を実験用のネズミとして使って研究した方がいいのかもしれない。不機嫌の要因として考えられるのは、食べ物、天気、衣服、睡眠、性生活、労働などだろう。だから、肉食と菜食、雨天と晴天、青い縞《しま》模様のパンツと白いパンツ、首絞めネクタイとノーネクタイ、ダラダラ睡眠と睡眠不足、禁欲的生活と色ごとにふける生活を比べて、どちらが不機嫌を呼び起こしやすいのかを調べたらいいのかもしれない。映画、音楽、読書などは疑いなく気分上昇の要因となるので、実験中は避ける。アルコールも別扱いで研究する必要があるだろう。ワインは、一時的に気分をよくさせてくれるが、長い目で見ると性格を暗くする厄介な液体だ。実験中はビタミン剤からマリファナまであらゆる薬は口にしないことにする。

インガと一緒にいる時は、蚊に刺されても、ドアに頭をぶつけても腹が立たない。インガが不機嫌という虫を殺す殺虫剤であることは確かだが、彼女の何がそうさせるのかを調べるのは困難だ。できることなら彼女の顔、匂い、言葉などを個々に分析したいのだが、彼女の香りを嗅《か》いだだけで、すぐに顔が思い浮かび、言葉が蘇ってくるので、個々に分析するのは不可能だ。脳みそは、何もかもぐちゃぐちゃに保存する非理性的な器官だ。できることなら科学者は脳みそなんか持たないのが一番いいのではないかと思う。

水曜の午後に現れたSusanooという男は、かなり異例の患者だった。ある映画で見たエスキモーと顔が似ているが、その映画のタイトルがどうしても思い出せない。アルルでコックをやっているそうだ。この患者をぜひ診《み》てほしいと電話で頼み込んできたのは、クヌート・ニールセンだった。

クヌートとは以前、天文言語学のゼミで一緒だった。と言ってもクヌートはまだ新入生で、自分はもう臨床医としての道を歩み出していた。子供の頃に好きだった空想科学小説の世界でしか扱われないものと思っていたモチーフが大学のゼミで扱われていると偶然知って、頼んで参加させてもらったのだ。もし火星人が地球にやって来たらどうやって会話するのか。宇宙で録音された雑音が言語である可能性はあるのか。地球に存在する言語全体に共通するメタ言語を作って、それを地球外に伝えることはできるのか。ソ連政府が莫大な予算を注ぎ込んで「資本論」を火星語に翻訳したという噂《うわさ》は本当なのか。天文言語学の先生はそんな話題を扱っていた。

ゼミの学生たちは若すぎて、会話が弾まなかった。若い人間というのはほとんどが同じような特徴のない顔をしている。人当たりは柔らかいが、それは人格のおかげではなく、まだどんな特色も形を成していないというだけの話で退屈極まりない。クヌートとだけは時々話をする仲になった。誘いあって一度、誰かのアパートの台所で二人だけで飲み明かしたこともある。それは自分の台所ではなかったし、クヌートの台所でもなかった。友達に留守番でも頼まれたのかもしれないが、その部分の記憶はきれいに消えている。星の言語のことで熱い討論になり、クヌートの頬が上気して唇が艶《なま》めかしいほど真っ赤に燃えていたのを覚えている。クヌートは自分と正反対で、いつも機嫌がよくて、興奮したり怒ったりしたのをその時まで見たことがなかった。本格的に「不機嫌学」の研究をするのなら、クヌートにも協力してもらって、不機嫌知らずの男は一体何を食べ、どんなパンツをはいているのか徹底的に調べてみるのもいいかもしれない。

クヌートは大学に残って言語学の研究を続けると言っていたが、こちらはストックホルムの研究所に移り、そのことは知らせたが、やがてストックホルムの研究所をクビになって学生時代を過ごしたコペンハーゲンに戻ってきたことは連絡していない。移転の理由があまり自慢できるものでなかったせいでもある。

クヌートはＨｉｒｕｋｏという女性を連れてきた。彼女の顔を見た時はＳｕｓａｎｏの家族か親戚かと思ったがそうではなく、友達にすぎないという話だ。クヌートとＨｉｒｕｋｏはひょんなことからＳｕｓａｎｏと友達になり、彼がどうやら失語症を患っているようなので専門医に診てもらおうと思ったのだそうだ。昔からの友達が失語症になった、というのならありそうな話だが、失語症の人と友達になるのは珍しい。喋らない人間とどうやって友達になったのだろう。

Ｓｕｓａｎｏｏの出身地はもはや存在しないかもしれない国にあるフクイという地方で、Ｈｉｒｕｋｏによればフクイは、幸福な井戸という意味だそうだ。この情報は全く役に立ちそうにないが、一応メモしておいた。Ｓｕｓａｎｏｏは年齢不詳、昔フーズムで友達と二人で鮨《すし》屋を経営し、今はアルルで鮨職人をやっているそうだ。それだけ自分の過去を語れたのならば失語症ではないだろう、と横槍を入れると、Ｓｕｓａｎｏｏの過去についてはナヌークという名前の友達が教えてくれたそうだ。しかもそのナヌークもＳｕｓａｎｏｏ本人の口から聞いたわけではなく、Ｓｕｓａｎｏｏが昔働いていた店の人から聞いたのだそうだ。

Ｓｕｓａｎｏｏは簡単なフランス語なら理解できるが、自分からはほとんど喋らないそうだ。クヌートにそう説明された時は苦笑せずにはいられなかった。専門家は無口を失語症とは呼ばない。単に「フランス語がほとんどできない」というだけのことではないのか。また、その前に何年間も話していたはずのドイツ語はもう全く話さないそうだ。専門家はそのような現象も失語症とは呼ばない。単に「ドイツ語は忘れてしまった」というだけのことではないか。スカンジナビアの言語は理解できない。これも人類のほとんどに共通する現象であり、残念なことではあっても病気ではない。問題は母語で、「話したがっているのに話せないで精神的に苦しんでいる」とクヌートは真剣な顔で訴えるが、Ｓｕｓａｎｏｏ本人がそう言ったわけではない。

そして何よりクヌートは、一番重要な点を見落としている。その母語が話されていた国がすでに地上に存在しないかもしれないということ、たとえ存在したとしてもアクセスできないということだ。そんな言語を取り戻すことにどういう意味があるのだろう。

「君は学生時代、ラテン語にもサンスクリット語にもそれほど興味がなかったじゃないか。消えた国の言葉を取り戻してどうするつもりだ。」

クヌートの目の中に怒りの炎がボッと燃え立った。そう言えば一緒に飲み明かして口論になった夜も、クヌートが急に怒り出したのは、こちらが「星の言語など解明しても人類の役に立たない」と主張した時だった。何年も忘れていたことを急に思い出した。Ｈｉｒｕｋｏはなだめるようにクヌートの腕に手をかけてこう言った。

「わたしたちの国が消えた、は百パーセントではない。可能性のみ。」

彼女の話すデンマーク語が間違っていることは、スウェーデン人である自分にさえすぐ匂ってくるが、不思議なことにその言葉はブツブツと沼から湧いている泡みたいなデンマーク語よりもずっと明快だった。

「わたしは母語の人を探した。クヌートと一緒に。一人の男を見つけた。Susanoo。ところが、彼は話さない。」

　Hirukoの声は、不満や悲しみを訴えかけているのではない。相手を操作しようとするところも、媚《こ》びるところもない。むしろ、言葉から言葉へと一歩ずつ静かに歩いていく感じだった。

「失語症は君の専門だろう」

　とクヌートが顎先でこちらを指して言った。

「ふん。そうだ。だから言うんだが、君は失語症をメタファーとして使っているな。一人の人間が喋らないことイコール失語症なのか。」

　クヌートの目を覚ますためについ皮肉を言ってしまったが、クヌートの表情はそれを聞くとむしろやわらいで、

「もしメタファーならば、メタファーの力で治療できるかもしれないね」

　と歌うように言った。

　Susanooが「病気」だとは思わないが、公式に来院したのだから定番のテス

トをしてみることにした。熊のぬいぐるみとかうさぎの剝製を見せて、「これは何ですか」と質問するテストだ。腰をかがめてテストに必要な品をロッカーの下の箱から出して並べる作業は腰痛の自分にはあまりにもしんどいが、今日は幸いムンンという皿洗いの青年が手伝ってくれた。この青年に仕事を頼む時には言葉遣いに注意しないとひどい目に遭うことは承知の上で頼んだ。何しろ弁護士がついていて、障碍者《しょうがい》パスを所有する彼の人権を守っているのだ。こちらは人の弱みにつけ込むつもりでムンンに手伝いを頼むのではない。ムンンとの接触が快いから一緒に作業したくなるのだ。心を許せる同僚が他にいない自分にとって、ムンンは病院という乾いた火星でやっと見つけた井戸みたいなものだ。

単純なテストでも患者についてかなりの情報が得られる。どんなオモチャを見せても表情が空洞なままの患者もいれば、単語を苦労して喉からしぼり出そうとする患者もいる。間違った答えを返してくる患者も多いが、これが一番、分析と治療の役に立つ。例えば、「熊」を見せたのに、それが「雲」だと答える患者は、AがOに入れ替わっているのではないか、という仮説が立つ。さらに「うさぎ」を見せて、「嘘木」と答えれば、仮説は正しいことになる。その場合、「Oと言いたくなったらAと言う練習を続ければ、だんだん治っていくのだ」と言って患者を納得させる。実際の治療はそう簡単にはいかないのだが、患者に勇気を与えるのも治療のうちだ。

熊を見て「いのしし」と答える患者については、考えている動物の隣に見える動物に言葉がずれてしまうのではないかという仮説が成り立つ。うさぎを見せて、「狐」と答えればこの仮説が正しい可能性が更に高まるので、絵本や子供用の図鑑を取り寄せ、患者と一緒に幼年期の風景に立ち戻ることからセラピーを始める。誰でも頭の中に、架空の森やジャングルを持っている。子供の頃に何度も繰り返し眺めた絵本や図鑑の挿絵《さしえ》の風景。その中をうさぎや狐が走りまわっているのだが、なぜか隣にいる獲物を捕らえてしまう狩人がいる。本当はどんな動物も捕らえたくない、全く別のことがしたい、という気持ちを抑圧している場合に、そういうズレが生じる。

「これは何ですか」とフランス語で訊くと、Ｓｕｓａｎｏｏは熊のぬいぐるみにちらっと視線を走らせただけで何も答えなかった。室内に緊張がみなぎる。沈黙にもいろいろある。「A目をそらして黙る」、「Bこちらを睨んで黙る」、「C口を動かしながら黙る」、「Dうつむいて黙る」、「E虚《うつ》ろな目つきで黙る」、「F呼吸を乱して黙る」、「G唾を飲んで黙る」、「H拳骨《げんこつ》を握って黙る」。黙り方のパターンは科学的に記号化されている。Ｓｕｓａｎｏｏの場合は、Ｅだろう。Ｂも当てはまる。その後少しうつむいたので、Dも当てはまる。アルファベットを並べてメモしていくうちに、間違えてIと書いてしまった。アイ、英語なら一人称単数形だ。顔をあげると、熊のぬいぐるみが「ヤブ医者め」と言いたげに可愛いボタン目でこちらを見ているので腹が立って、その頭を拳骨で軽く一度叩いてやった。すると、Hirukoが横からこちらの手首を意外にも強い力で摑んだ。

「何をするんです。治療の邪魔ですか。それとももしかして合気道?」

Hirukoの口から答えがざあざあと溢れ出てきた。しかもそれはさっきまで話していたスカンジナビア的な言語ではなく、全く意味不明の言語だった。ぽかんとしている自分にクヌートが事情を説明してくれた。Hirukoが今話している言語こそが、Susanooが失った母語である。Hirukoもその国の出身で、ただしフクイではなく、別の地方で生まれた。クヌートはその地方の名前を忘れてしまったことを恥じて、ニイガタだったかホクエツだったかといつまでも首をひねっているが、それが今の時点ではどうでもいい情報だということには思いが及ばないようだ。

華奢な体のどこからそんな声が出てくるのかと思われるほどHirukoの声は強く鳴り響いた。Susanooが喋らないことが悔しいのか、恨みがましく睨んだり、哀れむように見つめたりしながら、しきりと話しかけている。Ｓｕｓａｎｏｏは叱られている少年のように、そっぽを向いて彼女を無視しようとしている。

「患者さんは、あなたの話す言語を忘れたのではなくて拒んでいる、ということは考えられませんか。」

Ｈｉｒｕｋｏにそう言ってみると、今度は誰に向かってということもなく喋り始めた。

「ベアは、ク・マ。お・ク・マ・る、奥まる。深い、暗い、見えない、隠れている、プライベート、最後の部屋。入り口から一番遠い。ク・マ。」

それはさっきの不思議な北欧語に未知の言葉の混ざったものだった。クヌートがそれを聞いて興奮して身を乗り出した。

「そうか、ク・マはベアじゃないんだね。普段は足を踏み込むこともない最後の部屋。入り口から一番遠い部屋。魂の深み。」

「深い、は違う。深い、は垂直。奥は水平。」

「そうか。水平か。地面に穴を掘って入っていくんじゃなくて、遠くに歩いていけばいいんだ。僕らは一緒に遠くに歩いて行こう。」

診察室よりはポップ・コンサートの会場にふさわしいようなクヌートの声の明るい

乗りに冷水をかけるように質問してみた。

「僕ら、というのは誰を指すのか、まず説明してもらいたいな。」

クヌートはしらけるどころか目を輝かせて、

「Susanooと僕とHirukoと、それからナヌーク。さっき話しただろう。彼がいなければSusanooを見つけることもできなかったし、彼の過去についても情報が得られなかった。」

「そのナヌークとやらも、消滅した国の出身なのか。」

「違う。彼はエスキモーなんだ。」

「エスキモーじゃなくて、イヌイットと言うべきではないのか。」

「彼はイヌイット族ではないんだ。」

「そうか、分かったよ。どうしてそんなにムキになるんだ。」

「ナヌークはエスキモーなんだ。」

「だから、それは分かったよ。ここはムンバイじゃなくてデンマークだ。エスキモーなんて別に珍しくはないだろう。Susanooだって顔がエスキモーに似ているじゃないか。彼もエスキモーだという可能性は考慮してみたのか。」

「それはありえない。だって、そうしたら、Hirukoもエスキモーだということになる。」

「どうしてＨｉｒｕｋｏがエスキモーではないと言い切れる？　本人が否定しているからか？　女性の言うことは何でもそのまま信じたせいでひどい目に遭った経験はないのか。」

クヌートは黙ってしまい、こちらは痛快さを味わった。そうだ、自分は議論に勝って相手が絶句してしまう瞬間を何より愛している。言葉が出てこない状態にある人間と向かい合っているのが好きなのだ。

「まあ、どうでもいいや。クヌート、とにかく君の言う一人称複数形は、その四人のことなんだな。」

Ｈｉｒｕｋｏが「シックス！」と叫んだ。それがセックスと聞こえてしまったのは、彼女の発音のせいなのか、それともこちらがインガのことを考えていたせいなのか。クヌートが言い直した。

「六人だよ。全部で六人だ。」

「四人だろう。」

「実はまだ二人いるんだ。まず、アカッシュ。」

「エスキモーか。」

「いや、インド人だ。」

「どうしてインドが出てくるんだ。」

「ここはデンマークだ。インド人がいてもおかしくはないだろう。でもアカッシュはコペンハーゲンに住んでいるわけじゃない。ドイツのトリアーに留学している。ナヌークを探してＨｉｒｕｋｏとトリアーに行った時に、偶然バス停で友達になったんだ。」

「バス停は友達をつくる場所か。」

「バス停で知り合った女性と結婚した男性だっている。バス停で心臓発作を起こして死んだ人もいる。バス停で陣痛が起きて子供を産んだ人だっている。バス停ではあらゆることが起こりうる。」

「分かったよ、もういい。ゼミの休み時間にどうしてお前と話をするのが好きだったのか思い出したよ。無駄な言葉が多いからだ。若い人間は無口でいけない。でもお前は幼稚園児の時からおそらく変わってないんだろうな。とにかく、そのアカッシュというインド人もいつかここにお見舞いにくるのか。」

「来ると思う。それからナヌークの恋人のノラも。」

「ノラか。やっと北欧人イプセンの登場だな。」

「ノラはドイツ人なんだ。」

「君の交友関係には脈絡がないな。ムーミン谷みたいな雑居型だ。つまりこの患者さんには家族はいないわけだな。」

「Ｓｕｓａｎｏｏに家族がいないかどうかは断言できない。でも僕らが彼を見捨てないことは確かだ。」


テストを続行することにして、次にうさぎの剥製を見せたが、Ｓｕｓａｎｏｏは黙ったままで、Ｈｉｒｕｋｏが目を輝かせてまた口を開いた。

「うさぎは、薄毛、毛が薄い。ワニが毛を引っ張って、奪った。」

「どういうことですか。」

「うさぎが島にいる。大陸に渡りたい。船がない。うさぎはワニに言う。うさぎの数はワニの数より多い。ワニは怒って言う。ワニの数がうさぎの数より多い。うさぎは言う。ワニは全部並べ。私が数える。うさぎは数えながら、ワニを橋として使う。」

クヌートがプッと吹き出して、Ｈｉｒｕｋｏを遮った。

「それでうさぎが最後まで渡り終わらないうちに自分の企みをバラしてしまって、ワニが怒ってうさぎを口で捉えて、毛をむしるんだ。知ってるよ、その話。インディアンの言い伝えだ。高慢、傲慢、欺瞞《ぎまん》、についての心理学のゼミで昔よんだ。」

「クヌート、君はＨｉｒｕｋｏが絶対にエスキモーではないと断言したが、インディオである可能性はないのか。」

クヌートは呆れた顔をしたが、Ｈｉｒｕｋｏはにっこりしてうなずきながら、

「太平洋は一冊の絵本」

と言った。Ｈｉｒｕｋｏの顔がインディオにもエスキモーにも見え、めまいがしてきた。

「君は何を望んでいるんだ？　家に帰ることか？　でも君の家はエスキモーの散在する大陸北部なのか。それとも太平洋か？　あるいは君は母語を喋りたいだけなのか？」

クヌートが横から口を出した。

「彼女は確かに母語が話したくて、Ｓｕｓａｎｏｏという人物を探し出した。そして彼が喋らないんで失望した。でも、今は単に彼を助けて母語の会話を楽しみたいと思っているわけじゃない。」

「じゃあ、何を望んでいるんだ。消えた国に何が起こったのか、つきとめることか。」

「そうかもしれない。いや、そうじゃないな。消えたか消えなかったかが一番大切な

ことじゃない。とにかくいろんな人を訪ね、そして尋ねてみることだな。そのために彼女は遠い場所で絶えず言葉を生み出している。」

「まあ、何でもいいや。仕事は最高の暇つぶしだ。診断を続けることにしよう。」

ゴムでできた腕ほどの長さのある蛇を見せると、Ｓｕｓａｎｏｏは上半身をこわばらせたが、言葉は口にしない。代わりにまたＨｉｒｕｋｏが喋り始めた。

「ミズヘビ、ミズ、ミズガルズ、クライヨル、ヨルムンガンド、ホシガミエル。」

聞き違いでなければ、北欧神話に出てくる「ミズガルズ」の名があった。

「ミズガルズを知っているのか。ヨルムンガンドを知っているのか」

と興奮を抑えて確かめると、Ｈｉｒｕｋｏは首をバタバタと横に振った。髪の毛が激しく空気をはらった。クヌートがＨｉｒｕｋｏの耳に唇を寄せて説明した。

「ミズガルズは神話の中にしか存在しない場所だ。天上と地下の間に位置して、四方を水に囲まれている。ヨルムンガンドは蛇で、海洋からはみ出すくらい大きくて、いつもは自分の尻尾をくわえて寝ていて、それが世界の外側を囲む輪になっているんだ。」

クヌートの声は優しくて、まるでおとぎ話を子供に話しているみたいだ。でもヨルムンガンドが目を覚まし、海から出てきたら、洪水が人類を飲み込んで残るのは死だけだ。おとぎ話をしている場合ではない。これだからアンデルセン族は困るのだ。彼らの舌に乗ると破壊的自然までがクリスマスの飾り付けみたいに見えてくる。

水は恐ろしい。子供の時に一度北海で溺《おぼ》れかけたせいか、自分には見たこともない洪水への恐怖感のようなものがある。洪水という言葉そのものが怖い。ヨルムンガンドには兄がいて、そいつが宇宙に住んでいるのだという話を小説で読んだことがある。科学の手で、その大蛇を抑える話だ。自分の手は科学の手だ。医者なら誰もそう信じているだろう。怖くてもこの手で蛇を抑えなければならない。剣はどこだ。物語には必ず、超自然的な力の備わった剣が出てくる。そんなものが病院にあるはずがない。手術用のメスならあるのではないか。いやこの部屋では外科手術など行なわれない。フォークがあった。ギラギラ光っているから、このフォークでも英雄の武器になるだろう。ヨルムンガンドの兄よ、覚悟せよ。降参したな。どんなものだ。アンダーコントロール! アンダーコントロール! コントロール!

いつの間にかムンンが部屋からいなくなっていた。部屋にいる時はいることを意識させないが、いなくなると一抹《いちまつ》の寂しさを残していくタイプの人間だ。そう言えば途中で「邪魔だからもう出ていけ」とムンンを怒鳴りつけたような覚えがある。はっきりした記憶はないがいつもそれに似たことを怒鳴っているので、しなかったという自信がない。悪気は全くなかったんだが、気の毒なことをした。

疲れたので椅子に座って深く息を吐いた。するとＨｉｒｕｋｏがこちらの心の郵便受けにそっと手紙を滑り込ませた。

「海と川を治める大きな蛇。オロチ。米がたくさんでみんな満腹。あるいは、水がたくさん来て、人がみんな死ぬ。満腹か死か。それはオロチが決める。独裁制。」

なんだか不当な議論をふっかけられたように感じ、すぐに反論した。

「蛇を一流レストランに招待して、うさぎ料理をご馳《ち》走《そう》して、高級ワインを飲ませて
機嫌をとる。それは民主主義じゃない。アジア的だ。」

「水が多くてもデモクラシーを得るにはどうすればいいの？」

Ｈｉｒｕｋｏの声は湿っていた。

「洪水が起こる国には民主主義なんか無理だ」

とやけっぱちになって言うと、クヌートが冷やかに、

「デンマークももうすぐ水に沈みますよ」

と釘を刺してきた。かっとして、

「我が祖国さえ沈まなければ、デンマークなど沈んでも構わん」

と口走ってしまってからすぐに後悔して、あわやあわやと付け加えた。

「冗談だよ。人間、今いる国が大切だ。ここでずっと生きるつもりだ。海面の高さが上がって来たら、人間はどこへも逃げられない。」

みんなに帰ってもらうと急に寂しくなったのでムンンを呼んだ。片付けを手伝ってもらいながら、心に浮かぶままどうでもいいことを話した。何を話したのかは覚えていないが、話しているうちに気分が少し明るくなった。

家へ帰って、特製のきのこジュースにウイスキーを垂らして飲むと、気分がますます晴れて来た。インガに電話すると、用もないのに電話してきたというだけで心配してくれて、これからこちらに来ると言う。もしも寂しいピーク時に、寂しいの、と訊かれていたら、意地でも否定しただろう。しかし、すでに気分は高揚していたので、

「来てくれるのか。嬉しいね。今日はどうも寂しい天気だね」

などとキザなセリフを口にすることができた。灰色のVILASUNDに並んで座って、インガの肩に頭を載せてみた。それから手編みと思われるセーターに頬を押し付けると、乳房の重みが頬に感じられた。

「存在する必要がない言語はたくさんある。」

「どういうこと?」

「消えてしまった国の言語を話せなくなったと言う自称失語症の患者が来たんだ。」

「やっと失語症の患者が来たのね。おめでとう。よかったじゃない。」

「よかったかどうかまだ不明だ。もう誰も使っていない言語を取り戻すなんて意味がない。瘤《こぶ》を失くしてしまったけれどあの瘤がないと自分が自分だという気がしないから瘤を取り戻して欲しい、と訴える患者が現れたらどうする？　瘤を付けてやるのが医者の任務か。」

「自分の意志に反して瘤を失くしてしまうことなんてあるの？」

「悪魔のいたずらで、取られてしまうこともあるんじゃないか。悪魔はスープを作る時、瘤で出汁《だし》を取るらしいぞ。」

「あなたが悪魔なんて言葉を使うの？　非科学的な話は大嫌いなのかと思った。だからブードゥーの行なわれている国にも本当は行きたくないんでしょう？」

「悪魔というのはものの例えだよ。Ｈｉｒｕｋｏという女性はとても変わっているんだ。喋っている言葉がね、いろんな言葉を自分で混ぜて作った言葉なんだ。」

「ピジン・イングリッシュね。」

「違うよ、自然にできた言葉じゃない。自分一人で作った言語で英語はほとんど入っていない。」

「理解しやすいの？」

「人による。」

「つまり、あなたには分かりやすいのね。そして、あなたは彼女に魅力を感じている。」

「言語学的な魅力だよ。」

「それは強い魅力じゃない？」

そう言われてみると、あのＨｉｒｕｋｏという女性ともっと話をしてみたい気がする。

そういえば以前勤めていた病院にＨｉｒｕｋｏと顔の似た子が患者として来ていたことがあった。イエシカとかいう名前だった。生みの母は奈良の人で、東京に出て法学を勉強し、「インクの田んぼ」とかいう名前の区役所に就職した。お見合いで「大きな手の町」という不思議な名前の町で働いている手の大きな男と結婚したが、二人はすぐに離婚することになり、母親は気分を晴らすために出た旅行先のカナダで知り合ったスウェーデン人と恋に落ちて身ごもり、まだ離婚が正式に成立していなかったので、そのままではイエシカは、前の夫の子にされてしまう。そういう法律のある国だったのだ。それは古代中国から輸入した法律で、人間ひとりについて一枚の書類を作るのではなく、家の扉一枚について一枚書類を作る「ドア・ドキュメント」という制度だとイェシカが説明してくれた。結婚すると、女性の名前は元のドアから消され、夫の家族のドアに書き込まれる。子供が生まれれば、その名もドアに書き加えられる。イェシカの母は前の夫のドアにイェシカの名を書くのが嫌なので、イェシカの誕生を届け出なかった。そのせいでイェシカは「ムコクセキ」という身分になってしまい、国を出ることもできなくなった。スウェーデンに行けば、パスポートを持たない難民と同じ列に並んでそこの市民権を得ることもできるのに、パスポートがないので国を出ることができない。そこで危険を冒して、父親が偽の子供用身分証明書を手に入れて海外に連れ出した。そしてイェシカは北欧で丈夫に育った。ところが学生になって初めて、またいとこだという男が訪ねてきて、「ドア・ドキュメント」の話をすると、

「え、それって戸籍のことか。そんなものは、もうないよ」

と遠い過去をそのまま現在のことだと思い込んでいるイェシカを目を丸くして眺めていた。大きな自然災害があって、県庁や市役所の書類が大量に燃えたり流されたりして、戸籍の代わりに生存者ナンバーのようなものができたらしい。「生存者ナンバ

ー」ではあまりに悲惨なのでこのナンバーは、「家がなくなっても気にするな、大丈夫だ、元気を出せ」というメッセージを込めて「ドンマイ・ナンバー」という名前になった。番号がもらえると手当てももらえる。

その話を聞いた夜、イェシカは自分もドンマイ・ナンバーをもらってホッとする夢を見た。書類を胸に抱いて、春の公園のベンチに座って、うっとりしていた。ところが横から急に鹿が姿をあらわした。可愛い黒い目をしている。毛色はブリュネットで、白い星の模様がある。お母さんが言っていた。故郷の公園には鹿がたくさんいて、みんなが餌《えさ》をやるからとても人間に慣れているんだって。鹿は恐れもせずに近づいてきて首を伸ばすと、書類のへりをくわえて、ムシャムシャと食べ始めた。イェシカが叫びをあげた時にはもう、せっかく手に入れたドンマイ・ナンバーは鹿の胃の中に収まっていた。

患者がみたこの夢の話をなぜか詳しく覚えている。Ｈｉｒｕｋｏも身分証明書を鹿に食われてしまったのだろうか。北欧のヘラジカは危険なこともあるが紙など食わない。文化の違いとはこういうことだ。

Ｈｉｒｕｋｏと話がしてみたいという気持ちが募ったせいか、隣にはインガが寝ているのに心の中でＨｉｒｕｋｏと話をしてしまった。

「君の故郷では鹿狩りをするかね。」

「しない。ベジタリアン的伝統。仏教。」

「現代でも肉を食べないのかね。」

「食べる。吉野家、神戸牛、照り焼き、豚マン。」

「鹿は食べないのか。」

「食べない。」

「でもそれでは鹿が増えすぎて困るだろう。」

「鹿は奈良パークにしかいない。」

「ナラか。そうだ、イェシカの母親はその町の出身だった。」

「イェシカ？　アスカ？」

「君もパスポートを鹿に食われてしまったのか。」

「パスポートはある。国がない。」

「そうか。国を丸ごと食うなんて、大きな鹿だな。おそらく北欧のヘラジカより大きい鹿なんだろう。」

# 第三章　ナヌークは語る

俺はアウトバーンの入り口に続くランプウェイの緩やかな上り坂の始まるあたりに立った。トリアーの町の方向を見てもまだ車は一台も見えなかったが練習のつもりで親指を高く差し上げてみた。指先を見あげると、空は黒寄りの灰色と白寄りの灰色のまだら模様になっていて、そんな空を俺が指先で支えているみたいに見えた。何時だろう。時計を持ってくるのを忘れた。背後の白樺はどれもひょろひょろと背が高い。自分の背が低すぎて車の中からは見えないのではないかと心配になって思わずつま先立ち、前につんのめって倒れそうになった。その時、メタリック・レッドのポロが一台近づいてきた。俺の姿が目に入ったらしく、速度を落として止まった。運転席で首をかしげるように横に倒して俺の姿を確かめているのは、赤毛の女性だった。男性に乗せてもらってひどい目にあったことがある俺はほっとした。女性は二人を隔てている窓のガラスを下ろした。

「どこへ行きたいの？」

「コペンハーゲン。」

赤毛の女性は、ぷっと吹き出して、助手席のドアを開けた。

「とりあえずコープレンツでどう？　方向もだいたい合っているし、どちらの町もKOで始まっているから。」

「コペンハーゲンがK？」

「ドイツ語ならCではなくてKでしょう。乗るの、乗らないの？」

俺が慌てて車の中に潜り込むと、赤毛は勝ち誇ったように言った。

「KOだから、ノックアウトね。」

俺は「KO」と「ノックアウト」の関係を知らなかったので聞こえなかったふりをして黙ってシートベルトを締めた。

「名前は？」

「ナヌーク。」

「私はベローナ。真ん中にエルが二つよ。」

車は苦しげにエンジンを唸《うな》らせながら、アウトバーンの加速車線に入った。首をひねるとものすごいスピードで黒のベンツが後ろから迫ってくる。それをやり過してからベローナはポロを遠慮がちに右車線に滑り込ませた。話し方は無遠慮だが、運転は慎重だ。

「コペンハーゲンまで行く人が偶然通ると本気で思ったの？」

「コペンハーゲンは遠くない。」

「まあね。確かにコンゴやコロンビアよりは近いけれど、でも車で行くには遠すぎるんじゃない？　どうして飛行機で行かないの？　ヒッチハイクなんてしていたら目的地に着くまでの食事代だけでも航空券より高くなってしまうでしょ。」

俺が答えないのでベローナはほんの一瞬首をひねって言った。

「もしかして不法滞在とか？　別に構わないけど。」

「不法滞在じゃない。コペンハーゲンの大学で勉強している。」

「何を勉強しているの？」

「生物学。」

「へえ。エリートなのね。」

ベローナは臙脂《えんじ》色の薄いセーターを着ていた。肩のあたりで赤毛の先端が光っていて、胸がすっぽり手に収まりそうな鞠のようにふくれていた。太陽が雲の間から顔を出した。世界にはものすごくたくさんの人間がいて、その中で誰と出逢うかは単なる偶然だ。それなのに偶然出逢った他人をまるで自分だけのために作られた運命の人みたいに受け入れて、挙げ句の果てには結婚することもある。トリアーで出逢ったノラだってそうだ。もし俺がカイザーテルメンで倒れている時に偶然通りかかったのが別の女性だったら、クヌートたちと友情を結ぶこともなく、今日コペンハーゲンに向かうこともなかっただろう。そしてノラは俺の人生に登場しない他人ということになる。

俺の故郷では偶然の出逢いなど滅多になかった。道を歩いていれば通りかかった車が必ず乗せてくれたが、運転手はもちろん知っている人だから、これはヒッチハイクではない。もちろんカーシェアリングなんていう洒落《しゃれ》た流行でもない。車に乗っていて歩いている人を見かけたら乗せるのは車が導入されて以来途絶えたことのない常識だ。もちろん移民が来始めてから少し事情が変わってきたけれど、それはごく最近のことだ。

「あなた、コリアン？」

突然そう訊かれて慌てて、時間を稼ぐために、

「どうしてそう思ったの？」

と問い返した。鮨の国から来たふりをすることには慣れていたが、コリアンかと訊かれたことは今までなかったので、答えを準備していなかった。

「だって海外に留学して生物学を専攻するなんて、頭が良くて努力家でしょう。それに筋肉がたくましいし。」

ベローナは薄いセーターを着ていたが、俺にとってはどちらかといえば暑い日だったので、上着は脱いで半袖姿になっていた。もともと短かった半袖が洗濯機に温度調節機能があることを知らずに、水温九十度で洗濯したせいで縮んでしまって、腕が肩までむき出しになっていた。アジア系の顔をしているのに筋肉がたくましいのは軍隊にいたことのある若者だけだとベローナは思いこんでいるのだろう。俺は鮨や昆布出汁のことなら詳しいが、キムチに入っている発酵《はっこう》魚は何ですか、などと訊かれたらお手上げだ。最初から真実を告げておいた方がよさそうだ。

「俺はエスキモーだ。」

ベローナは驚いて背を反《そ》らせて急ブレーキを踏んでしまってから慌ててバックミラーを見たが、幸いすぐ後ろに車は迫っていなかった。

「ごめん。びっくりしたわ。」

「どうして?」

「だって今朝、夫がアラスカの話をしていたから。これまで遠い土地の話なんかしたことのない彼が急にアラスカに行きたくなったなんて言うから心配していたの。それって間接的な別れ話なのかなと思った。」

　好き勝手な人生を楽しんでいるように見える赤毛の若い女性に「夫」という単語は不似合いだった。もちろん、「私の宝物が」とか「私のうさぎが」など惚気《のろけ》た愛称を使われるよりは事実だけを伝える「夫」というそっけない単語を使われた方がましだけれど。それでも急にシラけたので、

「コープレンツへ行く道は川沿いにお城がたくさん建っていてロマンチックだって聞いたけど、ただの灰色アウトバーンだな」

　と話題を変えて、上っ面だけの不満を漏らしてみた。

「モーゼルに沿って走れば、ものすごくいい景色が見えるけれど。」

「どうしてその道を行かないんだ？」

「観光客じゃないもの。きれいな景色には興味ない。」

「観光客じゃないなら何？　学生？」

「ありがとう。でももう大学なんかにのんびり通っていられる歳じゃないの。仕事はシュピオーニン。」

「シュピオーニン」という響きには聞き覚えがあるが、何のことだったか思い出せない。シュコピオーン（サソリ）と似た生き物か。サソリというのは、水商売を指す隠語だとしてもおかしくないな。好奇心を嚙み潰すことに失敗し、

「具体的にはどんな仕事をしているんだい？」

と素直に訊いてしまった。

「ライバル会社の製造の秘密を探り出すの。」

「何の製造？」

「モーゼルワイン。」

「産業スパイか。」

ベローナが本当に最新ワイン製造技術のスパイをしているのか、それとも俺をからかっているだけなのか判断に困って、話題を変えた。

「コープレンツにはいつ着く？」

「あと一時間半くらいかな。」

「コープレンツに着いたら、その後はどうすればいいんだ？　モーゼル川を更に北に辿《たど》っていくのかな？」

「モーゼル川はそこで終わるから辿っていけない。」

旅はコープレンツで終わると言われたみたいに俺はギョッとした。ベローナは俺が焦っているのを満足そうに見届けると種明かしをしてくれた。

「モーゼル川はそこでライン川に流れ込むの。」

「それなら、その先はライン川をたどって北上すればいいんだな。」

「それはいいアイデアとは言えないでしょう。」

「どうして？」

「だって、あなたはどんどん北上したがる古代ローマ人じゃないでしょう。ライン川をたどってケルンに向かって進んだら、西へ行き過ぎてコペンハーゲンから遠ざかってしまう。西すぎるわ。もっと北東を目指さないとだめ。そこにはもうあなたを導いてくれる川はない。深い森の中を抜けて、その向こう側に出るの。海のある所にね。」

「深い森を抜けていかないとだめなのか？」

「そう。見通しのきかない暗い森。沼地が多くて迷ったらもう出られない。途中には教会の塔も見あたらないし、農家もない。古代ローマ人たちはそんな森をとても恐れていた。私の祖先のゲルマン人たちが槍を持って木の後ろに隠れていて、古代ローマ人が通ると襲いかかったの。」

からかわれていると察していても鳥肌が立ってしまう自分を俺は不思議に思った。

「アウトバーンもないの?」

「あるわよ。アウトバーンは人の住んでいないところでも黙々と走っているの。多分、火星にも走っている。」

「じゃあ、どの道を通ってもいいからとにかくコペンハーゲンに行きたいと運転手に告げればいいんだね。」

「だめだめ。コープレンツの道端でコペンハーゲンに行く車が偶然通りかかるのを待っているくらいなら、歩いていった方が早く着くでしょう。目的地はハンブルクだと伝えればいい。ハンブルクへ行きたいって言うのよ。」

「でもハンブルクへ行く理由はない。」

「本当はどこへも行きたくないんじゃないの? 彼女から逃げているだけでしょう。」

速度を少しも落とさずに急カーブを切られたみたいに俺は度肝を抜かれ、返す言葉がなかった。

「彼女、名前は何て言うの?」

「ノラ。偶然知り合って、まだ付き合い始めてそれほど時間がたってない。」

「でも、ちゃんと別れてはいないんでしょう。」

「別に別れる理由もないしね。とりあえず北に行く用事があると告げて家を出た。言い訳じゃないよ。本当に用事があるんだ。」

「友達が病気なの?」

「どうして知っているんだ?」

「北を目指す理由としては、典型的だと思ったから言ってみただけ。」

そんなとりとめもない話をしているとコープレンツに着いてしまった。ベローナは一度アウトバーンから降りてから、俺をわざわざアウトバーンの入り口に続く道まで連れて行ってくれた。

「ここをまっすぐ歩いて行くと、ヒッチハイクのホットスポットがあるから。それじゃ元気でね。」

「君も。ありがとう。」

車が視界から消えた瞬間、ベローナの電話番号を訊いておけばよかったと後悔した。このまま一生再会できないかもしれない。もし人生が再会できない人たちと過ごす短い時間の連なりに過ぎないとしたら、地球はいつかバラバラに崩れてしまわないのか。

一人で立って待っているとボルボが近づいてきたので手を挙げたが、スピードさえ落としてくれなかった。その後現れたベンツもトヨタも止まってくれなかった。気持ちが湿ってくる。暗くなってきたので、俺は明かりの見える街の中心に向かってとぼとぼ歩き出した。深夜トラックに乗せてもらえれば距離が稼げるが、そのためにはもっと遅い時間に来た方がいい。大型車がアウトバーンを走るのは深夜からだという話を聞いたことがある。

空腹のせいか、油で揚げた魚と真っ白なご飯が脳裏に浮かぶ。中華料理を装った偽物のジャンクフードが食べたい。街に出れば必ず食べ物があるだろう。しかし街の食べ物は全てお金と引き換えでなければ口に入らない。ノラがクレジットカードを一枚持たせてくれたが、これを使ってしまったら彼女と繋がってしまう。カードがあの奇妙な機械に差し込まれた瞬間、俺はノラの飼い犬になってしまう。自由を守るためには、金のかからない食べ物を探すしかない。どこを探したらいいのか見当がつかないが、あたりが暗くなり始めると鼻の内側の粘膜が敏感になってきて、排気ガスの臭いの流れてくる方向と揚げ物の匂いの流れてくる方向が嗅ぎ分けられる。そして、それとは別に川の匂いが何処《どこ》かから漂ってくる。木立に視界をふさがれたまま一車線半しかない狭い自動車道の脇に申し訳程度に作られた歩道をどこまでも歩いていくと、後ろから車の音が近づいてきてヒュンダイのソナタが一台、俺を数メートル追い抜かしてから止まった。紺色の毛糸の帽子をかぶった中年の男が窓から首を出して、どこへ行くんだ、と尋ねた。こちらが諦めた時に限って、乗せてくれる車が現れるから不思議だ。もう暗いのにこんな寂しい道を一人とぼとぼ歩いている俺を見て、盗賊に身ぐるみ剝《は》がれたかわいそうな被害者と思われたのかもしれない。しかし街の中心に向かって普通の道路を走っている人に、ハンブルクへ行きたいと言っても笑われそうだ。

「釣りの下見に行くんだ。」

するっと口から出た嘘に自分でも驚いた。全くの嘘ではない。魚が食べたいがお金は出したくない。だから釣りをしたいのだが釣竿はない。下見なら釣竿は持っていなくても不審がられないだろう。ドライバーは細めていた目を急に大きく見開いて、

「それじゃあ俺と同じだな。穴場を教えてやるから乗りな」

と誘ってくれた。この人も釣りの下見に行くところだなんて、話がうますぎる。何か魂胆があって話を合わせているのかもしれない。とっさに断る理由が思い浮かばなかったので、仕方なく助手席に乗った。車内は魚の燻製《くんせい》を作る掘っ立て小屋の中のように煙たかった。

「タバコの煙くさいだろう。」

こちらの心を見抜いたように男が言った。

「俺の名前はシュッペンアウアーという。苗字でしか呼ばれたことがない。お前は？」

「ナヌーク。」

「よくある名前とは言い難いな。しかしそれはあくまでラインランド地方に限定した場合の話だが。」

話し方からするとこいつ意外に教養があるのかもしれない。しかし教養があるから犯罪者でないとは限らない。振り返ると後ろの座席に大きな鞄が置かれ、釣竿が三本斜めに立てかけてあった。どうやら本当に釣りをする人らしい。

車は滑るように道なりに進み、街の中心から少しずつ外れて、緩やかな坂をのぼっていった。突然目の前に現れた光景に俺は息を呑んだ。銀色に輝く太い帯のような川にそれに負けないほど太い川がゆっくりとしかし人間には抵抗の余地のない勢いをもって注ぎ込んでいる。よくは見えないが、二つの流れが出会うあたりには水中に無数の泡のせめぎ合いがあるようだった。

「あれがカストルム・アド・コンフルエンテスだ。」

シュッペンアウアーは口をポカンと開けて驚いている俺の横顔を見て、

「モーゼル川がライン川に注ぎ込む地点だよ」

と説明を加えた。そうか。さっきの赤毛の女性もそんなようなことを言っていたな。もう彼女の名前を忘れている。人との出逢いは儚《はかな》いな。シュッペンアウアーという印象的な名前も明日になったらもう忘れているだろう。この男、苗字でしか呼ばれたことがないなんて、軍隊にでも勤めているんだろうか。

「これから穴場に連れて行ってやるよ。」

シュッペンアウアーは寂しい道に入って道の脇に車を止め、荷物を俺にも持たせて、藪《やぶ》の中に埋まって消えそうになっている細い抜け道を膝で探りながら水際に出た。かすかに足を引きずっているように見えた。他に音がしないので葉ずれの音がわざとらしいほどやかましい。不意に視界がひらけ、幅の広い川が目の前に現れ、暗い水面がかすかに爬虫類《はちゅうるい》の肌のような光を放っていた。

「ここはよく釣れるぞ。しかも地形的に警備には見つかりにくい。」

「釣りは禁止されているんですか。」

「いや。でも許可証を持っているかを調べる船が時々まわってくる。許可証は値段が高いんでね。あんなに高い料金を払うくらいなら鮨バーにマグロでも食べに行った方が安上がりだろう。ははは。」

「鮨屋にはよく行くんですか。」

「まさか。生の魚なんて食えるか。」

そう言われて俺は自分が鮨屋で働いていたことを話すのはやめた。

暗い水面に反射するかすかに黄色を帯びた光はどこから来るのだろう。文明の明るさの総体か。男は人差し指くらいの小さな懐中電灯をつけて、弁当箱から餌をつまみ出して釣り針に刺していた。俺はそちらを見ないようにし、ぐうぐうとなる腹の音を隠すためにわざと乱暴に草むらを靴で蹴《け》って音を立てた。するとシュルシュルっとすごい速度で這っていくものがあった。

「蛇だ。」

「珍しいな。リンゲルナッターか。」

シュッペンアウアーは魚ではない鱗《うろこ》に包まれた生物には関心を示さず、三本の釣竿のうち一本を地面に直接固定することに夢中になっていた。それから餌のついた釣り針を夜空に向かって投げ、糸は面白いほどするすると伸びていった。その竿を俺に握らせると、三本目も餌を遠くに投げて自分で持って俺の隣に立った。昔祖父と氷を割って釣りをしたことを思い出した。糸は短くて、竿もなかったがそれでも魚は釣れたように記憶している。

「お前はこの地方に住んでいるわけじゃないんだろう。」

こういう喋り方をするのは警官ではないか。苗字でしか呼ばれないのは軍隊だけではなくおそらく警察もそうなのではないか。しかし警官が釣り許可証なしで釣りをするだろうか。

「実はコペンハーゲンに住んでいて、長旅をしていたんですが、これから家に帰るところです。」

真実は切り取って見せる場所によって嘘よりずっと嘘のように聞こえる。

「コペンハーゲンとは遠いな。今日はどこから来た？」

「トリアーです。」

「彼女がトリアーに住んでいるのか。」

俺の額にノラの写真が貼ってあるのだろうか。こちらからは女性の話など仄《ほの》めかしてもいないのに、赤毛の女もこの男もノラのことを聞きたがる。

「はい。彼女もこれからコペンハーゲンに行くんです。」

「どうして一緒に行かない？」

「彼女は飛行機で行くそうなんです。」

「それじゃあ、お前はどうして飛行機に乗らないのか？」

「もしかして警視庁にお勤めですか。」

男の喉仏が膨らんでしぼんだ。男はそれから割れるような大声で笑い始めた。

「どうしてそんなことを訊く？」

「質問の仕方がテレビに出てくる刑事さんみたいなので。」

「なるほど。接触が多かったから、口調がうつったんだろう。お前は警察に逮捕されたことがあるのか。」

「はい。オスローで一度。」

「許可証なしで釣りでもしたのか。」

「いいえ。鯨を殺した罪をなすりつけられたんです。」

「ノルウェーでも鯨を殺したら法律違反になるのか？」

「自然保護団体を挑発して、町を混乱に陥《おとしい》れた罪だったような気がします。」

「なんだ、自分でも罪状をよく理解していないのか。」

「無罪が証明されてすぐにフランスに行ったら、鯨以上に大きな問題が発生してしまったんです。」

「女性問題か。」

「いいえ。インガ・ニールセンという夫人とフランスでばったり出逢ってしまって。この人がスポンサーだったのに、短い旅に出ると伝えて出発したまま、終わりのない旅になってしまったことを伝えてなかった。」

　夜の川と向き合って並んですわっていれば、たとえそれが他人でも何でも打ち明けられそうだから不思議だ。嘘をついたり、何かを隠したりするつもりは全くなかったが、今話した内容が他人の物語のようで、真実なのか自信が持てなかった。場所を移動し続けると、過去の自分が剝がれて取れて思い出せなくなることもあるのかな。

「それでこれからコペンハーゲンに戻るわけか。」

「まあ、そんなところです。本当はもう少し複雑なんですが。」

　聞き手は夜のように静かで、無理に聞き出そうとやけになったりしない。ノラはその逆で何でもすぐに知りたがり、期待をムンムンさせて迫ってくるから、追い詰められて嘘をつかなければならなくなるのだ。今朝ノラが、

「コペンハーゲン行きのフライト、二人分予約したから。明日の便よ。私たちがお見舞いに行けば、Susanooも喜ぶと思うわ」

　とコーヒーを飲みながらまるで隣の家の犬が昨夜吠《ほ》えていたことでも報告するように言った。俺は慌てて防御線を張った。

「俺は行けない。」

「どうして？」

「飛行機は乗りたくない。」

ノラにお金を出してもらって飛行機に乗り込んで夫婦みたいに並んですわって、添乗員がテトラパックからプラスチックのコップに注いでくれるトマトジュースを飲みながら、化粧品やホテルの広告の並んだ機内誌をペラペラめくるなんてまっぴらごめんだ。ノラは驚いたようだったが感情を抑えて冷静に訊いた。

「電車で行きたいの？　私は仕事があるからあまり時間がないの。」

「それなら君は飛行機で行けばいい。」

しばらく気まずい沈黙があってからノラが言った。

「それなら、あなたの分の列車の切符を予約しておく。」

「自分でやるよ。」

「でも、」

お金がないでしょう、とノラは言いかけて口をつぐんだ。俺はとっさに思いついたことを言った。

「ヒッチハイクで行きたいんだ。」

ノラは答えに困って黙ってしまった。

そんなことを思い出していると、シュッペンアウアーが急に膝を曲げて腰を入れ、足を踏ん張った。緩やかに流れる暗い川の模様がはるか遠方で乱れ始めた。シュッペンアウアーがものすごい勢いでリールを回し始めた。巻き取っても、巻き取っても、魚には行き着かない。俺は自分が呼吸を止めて待っていることに気づいて、慌てて呼吸を再開した。そのうちやっと水面が盛り上がって、光る飛沫を撒《ま》き散らしながらおどりあがった魚をシュッペンアウアーは慣れた手つきで草の上に叩き落とした。小さな懐中電灯の光をあてると、鎧《よろい》のような鱗に包まれた魚は落ちた時の音が大きかったわりに、意外に小さかった。尾鰭《おひれ》で頭を打つようにのたうちまわっている。高く跳ねることはできないが、少し動く度に川に近づいていくから不思議だ。本能的に川のある方向がわかるのか、それとも水のにおいがするのか。俺は手のひらで魚を上から押さえた。意外に冷たくはなく、ぬめりもない。

「ブラクセだな。」

鮨屋ではお目にかからない川魚だ。シュッペンアウアーはカバンから小さな鉄板を出してスイッチを入れ、魚の頭を石で打ってから、ぐったりした小さな身体を無造作に上に置いた。ジジッと音がした。俺の腹がそれに応えるようにグゥッと鳴った。

「電気も火もいらない調理器具ですね。」

あまり嬉しかったので当たり前のことを訊いてしまう。

「おまけに明るくならないから、誰にも見つからずに暗闇の中で調理できるのさ。」

魚の焼けるじゅるじゅるというかすかな音が耳から入って口のなかが唾液でいっぱいになる。指先が空腹のために震えていた。シュッペンアウアーはカバンからナイフとフォークとパンの塊《かたまり》を出した。俺にはフォークを手渡し、自分はナイフで魚の身を切りとり、刃に載せて器用に食べた。俺も夢中でパンをちぎり、フォークでほじって魚の身を食べた。いつもなら塩を要求するところだったが、塩という単語を思いつかないほど腹がすいていた。かすかに泥を思わせる味に記憶があった。いつだったか、これがコイコックだ、とか言って年配の板前が味見させてくれたスープだ。「鯉コック」か。イタマエじゃなくてコックか。コックと板前。同じ事物の呼び方が複数ある難しい言語を、俺は独学で習得したんだ。これは恥の多い俺の人生の中では自慢していいことじゃないかな。板前は包丁を使います、食事にはナイフを使います、お医者さんはメスを使います。

鯉というのはヨーロッパでも流行《はや》っているあの金魚の化け物みたいな魚のことだろう。うまくかけあわせて綺麗な色に生まれた魚なら値段は家一軒くらいの値段が付くこともあるそうだ。そいつの親戚は泥臭い川に住んでいて色は地味だが調理の仕方によって味は悪くない。

食い終わって顔を上げたら、俺は暗闇にすっかり目が慣れてシュッペンアウアーの目鼻立ちの整った顔がはっきり見えたので驚いた。

「さあ、そろそろ片付けて帰ろうか。」

帰ると言うのは、家に泊めてくれるんだろうか。シュッペンアウアーは不似合いに親切な顔で言った。

「こうして出逢ったのも神の思《おぼ》し召しだ。俺はこう見えても信心深い。しかも金には不自由していない。コペンハーゲン行きのチケットを買ってやろう。お前の身分証明書に書いてある名前を教えろ。」

その声には拒否を許さない強さがあったのでつい本名を教えてしまった。少し後悔しながら、釣り道具をまとめて車に収納するのを手伝った。本名を知られてしまうというのは、弱みを握られてしまうようなものだ。助手席に乗り込んで待っていたが、シュッペンアウアーはなかなか戻ってこなかった。不安になって車をもう一度降りてみると、少し離れたところでこちらに背を向け、前かがみになって電話している。長電話なので不安になった。

車はさっき来たのとは違う道を走り、いきなり駅前に出た。タクシー乗り場の後ろに駐車するとシュッペンアウアーは急に教師のような顔をつくって言った。

「これからハンブルク行きの電車の切符を買ってやる。明日の朝向こうに着く夜行列車だ。ハンブルクでは中央駅ではなくてダムトアという駅で降りて、高いビルが一つだけ建っている側の出口から外に出ると植物園がある。その入り口で待っていれば、一人の男が現れる。その男にこのショルダーバッグを渡してほしい。引き換えにその男がコペンハーゲン行きの航空券をくれるはずだ。」

俺は犯罪に巻き込まれるのは嫌だ、と言おうとしたが声が出なかった。秘密を知ってしまったのに共犯者になることを拒む人間は推理小説では消される。

ずっと年下の友人の顔を保ったまま別れて、ショルダーバッグの中身が何なのか見極めてから警察に届けるかどうか決めよう。そうか、この男が警官のような話し方をするのは警官と話す機会が多かったからか。苗字でしか呼ばれたことがないのは、格子の向こうで長年暮らしていたからか。俺は勝手に物語を作り上げ、緊張を隠すために愛想よく微笑みながら頷いた。

「ハンブルクではあまり時間がないから急げよ。列車の切符で空港まで電車に乗っていける。直通だ。」

シュッペンアウアーは車を降り、トランクを開けて中から黒いショルダーバッグを引き上げて注意深く肩にかけ、駅の建物に向かって歩き出した。俺は慌ててあとを追った。入り口のホールで手渡されたのは驚いたことに一等車の切符だった。

「ケルンで乗り換えるんだ。いいな。」

「でもケルンは西すぎます。コペンハーゲンに行く俺にとっては遠回りです。古代ローマ人じゃないんですからケルンに進む理由はないんです。」

俺は赤毛に教わったことを子供みたいに繰り返した。シュッペンアウアーは驚きも苛立ちもせず、むしろ寂しげに言った。

「列車の旅は遠回りした方が早いことが多い。森の中には線路は走っていないからな。ケルンを経由すればどこへでもすぐに行ける。じゃあ、気をつけて。列車は後二分で出る。急がないと乗り遅れるぞ。もう会うこともないだろうが、うまくやれよ。」

俺は黒いショルダーバッグを受け取って肩にかけると、別れの言葉をモゴモゴと口の中で転がし、釣り人に背を向けて二段抜かしで階段を駆け上がり、「1」と書かれた車両に飛びこんだ。列車はすいていて、同じ車両の反対の端で、高級そうに見える布地でできた背広を着た男が仕事に専念しているほか、乗客の姿はなかった。俺はショルダーバッグを窓際の席に注意深く置いた。黒い革は分厚く、表面を撫でても中に入っているのが拳銃のように固いものなのか、それとも麻薬を詰めた袋のようなものなのか見当さえつかなかった。ファスナーをそろそろと開けていると、不意に背後で「乗車券をお願いします」というよく響く声がしたので俺はあけかけた闇世界の入り口を閉め、尻のポケットから切符を出して肩の高さに差し出しながら振り返った。背の高い車掌は切符をじっと眺め、なかなかハサミを入れようとしない。旅券審査をする役人がよく不気味なほど無表情な顔のままパスポートをじっと見つめていることがある。怪しい男に買ってもらった切符だということが暗号で切符に記されていて、それを今解読し、対策でも考えているような顔だ。しかし買ってくれたのがたとえ殺人犯であっても、切符そのものが正規に購入されたものであればその切符を使うのは合法だ。

車掌はやっとハサミを入れると、何も言わずに立ち去ったが、同じ車両にいる間は戻ってきそうで安心できない。幸い切符を拝見する相手はあと一人しかいない。ところがこれが手間取った。向こうの端に座っていたビジネスマン風の乗客は、高級そうな背広を着ているのに切符を持っていなかったようだ。しかも車内で買うと料金が増すという規則を受け入れられないらしく、購入価格が規範になる売値より高い場合には顧客にどういう手段で事前にそれを伝えなければいけないかということについて長いレクチャーを始めた。学歴を見せびらかすような、語彙《ごい》の豊かな、歯切れのいい喋り方だった。ところが車掌も負けてはいない。割増料金を払うことを拒否すれば犯罪になると言っている。どうやら犯罪者は俺ではなく、あいつなのだ。

俺は待ちきれなくなって、窓際の席に赤ちゃんのように大事に置かれたショルダーバッグのファスナーをゆっくり音がしないように開けた。中には青いタオルに包まれた二つの物体があった。抱き上げてタオルを外してみると、くすんだ茶色い熊のぬいぐるみだった。シュタイフ社の年代物で毛がすり減っている。黒くてまるいボタンの目を見ているうちに鼻の中が痒《かゆ》いような笑いがこみ上げてきて、自分の心配を笑い飛ばしたくなった。もしかしたらシュッペンアウアーの家にあったおもちゃを孫に譲るとかそんな話なのかもしれない。例えば郵便局がストライキ中なのに孫の誕生日は明日であるとか。とすると俺はかなり得したことになる。熊をタオルで丁寧に包んでバッグに戻し、もう一つの物体を持ち上げた。大きさは同じだがこちらの方がずっと重く、しかもひやりと冷たい。タオルをはいでみると、中にはロボットが入っていた。カタカナで「ミコトクン」と書いてある。ミは数字の三、コトは事実という意味だ。クンは男の子が可愛かった場合に名前に付ける敬称だ。とにかくカタカナが読めるというだけで俺は周りの人間たちに優越感を感じる。

ロボットの目はどこか熊のぬいぐるみと似ていて、まんまるで黒くて可愛らしい。

全長30センチくらいだろうか。手足はもちろん付け根から前後に動くが、それだけでなく、肘《ひじ》や膝、そして指の関節まで曲がるようになっている。色はブルーがかった銀色で、今にも起き上がって歩きそうだ。スイッチのようなものは見当たらない。どうやって電源を入れるのだろう。もしかしたらリモコンで動かすのかもしれない。バッグの底を探したが、付属部品も手紙も入っていなかった。これも孫へのプレゼントなのだろう。俺はロボットをタオルに包んで、熊の隣に寝かせ、ファスナーを一気に閉めた。

闇世界のファスナーを閉めてしまうと、もう何も見るものがなくなってしまって退屈だった。真っ黒な窓ガラスを見ても、見えるのはそこに映っている自分の顔だけだ。他に見るものがないのでつくづく眺めてしまう。こいつは一体どういう人間なんだ。もし俺が俺を知らないとして、偶然こういう顔の男が向かいの席に座っているとする。黒いショルダーバッグを隣に置いて、上の棚にのせようとはしない。なぜだ、と俺は考えるだろう。おそらく麻薬か爆弾でも入っているのだろう。もちろん、そのまま入っているわけではなくて、覚醒剤《かくせいざい》は小さなビニール袋に小分けされ、ぬいぐるみの奥に隠してあるのだろう、と俺は考えるだろう。警察犬が通りかかればすぐに吠えたてるだろうが、ここは空港ではないので嗅覚《きゅうかく》の優れた哺乳動物は勤務していない。爆弾は子供のおもちゃに見せかけたロボットに内蔵されていて、どこかの国で誰かがスイッチを入れればロボットは目的地に向かって勝手に歩き出し、自らの身体ともども全てを爆破させてしまうのだろう、と俺は考えるだろう。最近はこういうロボットができたから自爆テロがなくなったのだという話を読んだことがある。しかし、そのように恐ろしい犯罪に加担することがこの男のするべきことだろうか。こいつの顔には善良そうなところがあるではないか。跪《ひざまず》いてハスキー犬の頭を撫でながら、氷を割ってその下を流れる水を試験管に集めてサンプルとして大切に持ち帰る研究員。それがこの顔にぴったりの課題だ、などと俺は考えるだろう。

警察に届けよう。ハンブルクに着いたら、中央駅で降りれば、そこには鉄道警察があるだろうからそこへ直行しよう。でも警察に行けば俺自身のこともいろいろ調べられるだろう。スポンサーから奨学金をせしめておきながら大学を勝手にやめて旅に出てしまったこと、鮨の国出身のふりをして出汁のワークショップをやろうとしたこと、ノラを騙《だま》したことなど、叩けばいくらでも埃が出る。そういう責任感の錆《さ》びついた人間を警察はなかなか釈放しないのではないか。

届け出ることなどしないで、頼まれた通りにしてあとは放っておくのが一番だ。仮にハンブルクで爆破事件が起きて、犯人が捕まっても、爆弾はシュッペンアウアーが与えたのであって、俺は仲介役に過ぎない。仮に爆弾が郵送されても郵便配達人が逮捕されないのと同じことだ。俺はショルダーバッグの中身が子供の玩具だと思っていたのだから無罪だ。

しかし不快な取り調べを受けることは避けられないかもしれない。シュッペンアウアーあるいはその男がハンブルク発のチケットを予約した記録が残っていれば、俺の名前が浮かび上がる。

こんなに心配していたのに俺はどういうわけかすぐに深い眠りに落ちた。思えば子供の頃から心配事があると熟睡する癖がある。眠ってしまえばもう何も考えないですむからだろう。自分でも便利な性格だと思う。列車が激しく揺れて目が覚めると窓の外はもう明るくて、エルベ川を渡る鉄橋の上を走っているところだった。空は今にも雨の降りそうな色をしていたが、それでも朝には朝の輝きのようなものがあって気が晴れた。

シュッペンアウアーに言われたとおり、中央駅ではなくダムトア駅で降りた。冷たい風が頰を打ち、北極の匂いがしたような気がした。俺は北に向かっていることが嬉しくなった。どうしてトリアーなんかに行ってしまったんだ。ましてアルルなんて場所では、俺には理解できない南の文明が人の心を鎖で過去に繋いでいるのだ。地中海に近い場所には確かに舌のとろけるような美味しい食事や、身につけただけで発情するような衣服はあるかもしれない。しかし身体に油を塗って、女たちに舐めまわされて、挙げ句の果てにはライオンに食われるなんてごめんだ。俺は毛皮で身を包み、氷の上でハスキー犬と戯《たわむ》れるべきなのだ。

丘のように小高いプラットホームから四方を見渡すと、一方には美しい歴史的建物の並ぶ町があり、もう一方は樹木に埋め尽くされ、植物園のように見えた。

俺はすれ違う人たちの腰にショルダーバッグがぶつからないように胸に抱え込んで階段をゆっくりと降りていった。コーヒーの香りがしたが、金を持ってないことに気づいた。それにここでノラのクレジットカードを使ってしまったら、俺がこの時間この駅にいたことが証明されてしまう。

植物園の柵沿いに歩いていくと、すぐに大きな入り口があった。入り口といっても植物園と書かれた看板があるわけではないし、入場券を売る受付があるわけでもない。金属の柵がそこだけ大きく開いていて、中を覗くと正面に大きな平たい石を水平に重ね、空に垂直に伸びる樹木を組み合わせた一角が見え、その後ろはかなりたくさんの植物が茂っているようだった。

俺はショルダーバッグをそっと地面に下ろして、目立つように腕を組んで大股で立った。ハンブルクではあまり時間がないとシュッペンアウアーが言っていたような気がするが、何時発のフライトなのだろう。駅の方からジャージのフードを目深《まぶか》にかぶってポケットに手を突っ込んで歩いてくる若い男、スーツに身をかためてあたりの様子をうかがいながら歩いてくる男、曇りなのにサングラスをかけた男など、それらしい人物は何人かいたが、どいつも俺を無視して歩き去っていった。

少し離れたところで地面にすわってギターを弾いている浅黒い痩せた男がいた。素人にしては随分上手いな。ノラの好きなシンティ・ローマのギタリストの演奏を聞かせてもらったことがあったけれど、それと似た音楽だ。足を止めて、地面に置かれたハンチングの中に硬貨を投げ入れていく人はいない。楽器はニスが剝げ、表面が脂じみて光っている上着や洗い晒《ざら》しのズボンと色彩的によく溶け合っていた。この男は今夜どこで寝て、明日はどこにいるんだろう。男は緩やかな和音に移行し、それに合わせて悲しい曲を歌い始めた。イタリア語のようだが、抑揚《よくよう》だけがスラブ的だ。一体何語だろう。どこかで聞いたことがある。男は歌い終わるとゆっくり立ち上がりこちらに近づいてきた。音楽への感謝を込めて、できれば五ユーロくらい渡したいところだ。でも現金は持っていない。ところが男は手を差し出す代わりに懐から小さく折りたたんだ紙を出して俺の鼻先に突きつけた。広げてみると俺の名前の書かれたコペンハーゲン行きのチケットだった。男はニコリともしないで、ショルダーバッグを持ちあげて元の位置に戻り、ギターを手に取った。俺はそいつと話をしてみたくなったが、チケットをみると出発時間が一時間後に迫っていた。

ショルダーバッグがなくなったので身も心も軽くなった。そのまま空港に直行し、チェックインする頃にはすっかり気持ちも落ち着いていた。ゲート前まで来てから喉がひどく渇いていることに気がついて、現金がなくて無料の水飲み場もないので、こっそりくずかごを見て回ると、まだ少し水の入ったエビアンが見えた。取ろうとすると隣からさっと手が伸びて、ペットボトルを奪われてしまった。布の手提げ袋を下げた典型的な集め屋だ。空のペットボトルを一本売店に持っていけば、売れ残りのパンが一個買えるくらいのデポジットがもらえるだろう。五本も集めれば、立ち食いのソーセージにだってありつける。

「待った、中の水を飲ませてください。」

キャップをかぶった痩せた男は疑い深そうに俺を見た。

「ペットボトルは絶対に返します。」

相手は震える手でエビアンを差し出し、俺は蓋を回して開けて一気に飲んだ。

「ありがとう。」

感謝の言葉は感謝を表しているんだという当たり前のことを思った。ゲートの前にはまだ放送もないのに列ができていた。列を作るのが好きな人たちなんだな。乗るのが最後でも乗せてもらえるだけで奇跡みたいだ。赤ん坊が世の中の寂しさを小さな胸に抱きとめて大声で泣き叫び始めた。放送が入ってまず赤ん坊が消えた。ゆっくりと列が動き出す。隣の席は空いていて、俺はなんだかそこにノラがすわっているみたいで落ち着かなかった。

機内では、歯ざわりがゴムみたいなハムとヘナヘナしたレタスの挟まったサンドイッチが配られた。食べ終わってから恥を忍んで、もう一つください、と頼んでみると、搭乗員はにっこりして、台車の下の引き出しを開けて手渡してくれた。これまで誇りが高すぎてそんなことを頼んだことはなかったけれど、頼んでみるものだな。これで今夜の食事も確保できた。

あっけなくコペンハーゲンに着いたが、まだ昼過ぎだ。今日の夕方の飛行機に乗ると言っていたノラより先にコペンハーゲンに着いてしまった。しかもクレジットカードは一度も使っていない。おそらくノラは俺が一週間くらいたってからやつれた姿で病院に現れると思っているのだろう。そう思うと痛快だ。

タクシー乗り場に行ってみると、五人の男女が並んでいた。俺をタダでいっしょに乗せてくれそうなのはどの人だろう。五人しかいないので、一人ずつ頼んでみるのではなく、大きめの声でみんなに聞こえるように言った。

「友達が病気で王国病院に行きたいんですけれど、誰か乗せて行ってくれる人、いますか。」

古風な婦人帽をかぶったおそらく五十歳前後の女性が俺の姿を目でくわえ込むみたいにして、

「私といっしょに来なさい。病院はうちの近所ですから」

とどこか人の心を誘う声で言った。俺は礼を言いながら目を見ないようにした。

「デンマーク語、うまいのね。グリーンランドの方なの？」

「はい。留学生です。ドイツを旅行していたんですけれど、友達が病気になったと聞いて戻ってきたんです。」

「そのお友達もグリーンランドの方？」

「いいえ、アジア人です。」

「大変な病気？」

「人間にとって基本的なものが奪われてしまった病気です。本人はとても苦しいみたいなんです。」

タクシーが来て婦人は前の席に乗り、幸いそこで会話は一度途切れた。タクシーは信号など存在しない場所を走っているようにブレーキをかけることもなく道路を滑っていった。自分が全能の神のように思え、目の前で信号がどんどん緑色に変化していく夢を見ることがある。夢の中で俺が運転しているのはいつも犬橇《ぞり》だ。走っているのはヨーロッパの大都市なのに、乗っているのは犬橇だ。笑われそうなのでこの夢のことはまだ誰にも話したことがない。

「大学では何を勉強しているの？」

と前の席の女性が首をひねって俺の顔を見ながら尋ねた。

「生物学です。」

「いいわね。卒業したらどんな仕事につくつもり？」

「北極の生物体系の研究をしたいんです。」

嘘をついているわけではないが、もう一人の自分が喋っているみたいで、優等生で感じのいいそいつのことを俺は実はあまりよくは知らないような気がする。このまま大学に戻ればそいつの人生が再開して、俺の方が舞台裏に引っ込まなければならないのかもしれない。

タクシーが病院の前に着くと、婦人は俺に名刺を渡し、運転手に「空港の方向に戻ってください」と告げた。小声だったが車を降りる寸前に聞こえてしまった。なんだ、病院の近所に住んでいるというのは嘘だったんだ。

病院の中に入ると、デンマーク語の院内放送が聞こえた。なんだか故郷に一歩近づいたという気がした。故郷というのはいくつもあって相対的なものだ。俺はレイキャビクで生まれ育ったわけではないが、レイキャビクはコペンハーゲンよりは故郷だ。しかしこのコペンハーゲンだってオスローよりは故郷だ。そしてそのオスローでさえ、ハンブルクよりは故郷だ。地球には穴もあるが、連続性もある。それは海がつながっているからだ。まだ行ったことはないけれどアラスカやシベリアだって、俺の生まれた土地と同じ冷たい水でつながっている。水だって凍ってしまえば硬い大地と同じで、犬橇で上を移動することができる。遠い国から来たSusanooやHirukoが俺と顔が似ていたりするのも地球に連続性があるからだ。

受付でSusanooの名を告げた。多分今三階にいるが、四階にいる可能性もある、という頼りない答えだった。リフトに乗って「3」を押したが、靴の底を支えてくれている床はどんどん沈下し始めた。誰かが地下へ行くつもりでボタンを押してから気が変わってそのままリフトから降りてしまうとこういうことがある。「地下へ行け」という役に立たない記憶が消せないせいでリフトは俺を乗せて下降していく。扉が開くと目の前に白い作業衣を着た青年が立っていて、ハローと長く引き延ばすように言った。俺は引き寄せられるようにリフトを降りてしまった。

「君はここへ来るつもりはなかったのに来てしまったんですね。おいらの名前はムンです」

と青年は言った。俺は妙に素直な気持ちになって、

「Susanooという友達のお見舞いに来たんだ。」

「彼は四階にいます。三階かもしれません。熊やうさぎと話をしているのかもしれません。」

「熊やうさぎと？　どうして？」

「ドクター・ベルマーはSusanooが言葉を喋れないと信じ込んで、治療しています。」

「信じ込んで？　Susanooは本当は話せるのか？」

「できます。」

「君に何か話したのか？」

「おいらにツクヨミって言いました。」

「意味は？」

「多分、おいらの名前です。おいらはムンン。ツクヨミではないが、ツクヨミなのかもしれない。君の名前は？」

「ナヌークだ。このリフト、壊れてないかい？」

「中に亡霊が住んでいて、勝手に操作します。」

「亡霊なんて、ホラー映画かい。」

「そうです。ホラー映画です。」

そう言ってムンンが指差した方向を覗きこむと、ムンンと似た女の子がテレビを見ていた。画面にはリフトに乗った女性患者が映っていて、ちょうどリフトの天井の板が一枚剝がれそうになってぶらぶら揺れ、その向こうから亡霊の声が聞こえてくる場面だった。俺はわざと声を出して大げさに笑ってみせたがなんだか不気味で下半身が縮んでいた。

「階段を使うよ。」

「階段は使えないんです。」

「火事になったらどうするの？」

「火事は危ない事件です。」

「悪いけど一緒にリフトに乗って三階まで来てくれないか。」

臆病《おくびょう》をさらけ出してそんなみっともないことを人に頼むのは初めてだったが、ムンンにならば頼める気がした。ムンンは頷いて俺と一緒にリフトで地上世界に上昇し、ある部屋のドアをノックして、出てきた医師のベルマーを紹介してくれた。そいつは俺たち二人をじろっと威嚇《いかく》するように睨んだが、ムンンは平気で、

「この人はナヌークです。Ｓｕｓａｎｏｏのお見舞いに来ました」

と告げた。

「君はいつから案内係になったんだ。まあいいや。早く自分の持ち場に帰りなさい。」

礼を言う代わりにそんなことを言うなんてとても親切とは言えないなと思ったがムンンもベルマーもにこにこしている。そこに置いてある背もたれのない椅子に座るべきか俺は迷っていた。ベルマーは「どうぞお座りください」と言う代わりに、

「NILSです」

と言った。誰か部屋の中にいる人を紹介されたのかと思ってキョロキョロしたが、俺たち以外には誰もいない。

「NILSをご存じない？　丸椅子の名前です」

と言ってベルマーがにっこり笑ったのでこれは宇宙人と会話することになったのか

もしれないと覚悟するとベルマーは、

「イケアの家具の商品名ですよ。家族みたいなものでね。気にしないでください」

と自分の変人ぶりに外から注釈を加えるように言った。俺はなんだか安心しただけでなく、相手は変人だが信用しても平気だという気になってきた。

Ｓｕｓａｎｏｏは「病気」ではないかもしれないが研究対象として興味深いので本人の同意を得てしばらくここに滞在してもらうことにした、とベルマーが説明してくれた。いつもは自分が病気だと思い込んでいる裕福な患者を慰めることを主な仕事にしている、このレベルの低い病院を少しでも学術界に注目される病院に変えていくために自分はこの機会を利用して臨床実験に力を入れていくつもりだ、Ｓｕｓａｎｏｏは病人ではないので病院の隣のペンションに移ってもらったのでそこへ会いに行けばいい、と教えてくれた。彼の滞在費は研究費から出していると聞いて俺は思わず、

「羨ましいですね。俺も何かの研究に使ってくれませんか」

などと図々しいことを言ってしまった。するとベルマーの目が魚の腹のようにヌメッと光った。

「君の名前はナヌークだね。鮨屋で働いている時にＳｕｓａｎｏｏの話を聞いていて、それをクヌートに教えたのが君だな。」

「よくご存知ですね。」

「クヌートとは昔からの友達なんだ。彼の話には人の名前がたくさん出てくるから、頭の整理をするのが大変なこともある。しかし君の名前にはどこか原始的な響きがあるから覚えていたよ。」

「原始的」という単語を使うなんて、差別発言で訴えられることを恐れない、先進国には珍しい奴だ。

「君は学生か。」

「そうです。生物学を専攻したいんです。初めは医学を目指していたけれど、それはどちらかと言うと親の希望で。」

「親のせいにするのか。どうせ自分自身の希望なんてないんだろう。」

「ありますよ。海に住む動物とかに興味があって、それを食べた人間の健康にも興味があるけれど、メスで人の肉を切るとか、そういうのはとても無理で。」

「つまり、外科医になれるような人間は残酷な人間であって、自分は繊細な人間だと言いたいのか。」

「いいえ。ただ、薬を飲むのも嫌いなんで、患者に薬を飲めと言うのも抵抗があると思うんです。それから部屋の中にずっといるのも苦手なので、そもそも自分が大学に向いているのか自信がなくなって、それで旅に出て。」

「それで？」

「鮨屋で働きながら、出汁の研究をしていました。でも留学していた時のスポンサーには何も言わないで旅を大幅に、と言うか、無期限に延長してしまったので、まずそのことを言わないといけないとは思うんですが。」

「どうして言わない？」

「だって言いにくいじゃないですか。」

「どうして？」

「相手は怒るだろうし。」

「別に殺しはしないだろう。」

「俺に失望して悲しんでいるかもしれないし。」

「悲しむのは相手の勝手で、お前の知ったことじゃないだろう。」

「それに実はトリアーで恋人ができて彼女のところで一ヵ月以上暮らしていたんですけれど、今度は彼女にコペンハーゲンに戻ると告げなければならないでしょう。でもそれがなかなか言えないと思うんです。」

「どうして言えない？」

「相手を傷つけることになると思うので。」

「君ねえ、傷という単語は病院の中だけで使われるべきもので、素人がメタファーとして使うべきじゃないんだ。心の傷なんて存在しない。あるのは心臓の傷だけだ。それに君はなぜ相手の反応のことばかり考えているんだ。」

「さあ。」

「相手のことなど考えても意味がない。相手は相手で、所詮君には理解できないんだ。勝手に想像しているだけだろう。相手ががっかりするだろうとか、悲しむだろうとか。そんなことに何の意味がある？　相手のことなどどうでもいい。相手にどう思われているかもどうでもいい。自分が真実だと思うことを正直にそのまま口にするまでの話さ。」

「羨ましいですね。」

「どうだ、一ヵ月ほど、性格を交換してみないか。人生が好転するような気がする。」

「性格を交換するなんてできるんですか。」

「現代医学にはできないことなどない。」

「脳の移植手術ですか。」

「精神科医が肉を切るのは食事の時だけだ。手術などしないよ。」

「これは実験だ。内容は結果が出るまで極秘だ。滞在費までは出せないが、謝礼は出す。君は学業を続けながら、週に二、三度ここに通ってくればいい。」

「それは良かった。」

もし本当にベルマーになれるなら、ニールセン夫人と向かい合ってこれまでのこと、これからのことをそのまま口に出すことになんのためらいも感じないだろう。ノラがコペンハーゲンに到着したら、もうトリアーには戻れないことをためらいもなく話すだろう。俺はベルマーなんだ、何も恐れることはない。そう思って拳で胸を一度軽く叩いた。

# 第四章　ノラは語る

私は旅のことを考えながらぼんやりしていた。すでに終わった旅ではなくて、これから始まる旅なので、まだ手足がない。正確に言えば、手はあるけれど足がない。先に旅立ってしまったナヌークを追い求めるように前方に伸ばされ、宙をつかむ手。慌ただしく電話番号を押す指。途方に暮れて額に当てる手の甲。手は複数あるけれど足がまだない。旅の足がみつからない。

フライトを二人分予約しておいたのに、ナヌークはヒッチハイクで行く、と言ってひとりで先に出発してしまった。残された私はおそらく一人コペンハーゲンに飛び、そこでナヌークを待つことになるのだろう。人を待つのは苦手だ。しかもいつ到着するか見当もつかない人を待つなんて。いっそのこと波に変身してナヌークの乗せてもらった車が海岸沿いを走っている時に、ザバンと襲いかかって海に引き込んでしまいたい、などと発想がアニメ的になっている自分に呆れながらも、ここから一番近い海岸ってどこだろう、と頭の中の地図で探す。この辺には海なんてない。北海もバルト海も体感距離はお月様と同じくらい遠い。いっそのこと、月に変身してしまおうか。でも月は男性名詞だからだめ。それなら突風に変身して、平野を走っている車をひっくり返してみようか。風も男性名詞だからだめ。だめだめ尽くしで寝つけないまま、長く引き伸ばされた時間の中、寝返りをうち続けても必ずいつかは朝が来て、どんなに悲しい朝でも平然と昇ってくる太陽は女性名詞であることをやめることはないし、前の日よりもエネルギーの量が減っているわけではない。いつも燃え続けているのだから燃料が少しずつ減っていって太陽が少しずつ小さくなっていっても不思議はないのにそうはならない。再生可能なエネルギー。

最近は便利なサイトがあって、自分が旅に出ることでどれだけ地下資源を使ってしまうのか、大気をどれくらい汚してしまうのかを簡単にチェックできる。トリアーには空港がないので、一番近いルクセンブルク空港を使うことが多い。エアバスＡ３２０機でルクセンブルクからコペンハーゲンまで飛ぶと、一人当たり消費してしまう再生不可能なエネルギーは４６２㎾hで、これはガソリン41リットル分だと書いてある。車で行く場合に必要なガソリンは39リットルで、飛行機に乗った場合とそれほど変わらない。しかも飛行機なら1時間45分しかかからないのに、車だと10時間はかかる。車の欠点を再確認できて、ちょっと気持ちよかった。ヒッチハイクを選んだナヌークはやっぱり間違っていた。いっしょに出発しなくてよかった。そう思いたい。排出する二酸化炭素の量を比べてみると、飛行機が一人当たり120kg、電車が0・79kg、車が105kg。つまり車はスピードが遅いわりに飛行機と同じくらい大気を汚すとんでもない乗り物だということになる。やっぱりナヌークは間違っている。そう思いたい。

息苦しくなって窓を開けた。そして、これまで見落としていた点に気がついた。もし私がナヌークとヒッチハイクしていたら、運転手も入れてその車に乗っている人数は最低3人になるわけだから、3で割ると一人当たり消費するガソリンの量は13リットルで、飛行機に乗った場合より少ない。また迷いが出てきた。やっぱりナヌークといっしょにヒッチハイクすればよかったのかもしれない。その時スーパーマンのように「電車」という言葉がどこからか飛んできて私を抱き上げ、そっと特急ICEの一等車に座らせてくれた。電車で行けばいい。鉄道は乗り物の王様だ。電車でコペンハーゲンまで行けば15時間近くかかるし、切符は航空券より高いかもしれないけれど、その代わり消費するエネルギーは70kWhで、車や飛行機より断然少ない。それに、さっきまで見落としていた項目、排気ガスの嵩《かさ》を見ると、やっぱり電車が圧倒的に優等生だ。排気ガスに限らず、重さではなくて容量を測らなければ物事の重要性が測れないこともある。婚約指輪にはめ込まれたダイヤのように小さくても重たい恋もあったし、軽いくせに胸の中でやたらと膨らみ、「かさばる」恋もあった。ナヌークはどちらだろう。何《いず》れにしても、吐き出される排気ガスの嵩を比べてみると、車は52・76立方メートルで飛行機の60立方メートルとそれほど変わらないのに、電車だけは0・34立方メートルと驚くほど少ない。やっぱり電車で行きましょう。一人で電車に乗っている女なんて道徳心ばかり発達していてセクシーじゃないと言いたいんでしょう、でもね、ヒッチハイクなんて格好つけているだけで、本人はお金にふりまわされる社会とは縁を切って清らかに旅しているつもりなんでしょうけれど、車が存在しなければヒッチハイクはできないのだし、自動車産業こそお金中心社会の主役じゃないの、と私は心の中でナヌークに抗議している。もちろんナヌークは資本主義を批判したことなどなく、私が勝手に昔の恋人とナヌークを重ねてしまっているだけなのだけれど。

今気づいたことだけれど、ひょっとしたらナヌークは車が好きなのかもしれない。いっしょに歩いていて、ナヌークが駐車してある車を見て立ち止まったことがあっ

た。眩しそうに目を細めて、

「トヨタの新しいモデルだね」

と呟いた。

「トヨタって会社の創立者の名前なの？」

と訊くとナヌークは口頭試験で意外な質問が出てびっくりした受験者みたいな顔をして、

「違うよ。地名だよ。いい町だ」

と答えた。当時私はまだナヌークがエスキモーだとは知らなかったので、

「あなたはこの車が製造された町の近くで暮らしていたの？」

と更に突っ込んで訊くと、

「え？　この車？　これはケンタッキー州の工場で製造されているんだよ」

と答えた。どうしてケンタッキー州なのか知りたかったけれど、ナヌークが眉をひそめたので黙った。

ヒッチハイクは私への無言の抗議なんだという気がしてしまうのはどうしてだろう。もし彼が私より一週間くらい遅れて、汚れてしわくちゃになった服と脂っぽい髪を見せつけるみたいにして黙って立っていたら、私は何を言えばいいんだろう。そん

なのはクールでも何でもないわ、腐りきった世俗の贅沢《ぜいたく》を捨てて清貧の旅人になる覚悟なら自分の脚だけを頼りにするはずよ、人の車に乗せてもらうヒッチハイクなんて、就職は拒否するけれど親に生活費を出してもらっているみたいなものでしょう。でも、そんな風に拳骨で相手の胸をむやみに叩くみたいに言葉をぶつけても、相手のだんまりに雪解けは訪れないでしょう。行為には行為で応えるのが一番。例えばヒッチハイクに対抗して徒歩でコペンハーゲンに向かうとか。ナヌークより何週間も遅れて目的地に到着し、やせ細って瞳だけギラギラ光らせながら私が、歩いて来たことをさりげなく告げたら、ナヌークは驚くでしょう。もう私に、金と理性で常識を押し付けてくる年上女の役を負わせることなんかできないでしょう。何しろナヌーク以上に無茶なことをして危険を顧《かえり》みない旅を成し遂げたんだから。そんなことができたらさぞかし爽快でしょう。

私は目を閉じて空想に浸っていたが、しばらくして目を開けると、サイトに「徒歩の旅」という選択肢があることに気がついた。飛行機、電車、車の隣に、それまで目に入らなかった自転車、オートバイ、そしてリュックを背負った人間のアイコンが出ている。クリックするとイラスト人間が左から右へギクシャクと歩き始め、「コペンハーゲン」と書かれた立て札の手前でピタッと止まった。「20日と1時間7分」かかるというデータが出た。その上に小さな字で、「休憩時間12時間」とちゃんと注意書きがある。毎日12時間歩くということは、朝8時に歩き始めて夜8時まで休みなく歩くことだ。ちょっと散歩しただけですぐに喫茶店に入って休みたくなる私にはそんな強行軍はとても無理。人間の消費するエネルギーはガソリンには換算できないらしくて、全旅程で「ピザ58枚分」かかる、と出ている。私の場合、頑張って毎日6時間歩いたとしても目的地に着くまで40日かかるから、ピザを116枚食べることになる。それとも毎日消費するエネルギーが半分だから、食べるピザの量も半分なのかしら。

目覚まし時計に起こされて大慌てでインスタントコーヒーを飲み、昔のLPみたいに大きなピザを一枚丸ごと食べ、宿から飛び出す自分を思い浮かべる。なぜ私は歩いているの。考え事をすると余計なカロリーを消耗する。まだお昼までうんざりするほど時間があるのに。なぜ徒歩なの？　なぜナヌークなの？　疑問たちが雛鳥みたいに大きく口を開けて、餌をくれ、餌をくれ、とピーチクパーチク催促する。それは内面の声なんかじゃない。本物の鳥のさえずり。隙間だらけの音階を上下する鳥。鋭い短音を矢のように放つ鳥。尻尾が赤い鳥。喉元が黄色い鳥。ここは森の中。はっと我に返る。私は徒歩の旅に出たわけじゃない。まだ旅になど出ていない。データを集めているだけだ。

ふいにカリカリに焼けた薄いピザが食べたくなった。何週間も前に買った生地を冷凍庫から取り出してオリーブ油とトマトペーストを塗る。トマトの赤を見ていると「血まみれの」という言葉が思い浮かんだ。「血まみれの」という言葉は映画で見る血よりもずっと怖い。でもヒッチハイクで殺されて血まみれになって道路に捨てられた人なんてすごく少ないでしょう。空港でテロ爆破事件に巻き込まれる可能性の方がずっと高いはず。きっと今頃ナヌークは見知らぬドライバーの隣に座って、うとうと居眠りしている。寒いほど白い小さなタマネギをできるだけ薄く切った。鼻の奥の粘膜を刺され、涙で視界が霞んだ。先週大きな甘いタマネギを買おうと思ったのに、刺激の強い種類しかその日は店に置いてなかった。ナヌークも今頃、目に涙を浮かべているかもしれない。車に乗せてくれた人の悲しい失恋話を聞かされて。おかげで自分の悲しみを涙に変換できないナヌークも久しぶりで涙を流して涙腺《るいせん》の掃除ができる。私は今、タマネギの力を借りて泣いている。私たち案外こんな風にして同時に泣いているのかもしれない。

ピーマンを細く刻んで生地にのせ、緑のオリーブをのせ、マッシュルームを薄く切ってのせ、最後に傷口に絆創膏でも貼るみたいに短冊形のチーズを丁寧にのせた。オーブンにピザを入れて窓際に立つと深いため息が出た。ため息も二酸化炭素でできている。恋をしている人は激しく呼吸したり、やたらとため息をついたりするから、いつも以上に空気を汚してしまうのかもしれないし、徒歩の旅だって机に向かって仕事をしているよりは空気を汚すはず、と思うと好奇心を抑えられなくなり、コンピューターの前に戻ってしまった。トリアーからコペンハーゲンまで歩いていく人は、道中0・15kgの二酸化炭素を吐き出す、というデータが出ている。電車の約5分の1というのは意外に多い。

夢をみた。浮くような白。地と天の境目がどの辺にあるのか見当がつかない。そこに何か灰色がかったものが現れる。橇だ。近づいてみると橇を引いているのは白熊と雪うさぎで、乗り手はフードのついた真っ白な防寒具に身を包んでいる。ナヌークだ、と思うと心臓の鼓動が高まる。ところが橇が停止し、フードを乱暴に押しあげた青年は顔は少し似ているがナヌークではない。どこかで見たことのある日に焼けた痩せた青年。目尻や額に皺が刻まれていて、若いと同時に歳をとっている。まさか将来のナヌーク。

「ナヌークを探しているんですけれど。」

相手は答えない。

「あなたはドイツ語を話しますか？」

「かすでいならかわ？　よすでごついどはれこ。」

構成要素には馴染みがあるのに組み合わせか順番が異様なので意味をなさない言語を相手は話した。

「あなたは英語を話しますか？」

相手は口を大きく開けてゆっくり一つの単語を発音して見せたが理解できない。同じ空間にいるようでこの人は実はすでに死んでいるのかもしれない。それともまさか私の方が死んでいるのでは、と思った途端、頰からエラが生えてくるような痛みに襲われて目が覚めた。

あれは誰だったのだろう。ナヌークではなかった。一度、夢の外に出てしまうと男の顔をきちんと思い出すことさえできない。ベッドの隣のひんやりした壁を手で撫でる。身を起こして、窓枠に四角く切り取られた灰色の空を見た。ナヌークはかなり遠くにいるという気がした。古代ローマ人たちは、コペンハーゲンのあたりをハフニアと呼んでいた。そこから毛皮が送られてきて、こちらからはワインを送るというような流通はあっても、ハフニアは想像もつかないくらい遠くにある辺境の地だった。エスキモーがトリアーに来ることなんて当時はありえなかっただろう。でも辺境というのはあくまでこちらの偏見で、エスキモーにとっては古代ローマ帝国の都市など特に魅力的には思えなかっただろう。知らなかったからではなく、知っても羨ましいと思わなかっただろう。ナヌークはもうトリアーには戻って来ないかもしれない。その場合、私が北欧に移住しなければならない。そんな大胆なことが私にできるだろうか。

コーヒーカップを口の高さに保ったまま飲まずにぼんやりしていると電話が鳴った。出てみるとアカッシュだった。

「あれから元気にしてる？　クヌートとＨｉｒｕｋｏは、Ｓｕｓａｎｏｏのお見舞いに行ったようだよ。あの二人は近いからいいね。コペンハーゲンはここからではちょっと遠いけど、でも君とナヌークが行くなら一緒に行こうかなと思って。」

「ナヌークは一人で出発したわ。二人分航空チケットを予約してあったのに、ナヌークは私に同伴することを拒否したの。」

「どういうこと？」

「ヒッチハイクで行くっていうロマンチックなアイデアが彼の脳みそを占領してしまったみたいなの。」

「ヒッチハイクは危険かな。」

「危険度は空の旅も同じでしょう。空港が爆破されることがあるし、ハイジャックもあるし、墜落事故もあるし。ヒッチハイクが危険だとは思わないけれど予定が立てられないから私が困る。」

「ナヌークがいつ着くのか予想できないってこと?」

「そう。運命にそこまで支配されることには慣れてないから。運命という言葉はドイツでは死語なのよ。使われるとしても比喩として使われるだけで。」

「でも君がナヌークと出会ったのも運命じゃないかな。インドのグルみたいな知恵の言葉は吐きたくないけれど。」

「あなたはグルではなくて、インドのリアリストでしょう。」

「これはリアリストとして訊くんだけれど、これからどうするの?」

一瞬前までは全く予想もしていなかったが名案が空から降ってきた。

「あなたが旅の同伴者になってくれない? チケットの心配はしないで。」

「それはできない。ちゃんと料金を払うよ。」

「コペンハーゲンでコーヒーを奢《おご》ってくれればいいわ。」

「コーヒーじゃ安すぎる。」

「最近はコーヒーの方が航空券より高いこともあるでしょう。ロシア風コーヒーを頼んだらモスクワに飛ぶより高くつくかも。」

「それを言うなら、アイルランド風コーヒーかロシア風ホットチョコレートじゃないの？」

「知識が豊富ね。」

「カフェテリア学という学問があるといいんだけれど。」

「大学の方は休んでも平気なの？」

「知識よりも友達が大切。コペンハーゲンに行ってクヌートに会うのが楽しみだ。」

「私たちは何かSusanooの役に立つことができるかしら。」

「できると思う。知恵を出し合えば、Susanooを助けることができるんじゃないかな。ルクセンブルクにはバスで行くよね。中央駅のバス停で待ち合わせよう。」

電話を切ってから私は、女装したアカッシュと並んで歩く自分を思い浮かべた。アカッシュは骨格が華奢で、小麦色の肌が引き締まって見える。私は肌が雪みたいな色をしているので太っていないのに脂肪を連想させる。金髪は光を集めて膨張して見える。その豊かさが自分では気に入っていたのだけれど、アカッシュと並んで歩く時に自分だけが膨張して見えるのは嫌だ。髪を束ねた方がいいかもしれない。身体が引き締まって見えるのは黒い服だけれど、黒は似合わない。赤い上着を持っているけれど、サリーの赤とは赤さが違う。異なった種類の赤を組み合わせればよく言う「赤と赤が噛みつきあう」状態になってしまう。昔はそれが趣味の悪さの代表みたいに思われていた。最近はわざと赤と赤を噛みつきあわせるデザイナーもいるのだと同僚が言っていたっけ。そもそもそんな話になったのは勤務先の博物館で、色々な赤を組み合わせたTシャツを売り出したからだった。

勤務先に電話すると同僚がすぐに出た。

「こちらカール・マルクス・ハウスですが。」

外向けの気取った声を出している。

「あ、ノラだけど。」

「ノラ。短期休暇はどう?」

「実は友達が病気になってコペンハーゲンに行くことになって、すぐには帰れそうにないの。休暇を一週間延長できないかな。」

「いいわ。今ちょうど来館者も少ないし、庭の整備も終わったし。きっちり一週間延ばしておく。その代わり、息子の学校が夏休みに入ったら、あなただけが頼りだから。」

「了解。それじゃあ、ありがとう。」

遠くからでもアカッシュの姿はすぐに見分けがついた。真紅のサリーで身を包み、高校生の持つような紺色のスポーツバッグを肩からかけ、白いスニーカーを履いていた。ちぐはぐなのがかっこいいと思っているのか、実用的な観点から個々に選んだものの組み合わせなのか。バス停の前に列ができていて、他の人たちが猫背になって自分の手のひらにのせた機器を睨んでいじくっているのに、アカッシュだけは首を伸ばしてあたりを見回し、私を見つけると微笑んでほっそりした片腕を高く挙げた。

バスに乗り込むと、中の様子がなんだか変だった。みんなアタッシェケースやハンドバッグしか持っていない。旅に出るのは私たちだけなのか。アカッシュにそのことを言ってみようと思った瞬間、向こうが全く別の話題をふってきた。

「Susanooは一体どんな容態なんだろう？　言葉が喋れなくなるのはもちろん病気だ。でも喋らないでいると治る病気もある。」

「だから沈黙ゼミが流行っているのね。同僚が最近参加したとかで話を聞いたわ。わざわざ休暇をとって、ゼミナールハウスに滞在して一週間口をきかないんだって。食事は三食出るけれど個室でそれぞれ食べ、瞑想は大きい部屋で決まった時間にみんないっしょにやるのだけれど会話は禁止ですって。」

「参加費を払って黙るんだよね。いくらくらいなんだろう。」

「一週間で千ユーロくらいだって聞いたけれど。」

「でも参加費には食費と宿泊費も入っているんだよね。沈黙そのものはいくらくらいするんだろう。」

「さあね。税務署に出す書類には食費と宿泊費が別記されているはずだから、税務署の人は沈黙の値段を知っているのかも。」

「沈黙も商品になりうるのかな。商品の価値はどうやって決まるんだっけ？」

アカッシュの真面目な顔を見て、私は噴き出してしまった。

「私があの博物館に勤めているからそんなことを言うのね。」

「違うよ。Ｓｕｓａｎｏｏのことを考えていたんだ。彼は沈黙を生産している。」

「誰に売っているの？」

「彼が黙ることで、治療する人、看護する人、交通手段を使ってお見舞いに行く人、その人たちが花を買う、などいろいろな経済活動が発生する。」

「それじゃあ、お見舞いに行くのをやめたら、それは友情のストライキね」

と冗談を口にしてしまってから、縁起の悪い言葉を使ってしまったことに気がついたが後の祭りだった。空港に向かう途中には、「ハイジャック」とか「テロ」という言葉を使わないように誰もが気をつけているが、「ストライキ」も利用者の側から見ればかなり災難である。

バスを降りて空港内に入ると、まばらにしか人影が見えない。毒々しい緑色の制服を着た女性が正面のチェックインカウンターから離れようとしていたので慌てて呼びとめて、

「ストライキでも起こったんですか」

と訊くと相手は、

「うちの航空会社のストではありませんよ。空港のストです」

と冷たく答えた。空港で働いている人たち。台車にトランクを山積みに載せて運んでいる人たち。トイレの前に掃除中の札を立て、床をモップでこすっている人たち。表情も口の開け方も最小限に抑えてテキパキと質問に答える案内係の女性たち。確かにそんな人たちが今日は一人もいない。

「ということは、すべての便がキャンセルなんですね。」

アカッシュが私の思ったことを声にしてくれた。緑の制服を着た女性は、当たり前でしょう、という目で見返しただけで返事はせずにその場を去った。私たちは当てもなくしばらく空港内をさまよい、旅行会社の看板を見つけた。その窓口に並んでいる数人の人たちの顔はどれも不安げだ。アカッシュだけは相変わらず遠足に出た子供の

ように楽しげな顔をしている。順番が回ってきて、コペンハーゲンまでどう行けば早いか相談すると、ケルン・ボン空港からコペンハーゲンに飛ぶのが一番賢いのではないかということで、調べてくれたがチケットはもうなかった。

「直行便はありません。とすると、フランクフルトかパリまで電車で行ってから飛ぶことになるでしょうか。」

係の人は人助けのボランティアでもしているように真剣に調べてくれた。

「今取れるフライトは、パリでの乗り換え時間が八時間で、料金は二千ユーロ。そのくらいならニューヨークに飛んでからコペンハーゲン行きに乗り換えてヨーロッパに戻る方が安いですよ。」

それを聞いてアカッシュはトライアングルを打ち叩くように笑ったが、私はつい真剣に反論してしまった。

「ダメです、どんなに安くても、時間を節約できても、ニューヨーク経由では再生不可能エネルギーをたくさん消費してしまうし、大気を汚してしまうし。」

相手は私の馬鹿正直な環境保護論に呆れる様子も見せず、優しく頷きながら、指では別のルートを探し続けた。

「そうですよね。では、こうしてはどうでしょう。ロストックまで電車で行けば、コペンハーゲン行きの船が出ています。電車の旅は長くかかるけど、船は二時間で、値段は百ユーロ。今の状況では飛行機より早いかもしれませんよ。」

ぼんやり考え事をしていたアカッシュが首をゆっくり横に振った。旅行会社の人が不審そうに見ているので、私は慌てて、

「インドでは首を横に振るのは、イエスという意味なんです」

と解説した。アカッシュは我に返って驚いた顔で私を見て、

「よく知ってたね。考え事をしていたら、つい昔の動作が出た」

と言った。

まさか船の旅をすることになるなんて思ってもみなかった。私はあまり船に揺られたことがない。観光客につきあってモーゼル川やライン川の遊覧船に乗ったことならあるけれど、船で海に出たことはない。頭の中に浮かんだ地図には霧がかかっていたけれど北のほうにぼんやり港が見え、ああ、あれがバルト海、ドイツからの出口だと思った。港はたくさんの船が停泊していて、それぞれ乗り場に行き先を書いた看板が立っている。スウェーデン、フィンランド、バルト三国、ロシア領カリーニングラード、ポーランド。私は焦り始めた。早くデンマーク行きの船を探さなければ。

「君も白昼夢？」

とアカッシュがおかしそうに私の顔を覗き込んだ。私ははっと我に返り、ハエでも払うような手つきで白昼夢を追い払った。

「どんな白昼夢？」

「いろいろ船が泊まっていて、デンマーク行きの船がなかなか見つからなかったの。」

「こちらはもっと劇的な白昼夢だよ。バルカン地方と南ヨーロッパが砂漠化し始めて住めなくなって、何千万人もの人たちが北へ向かって移動している。どうかしたの？顔が青ざめているよ。さあ、電車が来る。降りる人がいなくなったらすぐに乗り込むよ。できるだけ奥まで入って行こう。」

アカッシュはぎっしり並んだ人たちの間にうまく細い身を滑り込ませて先に進み、私が気後れしているのに気づくと戻ってきて手を取って引っ張ってくれた。空いている席など一つもなさそうなのに、車両の中央まで入ると、テーブルを囲んですわる四人席の通路側の席が二つあいていた。アカッシュと向かい合ってすわってから、なぜその二席が空いていたのかがなんとなく分かった。窓際の席に向かい合って座っている男二人組は顔一面に刺青《いれずみ》をしているのだ。マオリ族の真似をして彫《ほ》り始め、途中で面倒くさくなって投げやりになったような模様だった。頬と額の肌は炎症を起こしたように赤い。アカッシュも男たちの方をちらっと見たが全く動揺せず、満足そうに目

を細めて、

「思ったよりも混んでいないね」

と言った。私は冗談だと思って笑ったが、笑ってから冗談ではなかったのかもしれないと気がついた。アジアの電車に比べれば混んでいないということなのだ。私はアジアと呼ばれる世界には足を踏み入れたことがない。イスタンブールの「アジア側」と呼ばれる街区を歩いたことがある程度だ。インドから中国、そして、それよりずっと遠くにあるＨｉｒｕｋｏやＳｕｓａｎｏｏの生まれた国までをも含むとてつもなく大きな、気の遠くなるほど多様な色彩、匂い、響きを勝手に思い浮かべて漠然と「アジア」と呼んでいるだけだ。アカッシュは高校生の持つようなスポーツバッグからポットと紙コップを出してチャイを注いでくれた。それから子供がお昼のサンドイッチを入れていくようなボックスを二つ出して、母親のようにテキパキと一つ手渡してくれた。開けてみると揚げ物が入っていた。

「ピロシキ？」

「僕がロシア人に見えるかい？　これでもサモサだよ。」

それを聞いて隣にすわっている刺青の二人が急にピューピューと笛のような音を出して笑った。だからといって話しかけてくるわけでもなく、すぐにまた自らの刺青の奥に引っ込んでしまった。

雲間から太陽が顔を出し、窓の外の風景が明るくなった。城壁跡や農家や並木道や丘などがどんどん後ろに流れ去っていくのはもったいない気がする。列車が前に進んでいる以上それは仕方がないことなのかもしれないけれど、そのせいで移動は風景を後方に押しやることでしかないような気がしてしまう。でもそんなことにがっかりしている私はどこかおかしいんじゃないかとも思う。

「嬉しそうね。」

アカッシュの頬から抑えても抑えきれない微笑みが溢れているので、そう言ってみた。

「それにはいくつか理由がある。まず、もうすぐクヌートに会えること。それから一人旅をしなくてすんだこと。それから、」

アカッシュが次の理由を挙げようとしていると、車体の下で重い摩擦音が生じ、窓の外を軽快に流れていた風景がつんのめるように停止した。車内は沈黙に凍りつき、数秒後に誰かがわざと落ち着いた声で、食堂車でコーヒー買ってくるよ、と言うのが聞こえた。放送はない。すぐまた発車するから平気だ、こういうことはよくあるから、と誰かが連れを慰めている。車掌さんがまわってきたら事情が聞けるんだけれど、という女の声と、こんな時にまわってくるはずないだろう、という不機嫌そうな男の声。私はどきっとした。この男と声のよく似た人と付き合っていたことがある。こういう状況になるとムッツリ黙り込んでしまって、私が何か言うのを待ち、私が何か言えばそれがどんな内容であっても、そんなことはない、と否定する。ナヌークだったらどんな反応を見せただろう。だからヒッチハイクの方がよかったんだ、という顔をして黙り込んでいるかもしれない。アカッシュは、

「どうしたのかな。牛の群れが線路を横断しているのかな。でもここはインドじゃないしね」

などと軽い冗談を言いながらチャイのお代わりを注いでくれた。その時ガザガザとマイクでサボテンをなでるような雑音が聞こえ、

「ただいま、牛の群れが線路を横断しているので進行できません。もう少しお待ちください」

という放送があった。車内のところどころで押し殺したような笑い声が起こった。何と言っても酪農優先だ、とか、牛に乗って行った方が早い、など冗談混じったコメントの飛び散る中、怒りを含んだ女性の声が響き渡った。

「これは活動家の仕業よ。彼らがわざと線路に牛を誘導したんでしょう。」

生まれつき声が通るのか、それともわざとみんなに聞こえるような大声を出したのか、とにかくこの声が車内の他の人たちを黙らせてしまった。

「そんな活動家がいるの？」

と私は小声でアカッシュに尋ねた。

「動物の道を守る運動だね。鹿が横断できるように森の中を通る道路に踏切を作ったという話を聞いたことがあるよ。ドライバーは車から降りて手で遮断桿《かん》を持ち上げないと通れないんだ。ここはウサギの通り道だ、という看板も見たことがある。誰かがわざと牛の群れを追いやって線路を横断させている可能性はあるね。」

「それよりも鉄道会社が怪しいんじゃない？　最近電車が故障して止まってしまうことがあまりに多くてマスコミで叩かれているから、活動家に頼んで牛を線路に送ってもらったんじゃない？」

しばらくするとまたマイクの雑音が入って、

「運転を再開します。食堂車のシステムに問題が生じたので、食堂車でのサービスは終了します」

という放送があった。

「きっと食堂車で出すつもりだった食べ物を牛にあげて、早くどいてもらったんだね」

とアカッシュが言うと、隣にすわっている刺青の二人がまたピューピューと笛のように笑った。笑う時に現れるはずの皺が刺青のせいで全く見えないので、笑っていないように見える。目が笑っている、とか目が優しい、と人はよく言うけれど、人間の眼球そのものは常に冷たい。温かさや柔らかさや賢さを示すことができるのは目のまわりの皺だけだ。そんなことを考えているとまた放送が入った。

「これからこの列車はコープレンツ駅までゆっくり移動し、そこで修理と再点検を行います。作業にかかる時間は未定です。ご希望のお客様はこの後に来るアムステルダム行きに乗り換えることもできます。ただしその電車は非常に混雑するものとみられ、一等車も含めてすでに空席はありません。」

私たちは顔を見合わせた。満員列車に立って乗っていくくらいならば、今乗っている電車にすわり続けて待った方がいい気がする。修理にかかる時間が未定であっても全員降りろと言わないところを見ると、まさか二時間以上かかることはないだろう。ところがアカッシュはアムステルダム行きに乗り換えてケルンでハンブルク行きに乗り換えるべきだと言う。この広い地球の上をためらわず移動していくアカッシュと、一度自分の住んでいる町を離れると方向感覚を失ってしまう私。アムステルダムなどと予想外の地名を急に言われると、とんでもない方向に連れて行かれてしまうのではないかと心配になって、とりあえず今乗っている電車にしがみついてしまう私は、たとえそれが錆びついてこの先十年は動かない車両だと知っていても、すぐには降りることができないだろう。ところがアカッシュは、この電車はシベリア行きだと言われても、とりあえず方向が同じならばさっと乗り込んで、枝分かれ地点が来たら乗り換えればいいと思っている。

コープレンツでは水が傾斜を流れるようにたくさんの乗客が下車し、その流れはプラットホームから階段を流れ落ち、薄暗い通路を抜けて私たちの目指すホームを産卵する鮭のように競ってのぼり、私はアカッシュのほっそりした指をしっかり握ったままその流れの一部になり、気がつくとアムステルダム行きの満員列車に乗り込んでいた。乗り口から洗面キャビンの前までぎっしり人間が詰まっていて、車室に入ることもできない。アカッシュが微笑を浮かべて囁いた。

「ケルンまでたった一時間だよ。満員電車ヨガでもやっていればすぐに着いてしまうさ。」

「満員電車ヨガって何？」

「混んだ列車にただ立っているしかない時間を有効に使った体操みたいなものさ。まず足を揃《そろ》えて、ゆっくりつま先で立ってバランスをとる。」

私は前につんのめり、あわててアカッシュの肩につかまった。

「次に膝をゆっくり少しだけ曲げて。腰を前に出して、背骨を後ろに反らす。ただしほんの少しだけだよ。」

私が膝を曲げようとした瞬間、車体が大きく揺れ、斜め前の人の白いお椀みたいなヘッドフォーンに鼻をぶつけてしまった。

「これは満員電車ヨガなんだから、外に見える動きは最小限に抑えないとだめだよ。身体の外ではなくて奥で伸縮するんだ。0・1ミリ背骨が伸びただけでもすごい革命だよ。」

革命と聞いて、少し離れたところに立っていた人が神経質そうに振り返った。同じ車両で自爆テロでも起こされたら困ると思ったのだろう。アカッシュは透明の卵の殻に包まれているみたいで、嫌な目つきで見られてもその視線は全く届かないようだった。

「今度は胸を広げよう。でも外から見える動きは抑える気持ちでやらないとだめだ。そのかわり身体の中では肺いっぱいに吸い込んだ酸素のおかげで胸が膨らんで左右の腕の付け根が後ろ下にどんどん落ちていく感じかな。」

「あなた、ヨガを教えていたことがあるの？」

「ヨガのことは何も知らないんだ。でもインド人ならヨガを教えろって言われたことが何度もあるから教えられるようになったのさ。」

「旨味についてのワークショップをやることになったナヌークと境遇が似ているわね。」

　列車が大きな屋根に守られたプラットホームの間に滑り込んでいって、ケルン中央駅です、という放送が入ったが、普段ならその後に続くはずの乗り換え情報は一切なかった。幸い荷物が少なかったし出口の近くに立っていたので、降りるのには苦労しなかった。アカッシュは背伸びし、首を鶴みたいに長く伸ばして駅を見まわしてから言った。

「なんだか駅の雰囲気がおかしい。」

「そう？　確かに混んでいるけれど。」

「それだけじゃない。今日はクリストファー・ストリート・デイじゃないし、カーニバルでもないのに、みんな浮かれている。不安というよりもお祭り気分だ。何かあったのかな。」

　人の流れに揉《も》まれ押されているうちに、はぐれてしまうのが不安でアカッシュの手を握った。

「とりあえず人の流れに逆らわず、電光掲示板のあるところまで行って、ハンブルク行きの列車を探そう。ロストック行きの直行がもしあったら嬉しいけれど、ハンブルクまで行ければとりあえず神々に感謝だね。」

電車の番号、発車時間、行き先。ずらっと並んだ列車のほとんどにキャンセルの赤い字が突き刺さっている。わずかにキャンセルされていない便を目で追ってみると全て「ブリュッセル」行きだ。アカッシュがため息をついて言った。

「僕はとりあえず行ける方向に行く主義だけれど、ブリュッセルじゃ、まるで逆方向だ。」

背後で、ブリュッセルは崩壊寸前だ、という声が聞こえ、それを聞いて私は一瞬、心臓を乱暴に掴まれたような痛みを感じた。唯一の行き先であるブリュッセルまでなくなってしまったらどうするんだろう。そのあと聞こえてきた会話の断片から判断すると、その人は「ブリュッセル」を単にヨーロッパ共同体のメタファーとして使ったようだった。

その時、ボリューム調整がきかなくなったのか、大聖堂に響き渡るお祈りのような放送があった。

「親愛なるお客様、私共はコンピューター・システムの中に問題を抱えているため、現在、電光掲示板が正確に作動しておりません。今、示されている情報は正しいとは限りません。」

掲示板の前に集まっていた人々の半円が解けて、振り返るともう案内所の前に長い行列ができていた。これでは並んでも順番がまわってくるまでかなりの時間がかかりそうだし、案内所の人が解決策を知っているとは思えない。

「とりあえず駅の外に出てみようよ。ネット上にも何も情報がない。こんな時に意外に情報源になるのが生身の人間さ。当てになる知り合いが駅前の放送局に勤めているんだ。彼のところに行こう。」

アカッシュがまるでこれから入る喫茶店を決めるような気軽さで言った。私は予想外のことが起こると役に立たない考えが次々浮かんできて、素早く判断して行動することができない。もしも自分の住んでいる国で突然独裁政権が成立したら、すぐに亡命するのかしないのか、するとしたらどの国を目指すのか、など素早く判断し、決心しなければならないだろう。そんな時、私のようにぐずぐずしている人間には、アカッシュのような友達が必要だ。クヌートたちもいてくれたらもっと心強いだろう。その時アカッシュがなだめるように私の顔を覗き込んで言った。

「心配いらないよ。まっすぐ前に進もうとすると障害物にぶつかる。だから右斜め前に進んでそれから左斜め前に進む。」

「蛇みたいね。」

「蛇だけじゃない。川もそうだよ。蛇行して流れていく。直進するのは落ちていく星くらいだろう。僕たちは落ちていくわけじゃないのだから、ためらわずに蛇行しようよ。」

ライトアップされたケルン大聖堂が巨大な水晶のように見えた。それを背景に自撮りをしている観光客たちの間をくぐり抜けて、アカッシュはさっさと脇の細い道に入っていった。ガラス越しにカフェテリアでコーヒーを飲む人たちの姿が見え、その隣がおそらく放送局なのだろう。まるで劇場の裏口みたいな入り口にアカッシュはさっさと入っていって受付の男に、やあ、とあいさつした。

「なんだ、アカッシュか。突然現われたな。」

日焼けした精悍《せいかん》な顔つきの男は茶色い目を輝かせ、黒いヒゲに囲まれた真っ赤な唇を歪めてニヤッと笑った。

「空港はスト、列車はみんなキャンセルで、足止めをくらっているんだ。ロストックに行きたいんだけれど、どうしたらいい？」

「ロストックなんて、ケルンの人間にとっては外国だ。行ったことないよ。」

「とりあえずハンブルクまで行ければそれでもいい。」

男は目を半分閉じて自分の頭の中の情報をかき回し、役に立ちそうなのを探していた。

「今夜はうちに泊まれよ。硬いマットレスが懐かしいだろう？　今夜はちょうど自宅で小さなパーティを開くことになっている。八時過ぎにうちに来てくれ。それまでに名案を用意しておく。明日ハンブルク方面に連れて行ってくれる人がいるかもしれない。たとえハンブルクが無理でも、ハノーヴァーくらいまでなら保証するよ。」

「ハノーヴァーか。」

「贅沢言うな。ハノーヴァーまで行ければ、ハンブルクなんてすぐだ。」

「でもそこからロストックへ行って、そしてそれからまだ船に乗らないとならない。実は最終目的地はコペンハーゲンなんだ。」

男は口を大きく開けて笑った。

「それがどうした。ヒジュラーの集会に行った時のこと忘れたのか。何日かかったと思う？」

アカッシュは急に緊張が解けたように微笑んだが、私はむしろ不安になった。ヒジユラーという言葉の響きに地球の裏側まで引っ張っていかれそうだった。

隣のカフェテリアでカプチーノを買い、腰を下ろすと私は早速訊いてみた。

「ねえ、ヒジュラーの集会って何?」

「インド中のトランスジェンダーが集まるお祭りのようなものさ。性の境界を行き来する神様を祀る。そこでクリスと友達になったんだ。二人ともドイツに住んでいることが判明した時は嬉しかったよ。」

「あなたってヨーロッパ中に友情の網を張り巡らしているのね。」

「蜘蛛《くも》の巣を張り巡らせているわけではないんで、食われる心配はないよ。」

「あの人、クリスっていう名前なの?」

「本名じゃないよ。ユニバーサルな名前で覚えやすいからだって。本名はクリシュナかもしれないし、クリストファー・コロンブスかもしれない。」

「クリスは以前、女性だったの?」

「彼は生物学的に言えば昔も今も男性だ。その上、外見も男性だから、一体どういう境界を超えているんですか、なんて仲間に訊かれることもあるみたいだ。でも彼としては、女性を愛する女性が男装しているつもりなんだ。」

パーティという言葉を聞くとどうしても十四歳の頃に友達の家に集まって、窓ガラスの割れそうなボリュームでテクノ音楽をかけ、ビールや安ワインだけでは物足りなくなって、エクスタシーを吸って朝まで踊ったいわゆる「パーティ」を思い出す。だから今夜は私たちを車に乗せて行ってくれる人がお酒や麻薬に手を出さないようにしっかり見張らなければ、とまず思った。ところがクリスの家に着くと、学生風の男女が五人、膝を揃えてソファーに腰掛けチャイを飲んでいて、音楽はかかっていなかったし、誰かが踊り出しそうな雰囲気も全くなかった。しばらく話を聞いていると、彼らはストライキは社会を変える有効な手段かどうかについて話しあっていることが分かったが、みんなまるでリュウマチの話でもしているようにうなだれて、押し殺した声で話しているのだった。クリスだけは楽しそうに鼻歌を歌いながら台所でサモサを揚げていた。振り返って私の顔を見ると、クリスは得意げに言った。

「見つかったよ。今夜ハンブルクまで行く連中が。」

私は嬉しくて思わず、乾杯しましょうと言いそうになったが、クリスが、

「新しくチャイ作るから」

と言って鍋にミルクを注ぎ始めたので、ワインが欲しいとは言い出せなくなった。アカッシュがクリスの肩に手をのせて礼を言った。

「とにかく見つかってよかった。まさか友達百人に電話して聞いてくれたの？」

「百人まではいかないさ。五人くらいかな。狙いをつけて電話をかけたから早かった。いつもハンブルクの話ばかりしている連中を狙ったのさ。」

香辛料が白いミルクの中で沸き立つとクリスは慣れた手つきで鍋をおろし、

「しばらく味を引き出す」

と言い、ブザーが鳴ったのでドアを開けに行った。メガネをかけたスーツ姿の女性がバラの花束を抱えて入ってきた。学生たちとは雰囲気が違い、歳も四十を過ぎているようだ。どういう知り合いだろう。ハンブルクに車で連れて行ってくれるのがこの人だと安心できるのだけれど、と思って私は自分から挨拶した。

「初めまして。ノラです。アカッシュの友人で、これから共通の友人のお見舞いにコペンハーゲンに行くんです。」

「私はマリアンヌ。アカッシュって、あっちに立っている人？」

「そう。」

「大変ね、交通機関が麻痺している時にコペンハーゲンに行くなんて。」

どうやらこのマリアンヌが乗せていってくれるわけではないらしい。

「アカッシュは、クリスの従兄弟《いとこ》か同級生なの？」

私は得意になってさっき聞いたことを受け売りした。

「いいえ、二人はヒジュラーの集会で出逢ったそうです。あなたはどこでクリスと出逢ったんですか？」

マリアンヌは初めて恥ずかしげな微笑みを浮かべた。

「実は私、先月用があって放送局に行ったんですけれど、同じエレベーターにクリスと乗り合わせて。彼は受付で働いているんだけれど、その時は人事課に呼ばれたとかでエレベーターに乗っていたんです。」

「同じエレベーターに乗り合わせただけで友達になったんですか。」

「実はそのエレベーターが故障して動かなくなって、どういうわけか助けが来るまですごく長い時間がかかったんです。」

「せいぜい三十分くらいだったよ」

とマリアンヌにチャイを持ってきたクリスが口を挟んだ。

「でもそれが本当に長く感じられて、私、気を失いそうになったんです。クリスが神話を話してくれて、よく思い出せないけれどたくさん首のある蛇がどうかする話で、驚いたことにそれを聞いているうちに、インドのことを思い出した。私もすごく幼い時にインドに行ったことがあったことは母から聞いて知っていたけれど、自分自身の記憶はないと思い込んでいたんです。離婚したばかりの母が急に思い立って四歳くらいの幼い私を連れて行った旅だったんです。本当に驚きました。それまで閉ざされていた幼年時代の扉が急に開いて。その記憶というのは、私が母に手を引かれてヒンディー寺院の中庭に入っていって、」

マリアンヌの蛇の話には興味を感じたけれど、正面に座っている学生のうち、どの子が私たちを車に乗せて行ってくれるんだろうと、それが気になって、話に集中し続けることができなかった。クリスがサモサを大きな皿に山盛りにのせて持ってきた。

九時半頃にブザーが鳴って白髪の夫婦が入ってきた。コンサートの帰りだと言う。隣に住んでいる夫婦だそうでやはりチャイを飲んだ。年金生活者で趣味は旅だと言うので、もしかしたらこの夫婦が私たちを乗せて行ってくれるのかと思ったが、そのうち今朝五時に目が覚めてしまってもう眠いから帰る、と言いだした。老夫婦が帰ろうとするとブザーが鳴って、入れ替わりに黒い革の上下を身につけた髪の長い化粧した若い男性が二人入ってきた。ヘルメットをそれぞれ二個ずつ手にぶら下げている。私は嫌な予感がして台所に駆け込み、アカッシュとクスクス笑いながら立ち話しているクリスに、

「私たちをハンブルクに連れて行ってくれるのって、まさかバイカーなの？」

と訊いた。自制したつもりなのに非難するような激しい口調になってしまった。

「そうだよ。ハンブルクの教会でバイカーの大集会があるんだそうだ。金のない奴らだから燃料費は頼むよ。人間の燃料とバイクの燃料と両方ね。深夜に出発すればアウトバーンもガラガラで思いっきり飛ばせるだろう。」

アカッシュは目を輝かせ、バイクに乗れることを喜んでいるようだったが、私は今更イージーライダーじゃあるまいし、バイクなんてとんでもない、寒くてうるさくて骨は痛くなるし危険だし、ヒッチハイクの上を行く軽薄さだ、と腹が立った。

バイカーはトーレとクルトという名で、すぐに出発したそうな余力をにじませていたがそれでも膝を揃えて並んでソファーに座り、とりあえず大人しくチャイを飲んだ。私はネットでエネルギーの消費量や環境汚染の度合いを調べた時に確か「オートバイ」というカテゴリーもあったことを思い出した。自分が絶対に選ばない乗り物だと確信していたので目もくれなかった。

「どうかな、かぶってみて」

と言ってトーレが私の頭に丁寧に鉄の半球を乗せて顎のベルトを締めてくれた。耳から頬にかけて骨がしっかり守られている感触が快かったが、私はわざと不機嫌に、

「ずいぶん重いわね。ずっとこれを被っていたら首が疲れそう」

と言って首をぐっと横に曲げてみた。トーレは愉快そうに笑った。

「首も背中もまっすぐに伸ばして座っていないとダメだよ。ずっと首を傾げていたら首が永久に曲がってしまうかもしれないよ。」

アカッシュはクルトにヘルメットをかぶせてもらって満面の笑みを浮かべた。トーレは巻き毛、クルトは直毛だが、二人とも同じ色調の栗毛を肩にかかるくらい長く伸ばし、白粉《おしろい》を塗って頰をかすかに桜色に染め、目のまわりにはゴシック風に黒い縁取りを入れている。どうして化粧しているのかなと思ったけれど私だってどうして化粧しているのかと訊かれたら答えに困る。女だから？　女ならどうして化粧するの？男はしてはいけないの？

最初の計画では飛行機に乗って中年の夫婦みたいにナヌークと並んで座ってワインを頼んでコペンハーゲンに直行するはずだったのに、なぜか今は馬みたいに横腹の太い黒いマシンにまたがって、ブルンブルルンと入るエンジンの震えを全身で必死に受けとめている。これから風と闇と轟音《ごうおん》に晒されて、吹き飛ばされないように知らない人の胴体をしっかり抱きしめて北へ向かうのだ。ぎゅっとつぶっていた目をそっと開けると街の明かりが後方に流れ始めた。

# 第五章　アカッシュは語る

　轟音が夜を震わせ、闇を割りながら走っていく。目の前にある身体に抱きついて、その身体と一体になっていないと自分だけ闇にふり落とされてしまいそうで怖い。トーレという名前だということ以外、バイカーについては何も知らない。家族はいるのか、仕事は何なのか、どこで生まれ育って、どんな性格なのか。つまりは「他人」の胴体を恋人のように後ろから抱きしめていることになる。しかも背中を弓形にして下半身を押しつけるという多少はしたない姿勢になっている。後方が高くなっている縦長のシートのせいだ。自転車のようにサドルと荷台が分かれていればこんなことにはならない。手のひらに感じられるジャケットの革は滑《なめ》らかで、その下に羊毛のようにもこもこした詰め物があり、そのまた下では引き締まった肉が肋骨《ろっこつ》を守り、筋肉が内臓を守っている。もしこれがクヌートだったら、と想像してみる。二人だけで北を目指して夜のヨーロッパを走っていくなんて、気の遠くなるほど甘い夢であるはずなのに何か物足りない。ひょっとしたら自分は二人だけの世界など求めていないのかもしれない。恋愛なんて古い世代の残していった余熱に過ぎず、僕らはそれとは全く異質の地平にさらされて疾走するように生きているから、全く別の形で他人と結びついていかなければならないのかもしれない。Ｈｉｒｕｋｏの姿が脳裏に浮かぶ。彼女こそ自分たちが未来の人間であることに気づいているのかもしれない。いつもクヌートとくっついているのに恋人関係にはならない。他に恋人がいるわけではないし家族も一人もいない。それなのに飄々《ひょうひょう》として生きている。

大型バイクには一度乗せてもらいたいと昔から思っていたが、乗ってみると一つ嫌なことがあった。僕は黙っているのが苦手なのだ。ある国が消滅する可能性とか、複数の言語が混ざり合う可能性とか、今そういう長話になりそうなテーマについて話したいわけではないが、「風は意外に冷たくないね」とか、「それでもジーンズ上下に着替えておいてよかった」とか、「夜中のアウトバーンはこんなにすいているんだ」とか、たわいもないことをトーレに話しかけてみたい。ところがその度にモーターの圧倒的な音量に勇気を削《そ》がれた。自然な話し方をしていたのでは声が小さすぎて聞こえないだろうし、大声を出したら自分ではなくなってしまう。このままハンブルクまで口を閉じているのかと思うと気が滅入る。かわいそうなSusanoo。彼は喋りたくても喋れなくなってしまったのだ。ひょっとしたらSusanooの耳の中では常に轟音が鳴り響いていて、口をあける度に話そうとする気持ちが壊れてしまうのかもしれない。両手で耳を塞いでも、頭を激しく左右に振っても、大地を揺るがすような機械の唸り声が消えず、しかもその音はSusanooだけに聞こえてまわりの人たちには聞こえない。もしもそんな状況に置かれたらどんなに悲しいだろう。僕は怖くなってトーレの身体をより強く抱きしめた。すると子供の頃に兄達のスクーターの後ろに乗せてもらったことを思い出した。就職してからは車を購入する経済力も充分あったのに、兄達は思春期に共有していたスクーターに「モーモーペット」という名前までつけてペットのように可愛がっていた。無口な兄達は女たちのようにチャイを飲みながらお喋りを楽しむことができなかった。だから乗り物を共有し、いっしょに修理することが唯一の「交流」だったのかもしれない。いつからか乗り物のレトロブームが町を染め始めた。人々はポルシェを売り払って昔ながらのリキシャーを作らせ、手書きアーチストに多額の謝礼を払い、ピンクやブルーを惜しみなく使って車体に派手な絵を描かせた。ドアのない小型オート三輪をとんでもない高値で手に入れて自慢する金持ちもいた。兄達はそんな流行の始まる前からモーモーペットを一生愛する誓いをたてていた。

トーレがバイクを買ったのも、孤独にはなりたくはないが会話は苦手だからかもしれない。友達といっしょに旅に出たいが、道中話をするのは苦痛、というわけだ。バイクの旅ならばそれほど会話する必要がない。何かの事情で僕のようなおしゃべりを乗せることになっても、モーター音のおかげで、繊細な会話を長時間紡ぎ続けるのは無理だ。「風は意外に冷たくないね」というセリフだって、声の色合いを隅々まで聞き取れる静かな喫茶店でならばいろいろなニュアンスが出てくる。「経験がないからバイクに乗せてもらうのは不安だったけれど、意外に快適で風も冷たくないから、もしよかったらまた乗せてくれないかな」と聞こえることもあるだろう。「僕はいつも世間の冷たい風にさらされて生きているからこそ、今、前から吹きつける風から僕を守ってくれる背中が好きだ」と聞こえれば、そしてそれなりの表情が顔に浮かべば、愛の告白への第一歩にもなりうる。ところが今モーター音に対抗して大声で「風は意外に冷たくないね」と叫ぶところを想像してみると、繊細な感情を声に含めるのはとても無理で、事実だけが突出する。「風が冷たい」というセリフなら、寒いから上着を着たいというメッセージ性を持つが、「風は意外に冷たくない」というセリフは一体何が言いたいのか全く不明で、ナンセンスにしか聞こえない。

今日ずっと言葉を交わし合っていたノラが急に恋しくなった。クルトのバイクに乗せてもらっているノラは、僕らの後ろを走っているはずだった。振り返ってみたいが首だけまわしても真後ろは視界に入らない。片手をトーレの身体から離して上半身を思いっきりねじって後方を見ればいいのかもしれないが、ふるい落とされそうで怖くてそれができない。クルトのバイクがバックミラーに映っているかもしれないと思いついて、トーレの肩越しに前方を覗くとバックミラーの中は暗黒虚無でその代わり、道路の脇に並んで立つ照明灯の光が次々こちらに向かって飛んでくるのが見えた。なんだか星が落ちてくるみたいだ。避けようとしても避けられないが命中することもない。ぶつかりそうになっても最後の瞬間、星は必ず脇によけてくれる。結局は光を与えてくれているだけで僕を傷つけるつもりはないらしい。人間のぶつかる様々な困難も又それと同じで、本当にぶつかって怪我《けが》することなどない。それなのにぶつかった気になって、痛い痛いと泣いている人間は、自分自身に同情しているだけだ、などとすぐに人生論を練り上げてしまう僕は子供の頃、兄達に「ちびグル」と呼ばれて疎《うと》まれていた。子供なので思ったことをすぐに何でも口にしてしまい、話し始めると自分でも収拾がつかなくなって、「もう黙れ」と兄達に怒鳴られることさえあった。そう言われても黙らずにますます高い声を出して喋って、頭をコツンと叩かれ、癇癪《かんしやく》を起こしたこともある。「兄さんたちはいつも、黙れ、黙れ、と言うけれど、川が氾濫《はんらん》しそうだと分かっても近所の人に教えてあげないのか。政府がひどいことをしても抗議しないのか。母さんが泣いていても慰めてあげないのか。黙っていることがそんなに偉いのか。」兄達は自分の手に負えないことが起こると、沈黙という鎧を着こんでしまう。あの時もそうだった。記憶は夕闇に包まれて曖昧《あいまい》だが、その晩、父は初めて家に帰って来なかった。兄達は石のように黙り込んでしまい、母だけが僕の質問に忍耐強く答えてくれた。結婚して別の町で暮らしている姉が翌朝実家に戻ってきて、眉間に皺を寄せて母としばらく話しあっていたが、それが終わると僕の質問に答えてくれた。母や姉は言葉の流れの中にとどまることができるのに、兄達はなぜかいつも黙り込んでしまうのだ。このままでは男性は滅んでしまうのではないか。生意気にも幼い僕は時々そんなことを考えた。

ナイフとフォークのピクトグラムが前方から迫ってきた。休憩所だ。トーレが片手を挙げて後ろのクルトに合図を送り、アウトバーンを降りる車線に入った。走行速度が落ちていくと、それに合わせて脈拍数も減っていく。休憩所の駐車場はがらがらで、区画線の白い色だけが冷たい光に照らし出されていた。トーレのブーツがアスフアルトの表面に触れてザラザラした感覚を伝え、モーターの音が消え、重たい静寂が肩に降りてきた。全身の筋肉に疲労を感じる。見上げると一階建ての地味な休憩所の背後には大きな森がひかえていた。森の生み出す闇が駐車場の光を揉み消して、夜空には伝わらないようにしている。星は見えないが、宇宙には起伏があった。ずっとモーターにシェイクされ続けてきたので、骨と骨の接続がゆるくなっている。身体がばらばらに崩壊しないように用心深くバイクから降りた。軽い目眩《めまい》がする。ヘルメットを脱いだら脳に詰まった言葉が全部地面に落ちてしまいそうで脱ぐのが怖かった。ノラの姿が目に入った。ヘルメットを脱いで、髪の毛をほぐすように首を左右に振り、クルトに笑顔で話しかけている。金色の髪が乱れ、宙に躍り、それが気持ちよさそうだったので、僕もつられてヘルメットを脱ぐと、頭が軽くなって風通しがよくなった。しかし目眩は戻ってきて、胃のあたりがすっきりしない。

「どうだった、夜のトリップの前編は？　疲れた？　後編に入る前に休憩しよう。ここはドイツ中で一番好きな休憩所なんだ。」

無口だと思ったトーレが親しげにそんなことを言うので、僕はなんだかおかしかった。ドイツ中で一番好きな休憩所なんて大袈裟だな。ひょっとして一番好きなガソリンスタンドとか、一番好きな修理工場とかもあるのか。でも立場を交換して考えてみると、僕が一番好きな図書館の話をしたらトーレは、図書館なんて本がぎっしり並んでいるだけでどれも同じだろう、と思うかもしれない。トーレは遠い他人だ。それでいいんだ。さっきまできつく抱いていた黒い革ジャンが目の前にあるのに今は触ることさえ許されない。

「どうだった？」

いたわるように声をかけてみるとノラは目をぱっちり見開いて、予想外に高い声で答えた。

「最高にいい気分。踊った後に高揚した気分になるのとどこか似ている。アカッシュ、あなたはちょっと蒼《あお》ざめているみたいだけれど大丈夫？」

バイクは嫌いだけれど思ったよりはマシだった、という答えを期待していた僕はなんだかノラに裏切られたみたいな気がした。

「僕は胃の中が、バーテンに激しくシェイクされたカクテルみたいになっている。それに、騒音に長時間晒されていると、平衡感覚がおかしくなって、船に乗っているみたいだ。でも一秒ずつ気分が良くなっているから、すぐに元に戻るよ。」

そう言い訳してから僕はひょっとしたら長時間黙っていたことに問題があるのかもしれないと思った。いつもは人と話をすることで健康をこまめに取り戻し続けている。喋ると、強い呼吸に乗って、身体中を言葉が流れ、細胞が隅々まで目を覚まして、外から絡みついてくる嫌な菌を次々打ちのめしていく。もしも黙ってこの世の轟音だけを聞き続けていたら、僕は毎秒少しずつ病気になっていくだろう。

トーレが上機嫌で僕らにクリーム色のプラスチックのお盆を一枚ずつ渡し、

「ここのフライドポテトはケチャップとマヨネーズをありえないくらい大量にかけて食べると美味しいんだ」

と教えてくれた。普段フライドポテトなど絶対に食べそうにないノラは困ったように微笑んでアドバイスを受け流し、急に姉さん顔になって、

「財務省は私だから遠慮しないでどんどん食べてね」

と宣言した。そういえばトーレとクルトはあまりお金を持っていないから食事する時は奢ってやるようにクリスに言われていたんだっけ。ノラはそのことをちゃんと覚えていたようだ。僕の方はバイクに乗る前の細かい出来事の記憶はアウトバーンに落としてきてしまった。蒸気のたつケースの中を覗くと、色あせたペニスみたいなソーセージが並んでいた。籠《かご》に入った食パンの表面は乾いた白い肌みたいだ。ジャガイモのサラダがペンキを入れるようなバケツに入っている。デザートコーナーは少し離れたところにあり、ヨーグルトとケーキは意外に種類が豊富だった。

僕らはそれぞれ好きなものを取り、初めて四人揃ってテーブルを囲み、自己紹介でもするような設定に照れた。何も言わずにお互いのお盆に集められた食べ物を見比べて、誰からともなく笑った。ノラのお盆と僕のお盆には全く同じものが同じ配置でのっていた。右にコーヒーの小カップと水、左にクリームをかけない林檎《りんご》ケーキ。普段はチャイか紅茶しか飲まないのにコーヒーを取り、しかも林檎は苦手なのに林檎ケーキを選んだのは僕らしくないが、それなら今何を食べるのが僕らしいのかと問われても答えが見つからない。僕らしい飲み物も食べ物もここにはないのだから、らしくないもので「らしさ」を出すしかない。いつもこれが自分だと思い込んでいる自分を捨てる。それが旅だ。でもそんなことを口にしたら、せっかく最愛の休憩所に連れて来てくれたトーレはがっかりするかもしれないし、財布を開けてくれたノラに感謝することにもならない。だから何も言わずにケーキの上にのった林檎をケーキフォークでつついた。Susanooもこんな風にまわりの人たちに気を使っているうちに何も言えなくなってしまったんだろうか。言葉を口にすれば、必ず誰かを傷つける。絶対に傷つけないように細心の注意を払って遠回しな言い方をすれば、誰を傷つけないために何を口にしないようにしているのかが逆にはっきり輪郭をあらわす。ちょうど切り紙をつくった時に出た屑《くず》を見れば、どんな形が切り抜かれたのかがはっきり分かってしまうのと同じだ。

Susanooが子供の頃に暮らしていた国はすごく文房具が発達していて、空気に字を書くことのできるペンがあった、という話を聞いたことがある。言葉を口にして他人を傷つけることを異常なまでに恐れていた人々は、言いたいのに言えないことばかりなので、自分の思いをそのペンで空中に書くのだそうだ。時には空気が書き込みでいっぱいになって息が苦しくなることもあったらしい。また空気への書き込みを読まないふりをしながら素早く読み取って行動することが子供の頃から要求された。それができない人間は仲間はずれにされて引きこもるか、政治家として出世するか、どちらかの道を選んだそうだ。

トーレとクルトの山盛りのフライドポテトには雪崩《なだれ》のようにケチャップとマヨネーズがかかっていた。ソーセージは半分に切断されながら、まだ細々と湯気をあげている。

「MOGOには行ったことある？」

とトーレに突然聞かれてぽかんとしている僕とノラを見て、クルトが教えてくれた。

「バイカーのためのミサのことだよ。MOはモーターバイク、GOはミサ（ゴッテスディーンスト）だ。」

「バイカーの集会に出るために君たちがハンブルクに行くんだってクリスが教えてくれたけれど、ＭＯＧＯっていう言葉は教えてくれなかった。」

その時、僕は急に近所の飲み屋で知り合ったサクソフォニストのことを思い出した。小雨が降る夜だった。会う約束をしていた女友達からインフルエンザにかかって三日前から寝ていて回復の女神は一向に姿を見せない、という連絡があり、僕は土曜の夜だというのに一人ぼっちになってしまった。スニーカーは、いかにも履いてくれという顔をして廊下で僕を待っていた。化粧を落とし、サリーを脱いで、Ｔシャツにジーンズという男子学生らしい格好になった。会うはずだった女友達はいつもの女装した僕が好きだと言うが、近所の冴《さ》えない酒場では女装していたのでは客たちはおじけづいて話し相手になってくれない。

カウンター席に尻をのせて、バージン・メアリーを頼んだ。なんだか変装して人の目を騙そうとしているみたいで後ろめたかった。生物学的に男なのだから男の格好をしても嘘をついていることにはならない。それなのに、自分は本当はちょっと違うのだという気持ちをぬぐいきれない。奥のテーブルでもっそりした男たちが飲んでいる他、店内に客はいなかった。しばらくするとドアが疲れたようにのろのろ開いて男が一人入ってきた。男はくたびれた黄土色のジャンパーに包まれた細い身体をカウンターに押し付けるようにして、バーテンにバージン・メアリーを注文した。それから僕のグラスにちらっと視線を送り、

「ブラッド・メアリーが飲める人たちが羨ましい。こっちは病気のせいで処女カクテルだ」

と言った。僕の飲んでいるのもアルコールの入っていないバージン・メアリーであることを告げると、男はすわって、

「インドではアルコールは飲まないのか」

といきなり訊いてきた。僕がインドから来たと決めつけている。実際インドから来ていないわけではないが、そうではない可能性はそれでも存在するわけで、その可能性を度外視するやり方は傲慢だと思った。僕は冷めた気持ちで男の緑がかった肌から目をそらし、口先だけそそくさ動かして早口で説明した。

「昔、宗教的な理由から禁酒が、そして更には菜食が法律化された時代がありました。異教徒はその法律に従わなくてもいいのですがそうすると就職など不利なこともあって、肉食はやめて酒を飲まない人が多かった。今は時代が変わったから、子牛のステーキを食ってもウイスキーを飲んでも一向に構わないのだけれど、高度経済成長

は禁酒法と菜食主義のおかげだという主張が強くなって、出世する人はみんな菜食主義者でお酒を飲まないから、なんだか人生の落伍者《らくごしゃ》みたいに見えてしまうんですよ、ワインを飲んでステーキなんか食っていると。」

「海外に住んでいるインド国民もアルコールを飲まないのか？」

「飲む人もいます。僕は飲むと寂しくなるから飲まないだけです。」

女装している時の僕は自分を弱く見せることは口にしないのに男子学生になった途端、そんなセンチメンタルなセリフが口から出て来るから不思議だ。

相手はおそらくここで「禁酒は西洋の自由の思想と相いれない」とかなんとか言い出すのだろうと思ったが、予想は見事に裏切られた。汚れてもいない口のまわりを手の甲で丁寧に拭ってから男は、「ドイツも禁酒法を作った方がいい」と言った。理由を訊くと横目でこちらを睨んで、自分はアルコールのせいで人生を無駄にしてしまった、もし飲んでいなければ、今頃仲間と音楽を演奏していた、というようなことをためらいがちに話してくれた。

「楽器はなんですか。」

「アルトだ。」

「アルトはビールの種類でしょう。」

男は初めて声を出して笑った。

「サックスフォーンという言葉はあまり好きになれないんだ。サックスは鞘《さや》みたいだろう。フォーンは電話みたいだろう。電話は苦手だ。楽器そのものは大好きなのに、名称が好きになれない。これは悲劇だな。今の俺はアルトでもバスでもない。ただの休符だ。肝臓移植の必要があって、提供者の現れるのを待っている。それが今のところ、唯一の仕事だ。」

この男は名前をヨルクと言って、親はすでにあの世に引っ越し、兄弟や子供はこの世に生まれたことがない。家族がいればすぐに内臓をもらえるという簡単な話ではないが、赤の他人が不幸にも命を落とし、その臓物を自分の身体が受け入れる可能性を待っているのは、金貨が空から落ちてくるのを待っているくらい心細いことだと言う。アルコールの入っていないカクテルを飲んでいるのにヨルクは次第に舌がもつれ、首がぐらぐら揺れ始めた。

それから数ヵ月して、ヨルクと再会した。同じように小雨の降る夜だが火曜日で、僕は大学図書館で一日過ごした後、目がかすむほど疲れていたのに気持ちだけは興奮していて、そのまま家に帰っても眠れそうにないので酒場に寄ったのだった。するとカウンターにヨルクがいて、まるで僕と待ち合わせでもしていたように片手を上げて言った。

「やあ。元気でやっていたか。俺はついにもらったよ。」

僕もすぐに内臓移植の話を思い出して、お祝いの言葉を口にした。ヨルクは前回と違って表情がギラギラしている。ここに座れという風に片腕を動かしたが、腕は勢い余ってカウンターにぶつかった。力だけがやたらにみなぎっていて、コントロールがきかないみたいだった。僕はトニックウォーターを頼んだ。

「身体の調子は良さそうですね。」

「最高だ。若い男の内臓だからすごい。全身が若返ったみたいで、関係ないはずなのに、小便もじゃあじゃあ出るし、あっちの方も行ける。」

この間しんみり話を交わした男と同一人物とは思えない。視線は相手を射止めるように強く、血色のいい唇は少し歪んでいる。肝臓を提供した若者はどんな人間だったのだろう。まさか肝臓をもらうと人格までもらうことになるということはないだろう。

「町を歩いていても、自分が見られているのが感じられて楽しいぞ。女が、物欲しそうにこちらを見ている。男が妬《ねた》んで見ている。気持ちいいもんだ。」

僕はヨルクが性生活の近況報告などを始めないうちに、あわてて話題を少しだけずらした。

「提供者は誰なのか、教えてもらえるんですか。」

「名前は教えてくれなかったが、事故死した二十歳くらいのバイカーらしい。若いのに残念だったな。でもバイカーは、俺みたいな病人にとっては希望の星だ。臓器は若い方がいいが、若い人間はなかなか死んでくれない。若い男が毎日ピストルで撃ち合っているような国ならいいが、トリアーにはギャングなんていない。でもバイクに乗っているのは若い男が多くて、しかも一度事故が起きると即死する可能性が高い。」

ヨルクは他人の命をなんとも思わない自分の口調に気づいたのか、急に大きな声で、はっはっはとわざとらしく笑った。

「いや、同情しているし、感謝もしている。奴の魂が天国に行けるように神様に祈ってやってもいい。」

「魂は天国へ行って、身体の一部が他人の身体の中で生き続ける。」

「悪くないだろう。リサイクリングだ。」

「僕だってもし今急に事故死するなら、自分の内臓は他の人に使ってもらった方がいい気がします。」

「俺の身体には毒が染みわたっているから、人様にはお勧めできない。俺が死んだら綺麗に焼いて、骨も遺伝子も残らないようにしてほしい。ところでバイカーが何十人も教会の前に集まっているのを見たことがあるか。」

「いいえ。」

「ずいぶん前のことだが、事故で死んだ仲間のためにバイカーたちが教会の前に集まっているのを一度見たことがある。黒天使の大集会みたいだった。ずっと忘れていたんだが、最近夢に出てきたよ。」

「肝臓にも記憶が蓄積されていて、若者の記憶が体内に入ったんじゃないですか。」

僕はたわいもない思いつきを口にしただけなのに、ヨルクはそれを聞いてビンタでもくらったように身を引いてから、猛烈に怒り始めた。

「何を言い出すんだ、お前は。俺の人格を否定するつもりか。自分の言っていることが分かっているのか。」

僕は慌てて勘定も払わずに首を引っ込めて店の外に逃げ出した。幸い、ヨルクは追ってはこなかった。

僕は思いついたことをすぐに口にしてしまったために不愉快な思いをさせたことが何度かある。それでも今、本物のバイカー二人を眼の前にして、内臓移植の話はしない方がいい、と咄嗟《とっさ》に判断するくらいの理性は持ち合わせていた。ストライキという言葉をうっかり口にしただけで空港のストライキに遭遇したノラだって、僕がバイカーの事故を話題にするのを無神経だと思うだろう。

「ずっと走っているのって、疲れないですか。よそ見も居眠りもできないし。」

僕は黙っているのが苦しくなって、毒にも薬にもならないことを言った。トーレはフライドポテトを一本タバコみたいに口にくわえたまま答えた。

「危険にさらされていると、生きようとする化学物質が体内で生産されるらしい。この物質は、アルコールより麻薬よりずっといい気持ちにしてくれる。おかげで高揚感が続いて、何時間走っても退屈しない。」

「そういうことなのね。私も自分で本格的にバイクに乗ってみたくなってきた」

とノラが言うので僕はむせかえって、コーヒーをこぼしてしまった。他人と出逢うことでこれまで眠っていた願望が目を覚ますことはある。でも彼女がバイカーになるなんて極端すぎる。ノラは僕が動揺しているのに気がついて笑った。

「大丈夫、安心して。コペンハーゲンでバイクを買って乗って帰る、なんて言わないから。」

帰りはいずれにしても別々だと思うよ、と言おうとして寂しくなって口を閉ざした。ノラはあちらで恋人のナヌークと会って、いっしょにトリアーに帰るんじゃないかな。すると僕は一人で帰ることになる。できればクヌートのいるコペンハーゲンに居残りたい。今はSusanooもそこの病院にいるのだし、Hirukoは同じデンマークのオーデンセで働いているのだから、いっそのこと僕らみんなでコペンハーゲンで大家族を形成したら愉快だろうな。

「これまでで一番距離の長いバイクの旅は？」

クルトにそんな問いを投げかけるノラは本当にバイクに興味を持ち始めているようだ。

「南はシチリア島。北はジュルト島かな。」

「海を走るバイクですね。」

「フェリーだよ、もちろん。」

クルトはそう答えてから遠方に視線を合わせた。海を思い浮かべているみたいな目だな、と思った。

「道中はずっとソーセージが主食？」

僕はノラがバイクの旅をあまり理想化しないように、痛そうな質問をした。

「いや。バイク仲間のネットワークがあるから、個人の家に食事に呼ばれることも多いんだ。だからサラダとか野菜炒めとかも食べる。もし君がそういうものを食べたいならば不自由はしないよ。」

クルトはノラの機嫌を取るように言った。僕はそれが気に障《さわ》って、触れないつもりだった話題に触れてしまった。

「バイクは事故が多いと聞いたけど統計的に見るとどうなのかな。」

クルトは別に痛いところをつかれたという顔つきもせずに、静かに頷いた。

「事故発生率は車の二倍、死亡率は五倍だ。」

食べることに夢中になっていたように見えたトーレが顔を上げた。

「この間までは、内臓寄付同意書を革ジャンの裏ポケットに入れて走っていたんだが、先週それを破いて捨てたんだ。」

僕は触れないつもりでいた話題がトーレの口から飛び出したのであわてて話題をそらそうとしたが、ノラの方が口を開くのが早かった。

「内臓寄付？　私もそういえばこの間、怖い映画を見たけれど、あれは事実に基づいているのかしら。内臓を取り出される時のバイカーは実はまだ生きていて痛みを感じているというホラー映画。」

「本当ではないかもしれない。でも本当である可能性があるうちは、寄付には同意しないことにしたんだ。両親にも同意しないように言っておいた。」

「死体なのに痛みを感じるの？」

「完全に死んでいる死体から摘出した内臓は役に立たないらしい。だから脳死した死体から内臓を取り出す。その場合、死んでいても筋肉の反射で暴れることがあるからという理由で、身体を固定して摘出手術を行なう。でも脳死というが本人はまだ痛みを感じているという説もあるんだ。それを表現できないだけで。その説は間違っているのかもしれない。でもそういう説が存在するということが気になる。」

話しながらトーレの声はどんどん低くなっていった。クルトが付け加えた。

「脳死という概念は、内臓移植の分野でしか使われない用語だという話を聞いたことがある。移植したい側から見ると、死んでいなければ法的にみて内臓を取り出せないから、脳死という概念が必要になる。」

トーレが首を振って、

「でももしその説は間違っているとしたら、内臓を待っている患者たちの生きる可能性を減らすことになるから責任重大だぞ」

と言った。

「もしも自分が事故で死にかけているがまだ痛みを感じる状態で、内臓を切り取られる可能性が一パーセントでもあったらどうする？」

トーレは深く頷いて言った。

「事故死した人の家族の話を聞くといたたまれないね。脈もあるしまだ暖かい身体に手術が施される。しかもその身体は動かないように固定してあって、ピクピク動くことさえある。」

「家族の目から見るのは、センチメンタルかもしれない。」

「でも昔から死体を侮辱《ぶじょく》することは大きな罪だった。死体だからどうでもいいという考え方は歴史上、存在しない。自分の愛した兄の死体をちゃんと弔《とむら》うために自分の命を危険にさらした妹だっていたんだぞ。つまり死体はどうでもいい物じゃないんだ。」

迷信じみたことを気にすることがある一面、論争が始まると理詰めでエスカレートする面もあるノラが言った。

「もしも脳が極端に老化した人の肝臓だけが健康だった場合、準脳死と判断して、その人を殺して肝臓をもらうという発想も出てきてしまうんじゃない？　働ける人のために役に立たない人は犠牲になるべきだという発想は間違っている。人の命の価値はみんな同じでしょう。」

僕は準脳死という言葉を聞いて気分が悪くなり、席を立って水のお代わりを取りに行った。こんな話になってしまったのは僕の責任だ。

明日の夜はどこで寝ることになるのか予想できないが、その時に絶対に見たくない夢がある。僕はバイクから投げ出されて、道に頭の角をぶつけて気を失う。気がつくとベッドに横たわっていて、天井には星空がある。と思うがそれは星空ではなく照明器具である。腕を動かすことができない。腿《もも》も固定されている。青いマスクをし、青い帽子をかぶり、青いビニールの服に身を包んだ男が五人、僕を見下ろしている。幸い向こうはマスクをしていてしゃべることが許されていないが、こちらは口だけは自由だ。僕は死んでなんかいませんよ。だから今メスを入れれば殺人です。僕は夢の中ではっきりとそう言うだろう。男たちは困ったように顔を見合わせる。僕を救ってくれるのは言葉だけだ。僕は喋り続ける。脳死だと言いたいんでしょう。でも脳が死んでいて言語が話せますか。話していることが何より生きている証拠です。話している存在にメスを入れる権利は誰にもない。突然火災報知器が鳴り始める。青いマスクの人たちはメスやハサミを投げ出して慌てて部屋から逃げていった。僕はもがいたが、手足はしっかりと固定してある。そのうち、火は僕を助けるために出たのではないかという気がしてきた。

「気分が悪いの？」

大きなコップいっぱいの水を一気に飲み干した僕を見てノラは心配しているようだった。

「僕は自分自身の空想力に刺激されて気絶しそうになることがある。」

クルトとトーレが声を出して笑った。どうやら嘲笑《ちょうしょう》ではないようで、好意がさざなみになって押し寄せてきた。

「空想のオーバードースはよくないよ。そろそろ現実に戻って、トリップを再開しようか。薬のトリップじゃなくて、バイクのトリップだよ」

とトーレが言った。

アウトバーンを走り始めるとスピードが再び僕の身体をかっさらっていったが、心は不思議と静かでトーレの身体を抱く腕の力を緩めても不安を感じなかった。ただ一度だけ、猛スピードで道路を横切っていったウサギの姿に息をのんだ。ライトが当たって灰色がかった茶色い腿が大きく跳躍するのが見えた。

世界の縁が少しずつ白くなり、朦朧《もうろう》とした頭でその白はどういう意味だろうと考えていると、いつの間にか白が青くなり、最終的には赤くなった。なんだ、太陽か。夜明けなんて自分とは関係のない現象だと思っていたが、包まれてみると身体にしみた。

ハンブルク中央駅まで送ってもらって、ノラと僕はそこからロストック行きの列車に乗った。ノラは席に着くとすぐに窓の横にあるフックにかけた上着に身を擦り寄せるようにして眠りに落ちた。急に大人じみてしまったその寝顔を見ているうちに、僕も眠くなってきてうとうとしたが深く眠ってしまうと夢をみそうで恐かった。

ロストックで船に乗る頃にはノラも若さを回復し、少女のようにはしゃいでいた。やっとデンマークが近づいてきた。そう思えるのも海のおかげだ。

「旅している時って、無責任で楽しい。海の色は私が決めるわけじゃないから驚きの連続ね。家の壁の色は私がカタログと何時間もにらめっこして決めたから自分の人格がそのまま写されているみたいで息苦しいけれど、海の色には私がいない。それが清々しく感じられるから不思議。」

深緑色の海を見ながらノラがそう言った。風が冷たかったが僕らは甲板に残った。泣きたいような気持ちが海風にのって時々通り過ぎていった。

「Susanooはどうしているかな。いい病院だといいね。入院するような種類の病気ではないけれど、何かのプロジェクトに参加するという理由で無料で病院の施設に滞在させてもらっているらしい。」

「お医者さんはクヌートの友達なんでしょう。」

「親しい友達ではなくて単なる知り合いだと思う。」

「どうして分かるの？」

「なんとなくそんな気がしただけさ。町に着いたら僕は泊めてもらうことになっている友達のところにまず行く。タクシーの運転手をやっているから家にはいないかもしれないけれど、隣の人に鍵を渡すように頼んである。」

「私はホテルに二人部屋を取ってあるの。ナヌークと泊まるつもりだったから。そのホテルにチェックインしてからタクシーで病院に向かうつもり。」

「それじゃあ一時間後に病院で会おう。」

タクシーの運転手をやっている友達は留守だったので、隣の人に鍵をもらい、荷物をおかせてもらい、今夜また来ると書いた紙をテーブルの上に置いて、そのままバスを乗り継いで病院に向かった。

ノラは受付の前で僕を待っていてくれたが、糸のもつれたような表情をしていた。

「どうしたの？　今日はSusanooに面会できないの？」

「ナヌークがもう来ているの。」

「へえ、ヒッチハイクなのに早かったね。」

「でも今は手が離せないから四十五分待ってから七十九号研究室に来るようにって言うの。」

「元気そうだった？」

「本人の顔はまだ見ていない。受付の電話で話をしただけで。」

「手が離せないなんて、なんだかナヌークが病院でやらなければいけない仕事があるみたいな言い方だね。それともまさか。」

「私もそう思う。きっとナヌークは怪我をして治療を受けているのよ。ヒッチハイクで暴力を受けたのかもしれない。事情を聞こうとしたら電話を切られてしまって。」

「あまり心配しない方がいいよ。もうすぐ会えるんだから、会ってからゆっくり話を聞こう。それに電話を使えるんだから重体じゃない。僕たち、Ｓｕｓａｎｏｏのお見舞いに来たのに、まるでナヌークのお見舞いに来たみたいになってしまったね。」

僕らは待合室のソファーに並んで座った。清潔さを連想させるにおいが流れてきて、かえって不安を誘う。消毒という言葉は、病気を思わせる。喋っていれば気持ちが安らぐのでノラに話しかけようとしたが、その横顔を見て今は邪魔してはいけないと思った。ノラの頭の中ではきっと、これまでナヌークと交わした言葉、これからナヌークに言うべき言葉がわんわんと木霊しながら響いているのだろう。僕はナヌークと初めて顔を合わせた時には自分勝手な奴だと思った。彼が出身国を偽ったせいで、Ｈｉｒｕｋｏとクヌートとノラと僕は、終わりそうにない長い旅に出ることになった。ナヌークは、他人を複数巻き込んで自分でも何から逃げているのか分かっていない未熟な奴だが憎めない奴だ。そんなことを考えていると、ノラが時計を見て立ち上がり、「七十九号研究室よ」と言って長い廊下に吸い込まれるように歩き始めた。僕は慌てて後を追った。

ナヌークを一目見て僕はまず驚いた。予想していたのと雰囲気が全く違う。僕は自分の戸惑いを隠すようにとりあえずノラの背後に隠れた。僕の記憶の中のナヌークは、愛されて育った子犬が荒野で迷子になってしばらく一人で暮らすうちに自分の祖先には狼がいたと気づき始めたような、手を差し伸べるとさっと身を引くくせに、すぐにまた尻尾をふって寄ってきて遊びたがるような青年だった。ところが研究室のドアを開け、白衣に包まれた胸をはって僕らを迎え入れたナヌークは、管理職についた中堅層の雰囲気を漂わせていた。

「待たせてすまなかったね。コペンハーゲンまでの旅は快適だった？」

快適などという形容詞を使うのはまだ三十年早いぞ。同じ調子で話し続けようとするナヌークを遮ってノラが、

「あなたどうして入院しているの？　怪我したの？」

と胸に抱えていた心配を破裂させた。ナヌークは薄ら笑いを浮かべ、顎をかすかに持ち上げて答えた。

「まあ、落ち着いて。俺が怪我しているように見える？　入院しているわけではなくて、あるプロジェクトのために病院に滞在しているだけだ。」

「滞在？」

「宿泊施設を使わせてもらっている。この研究室も使わせてもらっている。もうすぐここにＳｕｓａｎｏｏが来る。そうしたら、今日の実験を開始しよう。」

ノラが予想外の答えに勢いを削がれ黙ってしまったので、僕が助け舟を出した。

「プロジェクトって何のプロジェクト？」

「一口では説明できないが、内容については俺が任されている。つまり俺は、助手たちよりずっと医者に信頼されているわけだ。自由にやってくれと言われた。もちろんＳｕｓａｎｏｏに関係あるテーマを選ぶ、という制限はある。多言語の沈黙というテーマを思いついた。たった一つの言語が沈黙するのと、多言語が沈黙するのとでは、違いはどこにあるのか。このテーマについては、ヒントを与えてくれた君たち、特にクヌートには感謝している。もちろん企画書ではクヌートよりもＨｉｒｕｋｏの名前を強調した。女性を前面に出せば出世できるし、女性を侮辱すればクビだからね。」

ノラが眉をひそめた。

「ナヌーク、あなた、どうかしたの？」

「別にどうもしていない。」

「何があったの？」

その時、妙なリズムでドアを三回叩く音がしてSusanooがひょろっと入ってきた。僕は自分でも予想していなかったほど再会の喜びを強く感じた。

「Susanoo、元気か？ノラと僕は今着いたところなんだ。もっと早くお見舞いに来たかったんだけれど、コペンハーゲンはトリアーからは遠いからね。ストライキとかいろいろあって大変な旅だったよ。ああ、会えて嬉しい。」

Susanooは僕と視線が合っても顔の筋肉をかすかに緩めただけだったが、それで僕は充分だった。すっかり人格の変わってしまったナヌークと比べると、言葉を話さないSusanooの方にずっと親しみを感じた。ひょっとしたらSusanooは無口なだけで、治療の必要なんて全くないのかもしれない。

「君たちは同じプロジェクトに参加しているわけだ。よかったね」

という僕の言葉にナヌークはきっとなって鋭く反発した。

「俺は医者の委託で働いている研究者だ。Susanooは研究対象である患者だ。」

「だから何なの？」

「医者と患者は遊び仲間じゃない。」

ノラは怒った目をして訊いた。

「あなた、何があったの？ まるで自分が私たちより偉いみたいな話し方だけれど。」

僕は嵐の来そうな危ない空気を嗅ぎ分けて慌てて二人の間に入った。

「このあと、いっしょにコーヒーを飲みながら、お互い旅の報告でもしようよ。」

ナヌークは鼻で笑って答えた。

「旅の思い出話なんて年金生活者にまかせておけ。仕事が先だ。Susanoo、ここに座ってくれ。」

Susanooが大人しく椅子に座ると、ナヌークはイボに覆われ、コードが無数に生えたヘルメットをSusanooに被せた。僕は「この製品の開発には動物実験を一切おこなっていません」というシャンプーや保湿クリームのパッケージに載っている文章を思い出してしまった。

「ナヌーク、君はSusanooの同意を得ているのか。」

「そんなものは必要ないだろう。俺は正式な医者ではないし、俺とSusanooは友達なんだから。」

「さっきはでも自分は医者側の人間で、医者と患者は友達じゃないとか言ってなかったかい。」

「そうよ、ナヌーク、あなたは間違っている。」

「口論はやめよう。」

さりげなくナヌークが顎でさした方向をみると、天井にカメラが設置されていた。

ナヌークは急に昔の顔に戻って言った。

「Susanooを傷つけるようなことはしない。彼の沈黙の質を調べるだけだよ。」

# 第六章　ニールセン夫人は語る

結婚して間もなく、精子と卵子が出逢い、それが胎内宮殿の中でゆっくりと育ち、叫びの塊になって人間が一人生まれてきました。吸い込む酸素が痛いのでしょうか、ぎゃあぎゃあと泣いていますが、その声を聞いてもどこか遠い気分でうっとりしていられたのは、わたくしの脳内を駆け巡る液体がいつもと違っていたからでしょう。目が醒《さ》めると上空に、夫、姑《しゅうとめ》、小姑《こじゅうと》、親友の顔が雲みたいに浮かんでいます。それぞれの顔に付いている口がぱくぱく動いて、おめでとう、おめでとうと、競って祝いの言葉を吐き出しています。そんなにおめでたいかしら。まるでわたくしが生まれて初めて正しいことをしたみたいに褒めています。新しい人間を生産できたのは確かにすばらしいことだけれど、でもこんなに無批判に喜ぶなんて、どこか独裁制のにおいがする。何かが絶対に間違っているのにそれが何なのか見つけられなくて、ちょっといらいらしてきました。「この絵はどこが間違っているでしょう」というだまし絵クイズを目の前につきつけられた時みたいに、いくら考えても解答に行きつきそうにないので諦めて目を閉じました。

次に目を開けると、それはもうわたくししかいない白い四角い箱の中で、自分の下半身さえ遠くに横たわる半島みたいに感じられて、腕は借りてきたロボットの部品、首はまわらず、鼻の中が乾ききってがさがさし、かろうじて自分らしく感じられるのは脳内を流れる液体だけでした。それから苦しい日々が始まりました。もっと正確に言えば、今ふりかえると「苦しい」という言葉を使いたくなるということです。当時はこの言葉の存在を忘れていました。夫は愛撫の直前にも途中にも「インガ、調子はどうだい」とやさしく声をかけてくれて、その度にわたくしは恥じることなく「幸せ！」と答えていました。幸せという言葉を舌にのせたのはわたくしの人生の中でこの時期だけです。わたくしをすっぽり包んでくれていた空気は桃色がかったオレンジ色で甘酸っぱく温かく、「幸せ」という単語を当てはめても少しも嫌みには感じられなかったのです。もしかしたら「幸せ」というのは空気の状態をあらわす言葉で、その空気に包まれている人間には関係ないのかもしれません。だから、不幸な人間が幸福という名前の空気にすっぽり包まれていることもあるのです。イルカが毛糸のセーターを着せられたようなもので、しっくりしないし、納得できない。それどころか一刻も早く脱ぎたい。そんな違和感こそが「自分」そのものだと思いました。

わたくしは今、自分の過去をこねあげ、練りあげ、引きのばし、団子にし、また引きのばし、正方形に切り、色をつけ、匂いをつけ、工夫を凝らして語ろうとしています。聞き手として想定しているのは、今現在の恋人ベルマーではありません。お互い子供が独立した後での恋愛ですから、子供の生まれた頃の話などしてもしらけるだけです。架空の聞き手は息子のクヌートです。息子は、昔話を毛糸の靴下と同じくらい嫌っていますし、母親であるわたくしが十個以上単語を並べるともう耳の蓋《ふた》をぴったり閉じてしまうのでこれはあくまで架空の聞き手ということです。耳の蓋というのは男性の半数以上が持っている目には見えないけれど便利な身体部分です。空想の中で息子に向かって物語を紡《つむ》がなければならないのは、息子が機会あるごとにわたくしを顎で裁くからです。いつかきちんと弁明しなければ、終身刑の判決を下されてしまうでしょう。まだ死刑制度の残っているような国ならば死刑宣告されてしまうかもしれません。おそろしいことです。そのくせ、この裁判にはどこか子供じみた滑稽《こっけい》な部分もあります。だからどうしてもアニメに仕立てたくなり、息子は裁判官のマントを着た真っ白な熊で、わたくしは被告として証言台に立った背中の毛の剝げたみすぼらしい兎《うさぎ》です。お前はどうして僕を生んだのだ？　いい加減な気持ちで生んだのではないのか？　生みたくないのに、避妊に失敗したから生んだだけではないのか？　母親になることで社会的に認められたくて生んだだけではないのか？　おまえはちゃんと生まれた子の世話をしたのか？　おまえはなぜ我が子に乳を与えるかわりに乳房を鈴のように振って窓の外を通る人たちの気をひく必要があったのか。おまえはなぜ泣き叫ぶ乳児を抱き上げて優しくゆすぶるかわりに、自分の太股の肉をゆすぶって楽しんでいたのか。おまえはなぜ生まれた子の父親以外の男性を必要としたのだ？　そして究極の質問は、おまえはなぜ僕の父親を殺したのだ、というものです。

甘ったるい乳のにおい、赤ん坊のにおいが辺り一面にたちこめていて、その空気の濃縮された部分が我が子の身体だった頃には、息子がわたくしを非難するような距離は二人の間に存在しませんでした。ただ、何度目かに息子を抱いた時、「この子は自分の子ではないかもしれない」という疑いが物理的な隙間のように生まれました。この子は別の生物体系に属しているせいで歳とともに理解できない存在に成長していって、いつかどこか遠くに行ってしまうのではないか、という直感に撃たれたのです。もしわたくしが父親だったら、「別の生物体系」なんて複雑なことは考えずに単純に「この子の父親は別の男ではないか」と思ったことでしょう。でも母親ですから、他人の卵子が入りこんで勝手にわたくしの体内で受精したということは想像しにくいのです。とすると、本当は代理母なのに、その記憶が消えてしまって実の母だと思い込んでいるのでしょうか。

看護婦さんは、寒気はしないか、吐き気はしないか、などといろいろ心配してくれます。わたくしは押し寄せては引いていく疑惑の波にゆすぶられて、船酔い状態にありました。実はわたくし自身もそれまで看護婦として働いていたので、看護婦さんがわたくしの容態をどう解釈し何を心配しているのかだいたい見当がつきます。今何か言わなければ看護婦さんの不安は急上昇して耳の奥でサイレンが鳴り出すだろうと思って、つい心にもないことを口にしてしまいました。

「自分にはこの子は育てられないかも知れない。そんな気がするんです。」

看護婦さんはなんだ、そんなことか、とほっとした顔をして、

「誰でもそういう不安を持つことはあるでしょう。でも、考えてもごらんなさい。町は人間で溢れている。つまり、どんな怠《なま》け者でも、病弱でも、忙しくても、万引きする癖があっても、エゴイストでも、学校時代の成績が悪くても、子供を育てられるということです。もしもあなたのような立派な人に子供が育てられないなら、人類はすでに何千年か前に絶滅しています」

と論（さと）しました。今でも喫茶店の窓から通行人たちをぼんやり眺めている時など、看護婦さんのこの言葉を思い出すことがあります。この通行人たちはみんな大人に育てられ、その大人たちは全員、子供を育てることができたんだなあ、と感嘆するのです。実の親も、養子をもらった親も、児童養護施設で子供の世話をしている人たちも、大人たちはみんな育てているのです。自分自身は学校の勉強に乗り遅れ、虐《いじ》めに遭い、マリファナにおかされ、就職しても仕事に関心が持てず、株に手をだして借金の落とし穴に落ち、ダイエット詐欺にかかって体調を崩し、ゴミの仕分けさえちゃんとできないようなダメさをそれぞれ抱えているはずなのに、子供をちゃんと育てている。これは本当に驚くべきことです。

退院すると、話し相手になってくれていた看護婦さんもいなくなり、わたくしは日中ずっと黙って暮らしました。夫以外の人間を家に入れるのが嫌で、手伝いに来たがる姑も、遊びに来たがる友人も電話で言葉少なに断りました。夕方夫が帰ってくるまで、家にはわたくしと息子の二人しかおらず、窓の外も水彩画のように静まりかえっています。

息子は手足の指をアメーバのようにさやさや泳がせながら、ニコリともしないでわたくしの目をじっと見つめていることがありました。眼球はいまにもこぼれそうなほど豊かな液体の膜に覆われ、光の乏《とぼ》しい室内でもきらきら輝いています。わたくしはその瞳の恐ろしいほどの美しさにぎょっとして、ソファーに身を投げ、鯨のクッションを抱いたまま動けなくなってしまうのでした。脳の奥にある壁が急に真っ白になると椅子から立ち上がるのも億劫《おっくう》で、さあ、立ち上がろうと思って、立ち上がっている自分を映画の一場面のように想像してみても、実際にはすわったまま動けません。お皿がテーブルの上に置いてあるのが見えますが、存在さえしないガラスの壁でこちら側のわたくしと隔てられています。食器洗い機に汚れたお皿を入れている自分の姿をはっきり思い浮かべることはできるのですが、その自分はこの自分ではありません。

夫は毎朝、黄色い目覚まし時計の鳴る寸前にさっと起きて、時計のアラームをわたくしのために遅い時間に設定し直し、爪先立ちで寝室を抜け出して行きます。すると夫の起床を待ちかまえていたかのように息子が泣き始め、やがて夫がおしめを替えたりミルクをやったりしている音が聞こえてきます。シャワーの音は、工房で誰かが執《しつ》拗《よう》に金属を削っているような音でした。それから台所でコーヒーマシーンが騒ぎ始めます。モデルが更新されるごとに音が猥雑《わいざつ》になっていくコーヒーマシーンという機械がわたくしは今でも大嫌いです。朝の時間は嫌な音に満ちています。フライパンの中で卵がジリジリ焼ける音にも焦りと痛みを感じました。夫がドアを閉める音は、ドアが怒っているように聞こえました。夫は物静かな人でしたから、おそらくいつもそっと閉めていたのだと思います。夫ではなくドアそのものが怒っているのだと思うことにしました。家全体が怒っている。夫が怒れない性格なので、家が代わりに怒っているのです。わたくしは不機嫌な家の中に閉じ込められ、寝床でじっとしていました。昼過ぎにやっと起き出すのですが、すぐに第二のベッドであるソファーに身を投げてしまいます。

もしもいつか自分の人生を映画に撮ることになったら、黒すぐりのジュースが底にうっすら残った夫のグラスを大写しにしよう、と思いました。それからオムレツの油でまだかすかに光っているお皿。それなら上手く撮影できそうな気がします。一人シリアルを嚙んでいる自分の顔は撮りたくありません。砂でも嚙んでいるみたいなのですが、味覚は撮影することができません。そもそもわたくしが映画を撮る日は来ないでしょう。

息子が大声で泣き出すと、耐えられない気持ちになって身を起こし、あわてて乳児用寝台の縁まで飛んでいくのは、わたくしの分身です。本体はソファーの上でじっとしています。分身には実体がないので、おしめや哺乳瓶を動かすことができません。分身は本体の元に戻ってきて、一生懸命手をひっぱります。あなたがいないと物を動かせないの。だからいっしょに来て！　そのうちやっと本体がのろのろと腰をあげます。捻挫《ねんざ》でもしているような歩き方です。ところが一度立ち上がって動き始めると楽に赤ん坊のところへいって苦労なく作業を終わらせることができます。それどころかスイッチが入った機械みたいに急に活動的になって、洗濯機をまわしたり、子供を風呂に入れたり、パウダーをふったり、面倒くさい作業を次々休みなく行ないます。ところが電池は予想外の瞬間に切れてしまい、本体はぱったりソファーに倒れて、やりかけの仕事があってももう指一本動かせません。自分がロボットだったらよかったのにと思うこともありました。ロボットならばやる気がなくても電気が入れば確実に動きます。

一日中スイッチが入らない日はテーブルの上に取り残されたコーヒーカップやお皿が部屋に差し込む夕日に片面だけ照らされて少しずつ傾いていきます。夫は仕事から帰ってくると、汚れた食器がのったままの食卓を見ても文句一つ言わず、

「インガ、今日は調子はどうだった？」

などと精神科医のようなことを聞きます。そんな夫の思いやりに心が温まるはずなのに、わたくしは嬉しくもなんともありません。夫は模範的な人間で、自分はだめな人間だと思うだけです。

時にはテレビのスイッチを入れてみることもありましたが、トーク番組や家族ドラマをやっているとすぐに消してしまいました。唯一夢中で観たのはサイエンス・フィクション映画です。当時、こんな映画をやっていました。火星では女性全員がやりがいのある専門職について朝から晩まで仕事しているので、保育園が不足し、困った政府は赤ちゃんを地球に送り込み、地球人に育てさせています。そのためにまず子供が生まれたばかりの地球人の家に夜忍び込み、眠っている間に両親を洗脳して子供を入れ替え、それが自分の子だと信じ込ませるのです。火星人の子供を押し付けられた地球人の両親は、それが我が子だと信じて一生懸命育てます。一方、地球人の生んだ子供は土星に送られます。土星では子供が全く生まれなくなってしまったので、どんな子でも喜んで養子にして育てます。それなら火星人たちは土星に直接自分の子を送ればいいようですが、実は絶対にそうしたくない理由があるのです。土星人たちは子供を強く愛するあまり逆に苦しめてしまうのです。たとえば「お前は頭が悪くて怠け者だから大人になっても仕事がないだろう。たとえ就職できてもすぐにクビになるだろう。でも心配することはない。ずっとこの家で暮らせばいい」などとつい言ってしまうのが、土星人の愛情の表現なのです。土星人たちは別れのつらさに耐えられない性格なので、自分の子が自立しないようにあらゆる手段を尽くします。地球人たちは、自分の子がそんな土星に送られてしまったことには一生気づきません。もちろん映画ですから一人だけそのことに気づく母親が登場し、我が子を探す旅に出るために宇宙学を勉強し始め、ある日こっそり宇宙船に乗り込みます。

もし息子が別の星から送られて来ているのだとしたら。科学の恐ろしく発達したどこかの星の人たちがわたくしたちを洗脳し、体内に特殊なホルモンを注入して母性愛を誘発し、子供を押しつけて育てさせているのだとしたら。そう思うと息子に違和感を覚える自分を責める気持が消えて、気分が楽になりました。

数ヵ月して、定期診断に息子を連れて行ってくれた夫が満足げな顔をして帰って来て報告したところによると、身長も体重もデンマーク人の平均ぴったりの数値で、健康状態もいいということでした。わたくしにはそれが宇宙人の成長操作のせいであるように思えました。身長も体重も国民の平均値ぴったりだなんて不自然です。もしもこの子が同じ年齢の他の子供たちよりずっと小さかったり、ずっと大きかったりしたら安心できたのにと思いました。

わたくしは他の人たちのように宇宙人に注入されたホルモンに左右されない体質を持つ数少ない地球人なのだと考えることにしました。他の女性たちはせっせと他の星の後継者を育て、せっかく手塩にかけて育てた子が十三歳くらいになると取り上げられ、元の子を返却され、洗脳されるのでそのことに気づかないまま、どうして幼年時代はあんなに聡明だった子が大学受験に受からないのか、とか、あんなに優しかった子がナイフをふりまわすようになったのは育て方を一体どこで間違えたのか、などと悩むわけです。

わたくしと息子の苦しい関係はある日突然、好転しました。息子がむにゃむにゃと妙な言葉を話し始めたのです。それは大人には理解できない言語ではありましたが、複雑なシステムが根底に感じられる言語でした。使われている子音や母音にもわたくしには真似できないものがたくさん含まれています。もしかしたらそれは別の星の言葉なのかもしれません。それでも構いません。息子が独自の優れた言語体系を持っていると思うと肩の荷が下りました。わたくしという劣った母親のせいで息子が上手く育たないかもしれないと心配する必要はもうなく、逆にこちらが息子の豊かな能力のおこぼれを美味しくいただきながら見守っていればいいのです。

それまでの息子は、空腹、下半身の不快感、眠さなどを金属的な響きを含む泣き声を通してわたくしの神経に直接うったえるだけでした。ところがむにゃむにゃ語は、具体的に何かしてほしいというメッセージを含んでおらず、話すためだけに話される芸術言語なのでした。

「早くむにゃむにゃ語を卒業して普通の言葉を喋ってくれるといいね。」

夫がそう言った時、わたくしは一番気に入っているワンピースについて「早くそういう幼稚な服は卒業できるといいね」と言われたみたいにカチッときました。夫は息子を最初から「クヌート」という戸籍名で呼んでいましたが、わたくしはずっと「ムームー」という愛称を使っていました。クヌートという名前は経験を積んだ老人によく似合う名前で、赤ちゃんにはふさわしくない気がしたのです。

ムームーはある時、口を閉じて喉から声を出しながら唇をぱっとあけると、「まあ」になることに気がついて、自分でも驚いたようでした。「まあ」と言えたのは偶然で、自分が出したい時にこの音を出すことはまだできないらしく、口を開けたままいつまでも「んあー、んあー」と繰り返していました。息子は大人になってからも口論の途中で、滝のように流れるわたくしの言い分を否定しながらせき止めようと、「んあー、んあー」という声を出すことがありました。それを聞くとわたくしは赤子の口から漏れた不思議な音のことを思い出しました。

クヌートにとって「m」と「a」を二回続けて発音できる喜びは、ママが目の前にいることの喜びよりも大きかったのではないでしょうか。それとも息子はわたくしのせいで、最初からママよりも「ママ」という言葉の響きを愛する子になってしまったのでしょうか。ママとパパを比べたら、息子はパパの方がずっと好きだったに違いありません。その証拠に、わたくししか家にいない時は最低限の身体の欲求がある時以外は泣かず、夫が帰宅すると抱いてあやしてもらうために頻繁に泣きました。それでも言語的にはママの勝ちです。クヌートは「ママ」を連発し始めても、「パパ」とは決して言いませんでした。そんな我が子を抱いてあやしながら夫は、

「mの音はpの音よりずっと発音しやすい。だからママのことばかり呼んで、パパとは言わないいんだね」

などと負け惜しみを言っていました。

息子の発音日記をつけておけば本人に感謝されたかもしれないのですが、この時期のわたくしは文字を書くのがひどく億劫でした。記録がないので自信はないのですが覚えているかぎりでは、「まあ」の後には「あーう」が来たように思います。「あー」と言いながら途中で口をすぼめると「あーう」となることを発見した息子はひどく喜んで、「あーう、あーう」をずっと繰り返していました。また、嬉しいと呼吸が激しくなるので、わたくしの顔を見て、「ママ」ではなくて激しい息の混ざった「ハアハア」と言うこともありました。いくら練習しても飽きない玩具はなんといっても「あ

ー」の音です。息子は、「あー」と言いながら首を左右に振って音を震わせる、などという高度な実験まで行なっています。

不思議なのは、息子が猫の鳴き声を執拗に真似ることでした。家では動物は飼っていませんでしたし、息子が外で猫の鳴き声をずっと聞いていたこともなかったと思います。それなのに息子は粘っこい声で猫のように鳴きました。

「どうしてこの子は猫みたいな声を出すのでしょうね。」

わたくしがそう話しかけた時、夫は口の周りを赤く染めてスイカを食べていました。

「さあね。それは逆かもしれないよ。つまり猫が人間の声を真似しているということだ。昔は猫も虎みたいな恐い唸り声しか出せなかったのが、人間の関心を引くために、人間の赤ん坊の声を真似し始めたとかね。」

この時、夫がめずらしくユーモアのある自説を展開してくれたので、わたくしは今でも覚えています。本来そういうことのできる人だったのに、仕事に押しつぶされて関心の幅が狭まり、何を話題にすれば話に乗ってきてくれるのか困ることがありました。夫の職業である金融の話はわたくしには理解できないし、関心もありません。夫がいつからか関心を持ち始めた北海の海面上昇の話もわたくしには実感が湧きません。北極圏に浮かぶ氷がこのまま溶けていくと海面がどんどん上昇してデンマークが水に浸るというのです。それを防ぐために北極に設置する巨大な製氷機を開発している企業があるそうです。この機械は完成すれば、太陽エネルギーを利用して小型車サイズの氷をどんどん作って北海に吐き出すのだそうです。ところが研究費がかさむばかりで完成の目処《めど》が立たず、複数の銀行が次々融資を凍結し、最後に残った夫の勤めている銀行はできかけの製氷機の利用方法を考えているのだというのです。

「近いうちグリーンランドに視察に行くかもしれない」

と夫が言ったのを覚えています。まさか月に行くわけではないし、あまり気にしませんでした。

子供の話しかしなくなったらその夫婦はもう終わりです。夫は時々赤い薔薇《ばら》の花束を買って帰ってくれました。でも花束は受け取った瞬間石鹸《せっけん》のにおいがして、花瓶に移そうとすると必ず指を棘《とげ》で刺してきます。薔薇は悪意に満ちた愛のしるしなのです。誰か別の女性に花束を贈ったばかりで、うしろめたさからわたくしにも花を買ったのかもしれないし、貴婦人を讃《たた》える騎士の気持ちがとっくに消失していることに気づいてそれを隠すためにあわてて思いついたのかもしれません。わたくしは夫と目を合わせないようにして花瓶に花をさし、乳児用寝台の近くに置くと、クヌートは顔をくしゃくしゃにしてくしゃみをしました。花などというものは埃のような花粉をまき散らして自分の子孫を残すことしか考えていないエゴイストだということを子供はすぐに嗅ぎ分けてしまうのでしょう。

「クヌートがくしゃみしている」

と非難がましく夫に言うと夫は、

「花を赤ん坊の近くに置くのはよくないよ。花粉症になったら困るから離れたところに置いたら」

とそっけなく答えました。わたくしはそれまでになく意地悪な気分になり、

「薔薇って石鹸のにおいがしない？」

と言ってやりました。すると夫は苦笑して、

「それは本末転倒だよ。君が愛用している石鹸に薔薇の香りがつけてあるからそう思うんだろう」

と答えました。

クヌートの発音修業時代はそれからもしばらく続きました。言葉は親が子に教えるものと思っていましたが、もしかしたら親の知らない教科書が遺伝子に組み込まれていて子供は独力でそれを習得するのかもしれません。そんなことを考えるわたくしは

サイエンス・フィクション映画の観過ぎでしょうか。クヌートはわたくしが話しかけるとじっと耳を傾けてはいますが、それをそのまま真似することはなく、自分独自の言語の練習をかたくなに続けます。

むにゃむにゃ語が聞こえ始めてから、生きる気力が戻ってきました。気力と言っても決して大げさなものではなく、ただなんとなく朝目がさめると起きてコーヒーを飲みたくなり、シリアルを食べて食器をかたづけると気持ちがさっぱりして、それから息子のむにゃむにゃ語に耳を傾け、離乳食を用意し、おしめを取り替え、ゴミを捨てに階下に降りることができるようになったというだけのことです。その時気がついたのは、これまで家の中がゴミで溢れないですんだのは夫が捨ててくれたからだという当たり前のことです。冷蔵庫が決して空っぽにならなかったのも、夫が仕事の帰りに買い物してきてくれたからなのです。

息子はお腹がすいた、とか、おしめを取り替えてほしい、などはっきりした要求がある時には、あいかわらず赤ん坊独特の金属的な響きが含まれる声を出しました。何もしてほしいことはないけれども、喋るために喋っていたい時には、耳に快いむにゃむにゃ語を話してくれました。わたくしは全く関心がないふりをして窓の外を見ながら、いつまでも耳を傾けていました。

むにゃむにゃ語は実に豊かな言語です。聞いたこともないような魔術的な破裂音、エキゾチックなメロディ、アクロバット的に躍る舌、豊かにあふれる唾液と甘い息《い》吹《ぶき》。むにゃむにゃ語を聞いていると、テレビでしか観たことのないサバンナや熱帯雨林、深海の底、エベレスト山頂からの絶景が次々思い浮かびます。まだ歩けない息子が世界中の言語を口に含んで味見し、どれを選ぼうか迷っているのかもしれません。とろけそうな柔らかい頬、くねくねと自由自在に口の中を走りまわる舌、いつも湿っている真っ赤な唇。息子への愛情が爆発的にわたくしを襲ってきました。

夫は息子がむにゃむにゃ語をしゃべっていると抱き上げて目の中を覗き込み、

「君はハムレットか。モノローグが長い。長すぎる。しかも意味が理解できないよ。パパ、と言ってごらん」

などと冗談まじりで要求することもありました。息子は父親に話しかけられるのがよほど嬉しいのか、きゃっきゃと笑っていますが、しゃべろうとするとまた理解不可能な言葉に戻ります。夫も負けずに、

「え？　パパは偉大だって？　そうだよ。このパパを見ただけで北極圏の海水が恐れおののいて凍りつく。それくらい偉大なんだ。でもその息子はもっと偉大になる」

などと勝手に解釈して、無理にでも自分の人生に息子を引きずり込もうとします。

クヌートはいつの間にかわたくしたちの使っている言語であるデンマーク語を話すようになり、小学校に入る頃には、自分がむにゃむにゃ語をしゃべっていたことなど全く忘れてしまったようです。わたくしにとっては、むにゃむにゃ語族だった幼児と、弁の立つ活発な少年は同一人物ではありません。すでに別の星で育った子と交換されてしまったのでしょうか。前にいた子がなつかしくて、今いる子はなんだか夫のミニチュアみたいで面白くありません。わたくしが家事をこなすようになると夫はきっちり半分しか家事をやらなくなり、わたくしはまた病院で週に何日か働くことになりました。

ここから最も記憶のあやふやな部分に入ります。でもこの部分を上手く語らなければ息子は納得してくれないだろうと思われる重要な部分です。正直に語ろうとしても、記憶のないつなぎの部分を推測で語ると、ついフィクションになってしまいます。夫が家を出て行ったことだけは確実です。でも家を出る時になんと言っていたのかが正確には思い出せません。「会合があるのでドイツに行く」というのがドラゴンの胴体で、「会合の結果次第で、そのままグリーンランドに飛ぶかもしれない」という尻尾がそのドラゴンのお尻から生えてきて、数日後にかかってきた電話では、「疲れたので地中海でしばらくゆっくり休みたい」という翼が加わり、それから届いた手紙には「意義のある仕事をしている人たちと出会い、自分の使命が明らかになったので会社をやめたい」という角がドラゴンの額から生えてきました。わたくしは、その手紙をとりあえずタンスの引き出しの奥の奥にしまいました。それから二ヵ月連絡がなかったので警察に届けようと決心した日に電話があり、「実は人にだまされて犯罪にまきこまれた、名前も生活もすべて変えてしまったから警察には連絡しないでくれ、そのうちきっと連絡するから」と言うのです。それは確かに聞き慣れた夫の声で、脅されて震えている様子はなく、睡眠薬でも飲んだみたいに寝ぼけた声でした。夫は犯罪にまきこまれるような人ではありません。一番ありそうなのは、新しい恋人ができたのに気が弱くてそれをわたくしに告げられないということです。ただその場合、あんなに可愛がっていたクヌートに全く接触してこないのが不思議です。もしかしたら洗脳されてしまったのかもしれません。自然保護団体を装ったテロ組織が夫を騙し、洗脳し、夫の勤める銀行からお金を流出させた、というのがわたくしのつくった物語です。物語なしでは、風の強い高層ビルの屋上から墜落しそうな毎日でした。そんな時、急に屋上に駆け上がってきてわたくしを抱きかかえ、一階の静かな部屋に下ろしてくれた人がいました。クローディという渾名《あだな》の男性で、知り合ったのは町中のバーです。深夜一人カウンターでウォッカをあおるわたくしに、「移民の生活をサポートするボランティア活動に参加しないか」と声をかけてきました。子供を家にほったらかして酒を飲んで酔いつぶれている女をボランティア活動に誘うのですから、よほど変わった人か詐欺かどちらかです。

「社会の役に立つ女に見えますかね」

と挑発的に訊いてみると、クローディはにこりともしないでうなずきました。彼は縦横に大きな身体を不器用に動かして隣にすわり、また失敗をしてしまったとはにかむような表情を浮かべました。バーのカウンターに置かれた彼の手を見て、わたくしの心臓が早鐘を打ち始めました。その手は中指だけがずば抜けて長かったのです。もう後戻りはできません。誘われるままにボランティア活動の事務所についていき、パンフレットをいっしょにめくりながら、いつの間にか並んで背中に手をまわしあっていました。わたくしはボランティア活動を始めました。クローディは宇宙開発の仕事をしているそうですが、エリートのEの字もクローネのKも顔に出しません。女性的な身体の線が安心感を与え、おとなしそうに見えましたが、実は性に執着が深く、家にいる間は大きな身体で洞窟のようにわたくしを包んだまま、ずっと営みを続け、外に出してくれません。わたくしは実は異常に長い中指を見た瞬間から、彼にそういう男性性があることに気づいていたのでした。夫が失踪したことは一時的に忘れることができました。それだけでなく、わたくしの身体に新しい官能が開花しました。クローディが「貯金があるなら仕事はやめて慣れるまでボランティアに集中した方がいい」と言うので、看護婦のパートはやめましたが、それでも毎日がクローディの指にからめとられて時間が足りません。困っているとクローディが子守りをさせるために友人の娘のマリアという女学生を雇ってくれて、その人がクヌートを小学校に送り迎えし、夕食も食べさせ、いっしょに遊んで、時には寝かしつけてくれました。クローディは決してわたくしの気に障るようなことは口にせず、お世辞をしつこく耳に流し込むこともありませんでした。「Aさんは役所を歯医者以上に恐がっているんだよね。僕なら歯医者の方がずっと恐いけど」とか、「Bさんが近所のスーパーには食べたい物は何も売っていないと言うから、少し遠いけれど中東の食料品を主に扱っている店に連れて行った。その時ヒヨコ豆のペーストを買ってみたんだ。そしたら美味しくて、それ以来、またあの店へ行かないかって、こっちから誘うようになって」というようなたわいもない話です。顔の表情も声もさっぱりしていますが、その指だけがいつの間にかわたくしの髪や首にからみつき、しつこく愛撫し、乳房から太股からじわじわと時間を搾《しぼ》り取っていったのです。

そんなクローディがある日、「君の息子のクヌートは気持ちが悪い」と言い出しました。驚いて理由を訊くと、紙を切り抜いて人形をつくって遊んでいたところをマリアが目撃したそうです。人形たちが演じていたのは、クローディがクヌートの父親を殺す場面なんだそうです。それがまた恐ろしい殺し方で、蛇のように細長く切った紙に意味をなさない文字をびっしりと鱗のように書き、クローディの人形がそれをクヌートの父親の人形の口や鼻や耳の穴に無理に押し入れていたようなのです。マリアが驚いて遊びをやめさせて問いただすと、「クローディがパパを殺した場面だよ」と教えてくれたそうです。わたくしは笑って本気にしませんでした。クローディはクヌートの父親に会ったこともないのにどうして殺せるでしょう。ところがそのことがあってからは、クローディとはたわいもないことで口喧嘩するようになり、ある日クローディがマリアと喫茶店で手を握り合っているのをガラスの壁を通して目撃し、すぐに別れることになりました。人形劇の話は本当なのかと息子に問いただすことはしませんでした。これは後になって知ったことですが、クローディが関わっていた宇宙開発の仕事というのは宇宙船の中で食べるお菓子を子供用につくりかえて売り出すプロジェクトだったそうです。仕事の方はどうにか上手く行ったようで、ある日クヌートが友達にもらってきた「君も宇宙飛行士になろう」というビスケットの箱に書かれている説明を読んでいて、製造会社の名前が目に入りました。どこかで聞いたことのある名前。それがクローディの勤めていた会社の名前であることに気がついたのです。

息子は十三歳になると急に背が伸び、豚も牛も鶏も食べなくなりました。肉はヘラジカのステーキ以外は食べないと言うのです。それだけならいいのですが、夫がいなくなったのはわたくしの責任だと言って責め立てるようになりました。わたくしは覚えている限りのことを話しましたがそれでは満足できないようで、まだ隠していることがあるだろう、もしかしたら失踪ではなく消されたのではないか、教えてくれないのなら警察に訴える、とまで言い出すのです。昔の人ならば「思春期だから仕方ない、そのうち落ち着くだろう」と思ってやり過ごしたのでしょうが、最近の子は思春期を全く経験しないか、あるいは十代の頭に思春期に入って親が死ぬまでそれが終わらないそうです。クヌートはまわりの人たちに対しては大人の振る舞いをするようになってきましたが、わたくしと向かい合うと逃げるか、反発するか、どちらかの態度しかとれないようでした。

クヌートは十代半ばからよく女の子を家に連れてきました。でも毎回違った顔で、特定の女の子と付き合っている様子はありません。軽い気持ちから複数の女の子を相手にして人を傷つけているのではないかと心配になって訊いてみると軽蔑《けいべつ》した顔で、「自分の不得意な分野について無駄に頭をひねるより、蜂蜜とトイレットペーパーが切れているから買いに行ったら？」

などと憎らしいことを言うのです。ある時また女の子を連れてきて部屋にこもったきり出てこないのでこっそりドアの前で盗み聞きしていると、クヌートはとても言葉巧みで愛想がよく、女の子は上機嫌です。そのうち女の子が自分の恋人と自転車旅行をした時のことを楽しそうにクヌートに話し始め、クヌートが上手に聞き手役を演じていたので、最初から女の子はクヌートと恋仲になるつもりはないのだ、つまり息子はゲイなのだ、と遅まきながら気がついて、それにしても今時そんなことを親に隠す子がいるかしら、百年前ならそういうことも考えられるけれど、と首をひねりました。それから数週間、息子のパートナーが誰なのか探り出そうとしましたが、それらしい人は全く見つかりません。ある時、若い人たちが性への関心を完全に失った世界を描いたサイエンス・フィクション映画を観ました。これ以上人間が増えたら自分たちが滅びてしまうので、杉や白樺が花粉を多量にまき散らして、人間の生殖意欲を麻《ま》痺《ひ》させる話です。ところが抵抗力がないので酸素マスクをつけて生活している病弱な少年だけが花粉を吸わずに恋にめざめます。

　クヌートは大学では言語学を専攻し、そのまま大学院に進みました。わたくしが大学のことを話題にするのをひどく嫌い、「言語学」という言葉を口にすれば、「正確に言えば言語学とは言えないかもしれないけどね」と言ってその先は説明してくれません。大学院に入ってからは、うっかり「奨学金」などという言葉を口にすれば、「研究費だ」と冷たく訂正されてしまい、次に会った時に「研究費」と言うと、「一つの研究に対してもらったお金ではないけれど」と直されてしまいます。

息子との関係にひどく疲れを感じていたある日、グリーンランドからの留学生を個人の力で支える制度についての記事をボランティア関係の雑誌で読みました。興味を持って電話で問い合わせてみると、支援の仕方はいろいろあるようです。留学生に安く部屋を提供するのでもいいし、たまに食事に招待して相談を受けるだけでもいいし、または生活費と渡航費を全額引き受けるパトロンになることもできるそうです。

わたくしはまず、レストランで食事をごちそうして話を聞く、というささやかな支援活動から始めました。一人外国で暮らし始めた若い人には、叔母や叔父のような存在があってもいい。親代わりにはならないけれど、たまに美味しい食事を食べさせて相談に乗ってくれる人。グリーンランドの若い人を支援するのはデンマーク人としてごく自然なことのように思えました。そのことを息子に話すと「それは植民地主義の続きだろう」と冷たくあしらわれました。わたくしは簡単に否定されてむっとしましたが、口論になってまた何ヵ月も息子に会えないのは寂しいので黙って引き下がりました。だから、王立図書館の中にあるレストランにグリーンランドから到着したばかりの若い女性を招待した時も、息子にはその話はしませんでした。彼女は将来化学肥料の研究をしたいということで、語学学校でデンマーク語の勉強を始めたばかりでした。英語が達者な彼女の話を聞いていると、今すぐグリーンランドに飛んでいってジャガイモの栽培を手伝いたくなります。温暖化のせいでキャベツもできるようになったそうです。でも海外から輸入される商品を買うには現金収入が必要です。そこで一日中ヘッドセットをつけたまま電話サービスの仕事をしている両親を見ていて、両親以上に英語の得意な彼女も服を買うお金がほしくて電話サービスの仕事をやってみたのですが、仕事しながら窓の外を見ていると野兎が一匹駆けてきて、二本脚で立ってじっとこちらを見ていたそうです。遠い外国にいる顧客の話す英語が急に遠ざかり、彼女はヘッドセットをもぎ取るようにはずすと外に飛び出し、野兎のあとを追って走りました。それがコペンハーゲンで勉強してみようと思ったきっかけだそうです。

　次に食事に招待したのは内気な男子学生で、話しづらそうに時々大きな身体を居心地悪そうに椅子の上でずらす癖がありました。それが妙にセクシーなのです。その学生は喋るのが不得意そうな印象を与えるのですがやっと選んだ単語は洗練され、むしろ語彙が豊か過ぎ、思考畑が耕され過ぎているために流暢《りゅうちょう》にしゃべれないようでした。この学生が将来どんな分野で活躍するのか思い描くだけで、わたくしの心はほんのり明るくなります。

そんなある日、若い頃に米国ワシントン州に移住した叔母が糖尿病で亡くなり、彼女には子供がいないので、きょうだいも従兄弟もいない姪のわたくしが一人で遺産を相続することになりました。わたくしは急にころがりこんできたお金を使って中南米に旅することも考えましたが、一人で旅しても寂しくて気が滅入るだけではないでしょうか。以前から欲しかったアンチークのタンスを買いましたが、まだまだお金は残っています。そこで一人の学生を全面的に応援することにしました。そう思いついた途端に気分が上昇したので、すぐに決心したのです。息子のクヌートにそのことを話すと、最初は反応がなかったのですが、時がたつにつれて、辛辣《しんらつ》な皮肉が口をついて出てくることも増えてきました。「普通に友達をつくることはできないの？　若い人に金をやって、感謝してもらって気持ちいいの？」とか、「北極圏の生活を壊しておいて、今になって援助して恩人になろうとしている国の人って、なんだかずうずうしくない？」などと言うこともあります。

それにしても、わがままで未熟で青臭い若者が最近気軽に使う「ポストコロニアリズム」という言葉は、わたくしには腹立たしいばかりです。もしクヌートの言うようにヨーロッパが周辺を搾取《さくしゅ》することで豊かになったのだとしたらなおさらのこと、お金のことでは苦労しないで育ったクヌートはなぜ、自分のものではないのに自分のものになった富をその「周辺」とやらに分け与えないのでしょうか。役にも立たない研究をしていても食いはぐれる心配がないのは、その富のおかげです。そんな境遇の上にあぐらをかき、大学へ行きたくてもなかなか行けないような環境にある同世代の若者がいることなんて考えてもみないのは傲慢無知の極みです。もちろん、そんなひどいことを我が子に言ったことはありません。もしかしたら口がすべってそれに近いことを言ってしまったことはあったかもしれませんが、少なくともクヌートがわたくしの言葉を聞いて傷ついた顔をしたことはありません。それにわたくしは言い争いなどしたくないのです。どのように接近してみても息子は不機嫌になるので、もう息子をかまうのはやめて、これから全面的に援助するグリーンランド出身の青年ナヌークのことだけ考えようと思いました。もちろん息子といっしょに時間を過ごす機会があれば逃したくないという気持ちまで殺すことはできませんが。

ナヌークの顔を初めて見た時、この子がわたくしの新しい息子なんだ、と思いました。ナヌークは一時間くらいいっしょに食事をしているだけでも、前菜とデザートの間でデンマーク語が上達しているのが明らかに感じられるくらい、語学の才能があります。笑うとアザラシのように愛嬌《あいきょう》のある顔になりますが、きりっとして遠くを見つめている時は、凜々《りり》しい顔をしています。わたくしはナヌークが白衣を着て、患者であるわたくしを見下ろして、大丈夫ですよ、と言いながら微笑んでいるところを何度か思い浮かべました。看護婦として働いていたので、わたくしは医者を理想化して憧れることはありません。みみっちい嫉妬や子供じみた我が儘《まま》から医者が弱い者の足を平気で踏みつけることがあるのも見てきました。それなのに医者になった未来のナヌークの姿を白衣の男子天使として思い浮かべてしまうのでした。ナヌークは語学研修を終えていよいよこれから大学で勉強しようという時、旅に出たまま帰ってこなくなりました。夫も旅に出てそのまま戻って来なかったことを思い出し、目の前で納屋《なや》の戸をぱったり閉められたような気持ちになりました。急にコーヒーが飲めなくなり、髪の毛がぱさぱさしてまとまらなくなり、肘に痛みを感じました。

それからしばらくしてナヌークとは偶然再会することができたのですが、裏切られたという気持ちをどうしてもぬぐいきれないわたくしは、ナヌークを恨んだり、大学に戻るように無理に説得するのも嫌で、「息子」と名のつくものはすべて忘れ、病院の仕事を生活の柱にすることにしました。出産と育児を理由に仕事をやめるまでは、わたくしの心は安定していたのです。女性は外で働くのをやめると不幸になるというのはどうやら本当みたいです。職場では患者さんに感謝され、時には上司に褒められ、もちろん嫌なこともありますが、だからこそ気分が上下することはあっても坂をころげ落ち続けることはありません。これまでも断続的には週に何日か働いていましたが、それは大抵、看護婦が急に複数やめて人手が足りなくなった場合で、自分から自覚的に仕事に戻ったのはこれが初めてでした。双六《すごろく》に例えるならば「振り出しに戻った」といったところでしょうか。

ところが軽率な天使が空のどこかでわたくしの運命を決めるサイコロを勝手に投げてしまったのでしょう。病院でとんでもないことが起こりました。恋におちてしまったのです。しかも相手は白馬に乗った白髪の騎士などではなく、「本当に嫌な人だ」ということで職場でも意見が一致しているベルマーという医師でした。この歳になってやっと、わたくしにも「嫌な人」のよさが理解できるようになりました。「良い人」はうるさがられない程度にわたくしを包んでくれるのでだんだん影が薄くなっていきますが、「嫌な人」には常に手応えがあります。蠅を払うように遠慮なく振り払っているうちに、笑いがこみ上げてきたり、怒鳴りたくなったりします。消極的にしているとうるさくなる一方なので、こちらからもうるさくしてやろうという野心が起こります。相手をおだてたり、凹ましたり、撫でたり、つついたり、周りの人が言っていた悪口をわざと告げて傷つけたり、あなたをいいと思う人はわたくしの他にいないと信じさせたり、ふいに急所を突いたりして、相手の様々な反応を楽しみます。時には予想外の反撃を喰らってこちらが傷を負うこともありますが、どんな痛さもいらだちも意外にすぐに消えることを知っているので、様子を見てまた相手の心をつねったり、揉んだりすればいいのです。そのようにお互いの心を強く言葉でいじりまわしていると、性の中味も濃くなってきます。煮詰めて、香辛料をたくさん入れて、癖のある料理をしあげます。もし本当に若い世代が性に関心がないのだとしたら、一体何を楽しみにして生きているのでしょう。


「人間、歳をとってみるものね。どんな幸福が待っているか予想できないから」

といつからかまた美味しく感じられるようになったブラックコーヒーを飲みながら仲のいい同僚ハンネに囁くと、相手はにやにやして、

「楽しそうね。でも、あんな男、信用できるの？」

と半信半疑でした。

「もちろん。他の男たちよりずっと信用できる。だって、彼はお世辞を言うことはないし、女性を喜ばせるような約束もしないし、だましようがないでしょう。むしろ、

ひどいことばかり言うけれど、それが好きだという意味なの。」

「そう言えば、あなたのお尻がどうのこうのと言ったのよね。」

「タンス。」

「ひどいわね。」

「タンスにもいろいろあるでしょう。MALMなのか、それともHEMNESなのかって問い詰めてやったら、あわてていた。でも彼の祖国でつくられた家具として認められたということは、同郷人として認められたようなものじゃないかしら。」

実際のところ、ベルマーという医師を初めて意識したのは、彼がわたくしの臀部《でんぶ》をタンスに例えていたという告げ口をした人がいたからです。二十代の頃なら腹をたてたり傷ついたりしたかもしれませんが、今のわたくしはベルマーに関心を持たれていることを察し、からかってやりたくなりました。それで、ベルマーと次に話をする機会があったら、「私はMALMかしら、それともHEMNES？」とふいうちをかけてやろうとその日の来るのをひそかに楽しみにしていたのです。

案の定、二人だけになる機会があり、身体と身体の距離が近づいた途端に手応えがありました。饒舌《じょうぜつ》で頭のいい自信家の男性にありがちなことですが、おそらく彼の方はわたくしに惹《ひ》かれていることに自分自身まだ気がついていなくて、でも身体が接近すると一瞬にしてそれを悟り、動揺しながらも迷うことなく身を任せるのです。若い頃のわたくしは損をしていたと思います。嫌な人を避けたいと思うあまり、ベルマーのような人を見逃し、代わりに退屈な男性と結婚してしまったのです。その後に現れたクローディには一方的に押しまくられて遊ぶ余裕がありませんでした。今やっとわたくしは恋愛のできる年齢に達しました。ある時、ベルマーを挑発するためについこんなことを言ってしまいました。

「私ブードゥー教に関心があって、いつかハイチに行きたいの。いっしょに行かない？」

言ってしまってから気がついたのですがハイチに行くのはわたくしの昔からの夢だったのです。ベルマーは顔をしかめました。

「女と未開人は、理性的でないものに惹かれているふりをして、独自の文化があるつもりになっている。」

「それじゃあ、あなたといっしょに休暇をとる夢は捨てなければならないのね。」

ここでわたくしはわざと大げさにうつむいて唇を嚙みました。ベルマーはあわてて、

「ちょっと待て。何の話だ。俺といっしょにハイチに行きたいのか」

と不器用に問いかえしました。

「あなたとでなければ、誰と行くの？」

「それはそうだが、俺といっしょというところに下線が引いてあるなら、どうしてそんな遠い国に行かなければならないんだ。二人が最初にいっしょの休暇を過ごすのは当然、ローマだろう。」

「どうしてローマなの？」

「俺が行きたいからだ。」

「ローマもブードゥー教がさかんね。あ、ちがうか。あれはカトリックね。でもカトリック神父の方がブードゥー教の司祭よりも法律に触れることが多いのよ。」

「休暇の話はまたにして、今は体内旅行をしよう。」

執拗に首筋を愛撫していた肉の厚い手がためらいなく脇の下にさしいれられ、わたくしの重心を斜めに倒し、その時にぶつかった小包の塔が倒れ床に散らばってしまいました。その性急さから、ベルマーはハイチに行きたくないだけでなく、わたくしといっしょに休暇を取るのを極力先延ばしにしようとしているのが感じられました。理由はこれからじっくり探り出すしかありません。

最近わたくしはインフルエンザにかかり、二週間仕事を休みました。わざと電話もしないで前触れなく出勤してベルマーを驚かすつもりで楽しみにしていました。受付で訊くとベルマーは診療中だということで部屋を教えてくれたので、口紅を塗り直して廊下で待ちぶせしました。なんだか中学生のようなやり方ですが、無防備さと意地悪さを交互に出す作戦です。こちらが無防備に出ればベルマーは必ず意地悪なことを言うでしょう。ドアが開いて、ベルマーが出てきました。わたくしは内心身構え、頰に柔らかい表情をつくって、

「会いたかった」

と言ってみました。ベルマーがどんなひどいことを咄嗟に言えるか、ここが見所です。ところがベルマーは曇りない笑みを浮かべて、

「こちらもその気持ちは同じさ。どうして連絡してくれなかったの」

とさわやかな声で言ったのです。これは油断させておいてぐさっと突き刺すつもりだなとわたくしはますます警戒し、

「電話が壊れていたの」

とわざと馬鹿なことを言いました。いつものベルマーなら「壊れているのは君の言い訳製造器の方だ」などと言ったでしょうが、今日のベルマーは素直に頷いて、

「今日はこれで仕事は終わりにする。これから二人でウォーターフロントのカフェテ

リアに行って、シャンペンで回復祝いだ。それから抱えられないくらいたくさん花を買ってあげるよ。もちろん薔薇じゃない。君があまり薔薇は好きでないことには気がついているさ」

と言ってわたくしの手を握ってひっぱって走り始めました。それってどの映画のパロディ？　まさか「小さな恋のメロディ」？　と言おうとした時、ベルマーが振り返り、わたくしははっとしました。ベルマーの顔には皮肉な笑いなど微塵《みじん》も表れていません。

「あなた、どうしちゃったの？　病気なの？」

「君に久しぶりで会えて気持ちがはずんでいるだけだよ。」

ベルマーはわたくしの手を引っ張って、大病院の長い廊下を出口に向かって走り始めました。

# 第七章　クヌートは語る

僕はしゃあしゃあとアスファルトを打つ雨の音を聞きながら、コンテナの中をあさっていた。幸い屋根に守られているがもし屋根がなかったら、捨てられた紙たちを濡らすことになってしまっただろう。湿り気を含んで透き通り、壊れやすくなった紙は寂しい。重い蓋をあけると、紙のごみがコンテナの半分くらいまで積もっていて、一番上には無料で配られる新聞がごっそり捨てられていた。赤頭巾ちゃんの絵本にでも出てきそうな狼の挿絵が目にとびこんできた。最近デンマークで目撃されている狼Xの記事だろう。それが写真ではなく挿絵なのは新聞にしてはめずらしい。読まなくてもだいたい内容は見当がつく。たった一匹の狼がうまく猟師の手を逃れてにげまわり、夜のバス停やサッカー練習場に姿を現し、町中を混乱させている。狼Xは人を襲ったことはないが、以前のように安心して夜間外出することができないと感じている人たちもいる。「夜の外出を自己規制するのは、風紀警察のあるような後進国のことだ。民主主義先進国の国民がなぜ夜を恐れなければならないのか。二度と狼が入って来ないように国境を閉じるべきだ。そして一日も早くヨーロッパ共同体から脱退するべきだ」と主張している政党さえある。彼らに言わせればその昔、ルーマニアやブルガリアまで境界を広げていったせいで狼が入って来たのだそうだ。この主張はひどくナンセンスに聞こえるが、絶滅したはずの狼が北西ヨーロッパで目撃され始めた時期と東南ヨーロッパから自由に人が入ってこられるようになった時期は一致している。

僕はもちろん狼ではなくて、外人排斥《はいせき》を唱える政党を恐れているが、今は狼についての記事を読むつもりなどない。Ｈｉｒｕｋｏに頼まれて、一度捨てたある原稿を探しているのだ。実は最近、知らない人たちから毎日たくさんの原稿が送りつけられてきて、とても困っている。しかもすべてプリントアウトされた紙原稿なので場所をとられる。データで送ると一部変更してネット上で売られる危険があるので、みんな用心してこの頃は手書きの紙原稿を送ってくるのだ。ＰＤＦなど特定のフォーマットにすれば勝手に変更されないと信じていた時代が懐かしい。一番安全なのは、文字認識機には読めないが人間には読めるくらいの下手な字の手書き原稿だ。

紙は、かさばる。積み上げても崩れるし、箱に入れてもどんどん重くなって数も増えていく箱をいつの日か全部運び出すのは大変だ。捨てるのは書いた人に申し訳ないが捨てるしかない。初めは読んで内容をメモしてから捨てようと思ったがそれでは時間がかかりすぎる。ぱらぱらめくっただけで捨てるしかない。

なぜこんなことになってしまったかというと、僕がベストセラーになるに違いない論文集を編集しようとしている、という根も葉もない噂が広まってしまったせいだ。ある有名な雑誌のインタビューで僕がその本の話をしていたらしいのだが、身に覚えのないことだし、そもそも有名な雑誌が僕のところに来るはずがない。有名ではない雑誌だって僕をインタビューしに来たことはないのだから。不思議なことにそのインタビューを読んだという人はたくさんいるのに、インタビューそのものは見つからない。幽霊船のようにネットの大洋を彷徨《さまよ》い、たまに霧の中に姿を現し、また消えていくサイトもあるんだろうか。

「この論文こそあなたの論文集に欠けている重要なテーマを扱っています」という主旨の手紙を添えた原稿がどんどん送られてくる。僕が編集していることになっている論文集のテーマが何なのかさえ見当がつかない。送られてくる原稿のテーマは、「飼い犬と喋る時の飼い主の言語の特色」とか、「酔っぱらいの言語の発音体系の国際比較」とか、「ど忘れの品詞」などで、学問的というよりは少し砕けた一般向けのエッセイも多かった。「ど忘れの品詞」というテーマにはちょっと興味を引かれたので、三分の一くらい読んだ。「あの人の名前が思い出せない」というのはよく聞く話なので、ど忘れするのは固有名詞がだんぜん多いことは誰でも予想がつく。次に多いのが普通名詞で、めずらしく工具箱など出してきて棚を直しながら、「ちょっとあれ取って」と頼むのは、その瞬間、釘抜きとかネジ回しという単語を思い出せないからだ。それに比べて、形容詞をど忘れすることは滅多にないと書いてある。それは確かにそうだ。でも形容詞は数が圧倒的に少ないし、ごく基本的な形容詞しか使わなくても生活できる。自分の形容詞人生がいかに貧しいものであったかということに気がつかないまま死んでしまう哀れむべき人も多いだろう。大きいビールを注文し、速い車に乗り、美味しい肉を食べ、美しい歌手をテレビで観る。それだけで満足してしまう人間は、自分の人生に欠けている形容詞のことなど考えてもみないだろう。唯一豊かなのは、仕事や上司への不満を吐き出すときに使う形容詞だ。それだって数は限られているが、誰かが罵倒《ばとう》している時に形容詞をど忘れして「馬鹿野郎、ええっと何だっけ、がみがみじゃなくて、がたがたじゃなくて、ああ、そうだ、がめつい、だ。がめつい爺め」などと言葉を探しているのは見たことがない。「がめつい」という言葉を思い出せなければ「さもしい」でも「腹黒い」でも「けちくさい」でもなんでもいい。意味がずれても目的は果たせるし、まわりも納得する。名詞の場合はそうはいかない。「ネジ回し」が必要なのに「金槌」と言うことはできない。ネジ回しの形がはっきり目に浮かぶのに「ネジ回し」と言えないのは息ができないくらい苦しい。でもそれは探しているものがはっきり思い浮かべられるのに見つからないから苦しいのであって、それでなければ自分が忘却していることに気づけない。もしも僕が自分がインタビューを受けたことをそっくり忘れているのだとしたらどうだろう。他にもたくさん忘れたことがあって、たとえば思春期に間違えて友人に傷を負わせてしまったとか、幼児期に性的暴力を受けていたとか、忘れていることがたくさんあるとしたら、得体の知れない自分というものを引き受けて生きていることになる。

送られてくる原稿に添えられた手紙は、インタビューの内容を推測する助けにはなる。「出したい本があるから自分の出版社をつくる、という考え方、とても素敵だと思います」という手紙があったが、どうやら僕はその論文集を編集するだけでなく出版社をつくろうと企んでいるらしい。「北欧では編集者になることが夢だという人が増えていると聞きました。我が国にはそのような良い傾向は全くないので、羨ましく思っています。そのトップバッターとも言えるあなたにぜひ私の論文を読んでいただきたいのです」という外国からの便りもあった。つまり僕はその存在しないインタビューの中で、編集者を夢見る若者、本を愛する北欧の明るい未来の担い手にさせられているようだ。また別の手紙には「論文は小さな言語で書くべきではないか。そうしなければ小さな言語は日常茶飯しか表現できない平坦なものになっていき、逆に学問は個々の日常から切り離されて机上の空論になってしまう、というあなたの主張を読んで私は嬉しくて涙で視界がくもってしまいました。半世紀前から私も同じことを考えていたのですが、賛同してくれる人がなかなか見つからなかったのです」とアイスランド語で書いてあった。偽物の僕の姿が少しずつ浮き上がってくる。どうやらそいつは本物の僕と違って行動的で、新しい着想をうまく世に広め、人を惹きつける若者らしい。

いっそのこと、インタビューがあったことにして、その本を編集し、出版社もつくってしまってはどうか。偽物を乗っ取るのだ。しかし実際に原稿を読む作業に入ると、自分にはとても無理だと気がついた。僕が怠慢で疲れやすいせいもあるが、読ませられる原稿にも責任がある。言語を研究しているくせに言葉のリズム感の全くない人が多過ぎる。歩くように読んでいくことを許してはくれない。それというのも誰にも絶対に反論の隙を与えないように、壁にあいた小さな穴を塞いでいくことだけに気をとられているからではないか。穴はあいていた方が風通しがいいばあいもあるのに。固くて乾いた前書きも読む気がしないが、逆に自撮り写真みたいな前書きが延々と続くのにもうんざりさせられる。書き手がかつては詩人になりたかったのに認められずに挫折したこと、今の恋人に出会えたおかげで、やっと自分にふさわしい専門が見つかった話など、友人でもない僕がなぜ延々と読まされるのか。

たまに、これは読みたいと思う原稿があっても、いろいろな言語で書かれているので読むのに苦労する。手紙くらいなら何語で書かれていても機械を使ってすぐにデンマーク語になおせるが、文字認識機で解読できない乱れ字の手書き原稿は翻訳機にもかけられない。

寝つきが悪くなった。それまではぐっすり眠れることだけが自慢だったのに、最近は深夜になると不快な蛍光灯の白い光が脳を内側から照らし始め、しかもスイッチが見つからないので消すことができない。郵便配達人がベルを鳴らし、その日の郵便物を寝ぼけた僕の足元にごっそり置いていく。封筒を一つ一つびりびり開けて、他人の文字にまみれた束を引き出し、目を通すしかない。目を通したら、住所、名前、タイトルなどは太いマジックペンで消す。昼くらいになるともう封筒をきれいに開けられなくなる。夕方には目を通した原稿とそれの入っていた封筒をリュックサックに入れて、近くのコンテナに捨てに行く。一度では運びきれないので何度か往復する。薄闇の中でこそこそとリュックサックから紙の束を次々出して捨てている僕は怪しげに見えるのかもしれない。足をとめて不審そうに見ている通行人もいる。家に戻ってから、間違えて大切な自分の資料もいっしょに捨ててしまったような気がして、ファイルをあけて確認することもある。捨てていなかったことが判明すれば、それで安心できるはずなのに眠れない。自分のパスポートもいっしょに捨ててしまったような気がして飛び起きる。机の引き出しをひっかきまわすとちゃんといつも入れてある場所にある。

Hirukoから電話があった。

「最近、眠れないんだ。」

「理由は?」

「家に原稿がどんどん送られてくる。」

僕は手短に事情を話した。

「明日の明日、あなたを訪問する。」

「そこまでしなくても大丈夫だよ。夜眠れなかった経験がこれまでないから、驚いているだけさ。国民の三分の一は寝つきが悪いそうだから、不眠症は老いと同じで自然現象なのかもしれない。心配しないで。」

「心配は友情の屋根。」

「屋根は確かに大事だな。特に雨の多い国では。」

「Ｓｕｓａｎｏｏが心配。だからコペンハーゲンに行く。」

「そうか。それじゃあ、いっしょにＳｕｓａｎｏｏのお見舞いに行こう。アカッシュ、ノラ、ナヌークはほとんど毎日Ｓｕｓａｎｏｏの顔を見ているそうだが、コペンハーゲン在住の僕は一度お見舞いにいったきりだ。」

「明日の明日コペンハーゲン。あなたの家に十三時？」

「いいね。手料理のホットドッグをごちそうするよ。それを食べてからいっしょに病院に行こう。その日はうちに泊まって行きなよ。僕のソファーはベッドに変身するんだ。」

「夜のメタモルフォーゼ。」

この言葉を聞いて僕は急に不安になった。夜になると狼になる奴。月が出ると吸血鬼になる奴。ゲームに登場するキャラクターを見ていると、こんな役柄を演じたい奴がいることに驚かされる。どんな夜が来ても狼にも吸血鬼にもなりたくない。ローマの戦士にも黒帯をしめた四角い身体の男にもなりたくない。

「とにかく、君が来てくれるのは嬉しいよ。そう言えば、ひとつ思い出したことがある。論文を送ってきた人たちの中にヒルタとかいう名前の人がいた。確か、交通事故で脳の一部を損傷した患者が、表音文字は忘れても表意文字は忘れていないという症例を分析したものだった。面白そうではあったけれど、さっきも話したように全部捨てると決めたから捨てたよ。」

「捨てた？」

聞き返すＨｉｒｕｋｏの声には刃物が隠されていて、僕の心臓は何度か鼓動を打ち損ねた。あの原稿は捨てるべきではなかったのだ。「ヒルタ」というのは名字なのだろうが、Ｈｉｒｕｋｏとどこか似ている。しかも表意文字と表音文字をテーマとして扱っているということは、もしかして彼女の同郷人ではないのか。なぜそのことに原稿を受け取った瞬間、気がつかなかったのか。Ｈｉｒｕｋｏは自分と同じ母語を話す人を必死で探している。どんな手がかりでも逃さないで、追えるところまで追っていくつもりでいる。そんなＨｉｒｕｋｏの旅に同伴するのが自分の課題だと思っているくせに、肝腎な時には手がかりになりそうな原稿も、住所の書かれた封筒も捨ててしまうなんて。僕の脳にはやはり忘却の穴があいているのだ。

「捨てたと言ってもね、家の近くのコンテナに捨てたんだ。収集車はめったに来ないから、まだきっとあるよ。これから拾ってくるから」

と僕はなるべく気楽そうな声で言った。

「捨てるは遊び。拾うは仕事」

とHirukoが言った。彼女の言うことは理解できなくはないが、その理解は一瞬閃光を見るような理解であって、しっかり手でつかむように把握できたかと言われると自信がない。

「じゃあ、これからコンテナに投稿原稿を拾いに行くから。あさって、楽しみにしているよ。おみやげのアンデルセン童話のクッキーもあてにしているから。」

こちらがどれだけ焦っているかを悟られないように僕はそんな馬鹿馬鹿しい冗談を言ってあわてて電話を切った。彼女はオーデンセのメルヘン・センターで働いているが、そこにはお土産コーナーはないだろうし、そんなクッキーをつくっている製菓会社がそもそも存在するのかさえ知らない。童話には興味がないが、最近、妖精について考えることがある。Hirukoにはどこか僕の日常風景の一部になりきれない、妖精みたいなところがある。「電車が混んでいたから白鳥に乗ってコペンハーゲンに来た」と言われても、信じてしまいそうだ。

僕は革ジャンをひっかけて外に出たが、小雨が降っているので一度戻って、防水性の高いジャケットに着替えた。こうして僕は、おそらくは一生に一度のゴミあさりをすることになったのだった。

再生紙だけでなく、ワインの瓶、衣服などのリサイクリング用コンテナが並んでいるのは、大通りから一歩入った細い路で、人通りは少なかった。パンドラの箱ならぬコンテナの蓋をあけてみた。近くに落ちていた木の枝をつっかえ棒にして蓋が閉まらないようにして、上半身を思いっきり折り曲げて一番上に捨ててある新聞を引っ張り出すことはどうにかできたが、その下にある厚い紙の層をひっかきまわすことはできない。仕方なく一度家にもどって踏み台を持って来てみたが、中に入らなければ底の方までは手が届かない。足を上げてみたがそこで動きがとまった。中に一度入ったら棺桶みたいに蓋が閉まってもうでられなくなってしまうかもしれない。一本の枝にかろうじて支えられている蓋がばたんと閉まれば、僕は中に閉じ込められてしまう。ふと、アカッシュに助けを求めてみようかと思いついた。彼なら何でも気持ちよく引き受けてくれそうだ。「性の引っ越し中」であるアカッシュのことを彼というべきなのか、彼女というべきなのか。人称代名詞は、三人称にだけ性別がある。どうしてそうなるのか、僕は納得していない。たとえば、可視・不可視説がある。一人称のわたしと二人称のあなたは目に見えるから、女なのか男なのか一目瞭然《いちもくりようぜん》である。しかし三人称で語られる人物はその場にいないので、男なのか代名詞ではっきりさせるしかない、というのである。僕は賛成できない。男なのか女なのかは一目瞭然だという前提は時代遅れであるし、性別だけがくっきり浮かび上がっているのに実はその場にいない三人称というのもグロテスクではないか。

アカッシュは二時間後には僕のところに来てくれた。コペンハーゲンでは同郷人のところに泊まっているそうだ。

「君はどの町に行っても同郷人がいるんだね」

と言うと、

「世界中がホテルさ」

と答えた。僕は彼ほどドイツ語が流暢に話せないので、二人の会話は英語だった。ドイツ語は学校で何年か勉強したし、努力すればもっと上手くなるのだろうが、今のところドイツ語を話すと英語を話す何倍もエネルギーを消費してしまい、やたらとお腹が空く。それで食べ過ぎになって太る心配があるので、あまり使いたくないのだ。

「コペンハーゲンにはノラと二人で来たんだってね。」

「そうだよ。トラブルが多いトラベルだった。楽しかったよ。ナヌークはヒッチハイクをしたくて、ノラをおいて先に出発してしまったんだ。ナヌークは最近どこかOK

でない。」

「どういうこと？」

「彼は自分以外の人の役を演じている。」

「なんのために？」

「さあ。もしかしたら性格が急に変わったのかもしれない。でもそんなことが可能なのかな。会ったらナヌーク本人に訊いてくれ。君の質問なら正直に答えそう。」

アカッシュはほっそりした身体を真紅のサリーに包み、ブルーの雨傘を持ってうちに来た。その優雅な姿を壊したくなかったけれど、これからの作業のためには、両手が自由に使えるように雨合羽《あまがっぱ》のようなものを着てもらう必要があるし、下もトレーニングパンツのようなものをはいてもらうしかない。人の嫌がる服を無理に着せるのは暴力なので、言い出しにくくて迷っていると、これからどんな作業を手伝うのかと向こうから気軽に聞いてきた。

「実はゴミ箱をあさるんだ」

と思い切って告白するとアカッシュは声をあげて笑った。

「アライグマみたいだな。山に食べるものが無くなったから町に出てきてゴミをあさるんだね。」

「アライグマは僕だよ。僕がコンテナに入ってあさるから、君は外で取り出した紙を受け取って地面に置いていてくれないか。安心してくれ。生ゴミじゃない。紙のリサイクリング・コンテナだ。」

「君が中に入るのかい。」

「僕じゃアライグマじゃなくてヒグマか。」

「いや、そう言いたかったわけじゃない。ただ僕の方が入るのに適している気がしただけ。小柄だからね。ヨガのおかげで柔軟性もあるし。」

「ヨガをやっているのか。」

「いや、本当にやったことはないんだが、インド人ならヨガを教えろってまわりからよく言われるんで、なんとなくヨガの真似をしているうちに本当らしく見えてきたんだよ。」

「僕も出版社をつくる北欧の青年の役を演じてみれば結構板についてくるかもしれないってことだな。」

「期待されているの？」

「期待というより誤解だけれど、両者は似たようなものだからね。とにかくコンテナのところへ行こう。その前に一つお願いがあるんだ。作業しやすい服に着替えてもらえないかな。そうしないと、君のサリーが汚れたり、破れたりしてしまうかもしれないから。」

アカッシュがあっさり承諾したので僕はほっとして、箪笥の中につっこんであったトレーニング用パンツとTシャツとパーカーを出した。

「なんだ、みんな灰色なんだな。灰色が好きなの？」

と言いながらアカッシュの顔が笑っていた。そう言われて見ると確かにそうだ。灰色が好きだというわけではないが、赤系の衣服は炎みたいで熱くて着られないし、青系は青年らしい若々しさを強調しているみたいで恥ずかしいし、黒は芸術家ぶっていて嫌だし、白を着るほど純真ではないというだけのことだ。

着替えて別人のようになったアカッシュといっしょにコンテナのところへ戻ると、雲の切れ間からさす光を浴びてコンテナは銀色に輝いていた。

「宇宙船みたいだね」

などと冗談を言いながら、アカッシュは蓋を開けて中を覗き込んだ。

「蓋をまず固定しよう。」

僕はいくつか道具を鞄に入れてきていた。蓋を九十度あけて後ろの柵に縛り付けた。アカッシュは体重のない存在みたいにすっと踏み台に上って、コンテナの縁を片足で跨《また》ぎ、紙の絨毯《じゅうたん》の上に及び腰で立った。

「沈まないよ。ずいぶんぎっしり捨ててあるな。上の方は新聞ばかりだ。」

アカッシュはとりあえず新聞紙を揃えてひと束ずつ、細いきれいな指で丁寧に僕に手渡した。その下には僕が捨てた論文の層があった。シュレッダーにもかけずに捨てたのには理由がある。細く裁断された書類だけを狙って集め、再生して悪用する犯罪組織についての記事を読んだからだ。コンピューターと機械を使えばどんなに細く裁断された紙でも再生するのは簡単らしい。逆に言えば今時、裁断処理されていない書類には悪用できる情報が含まれていないに決まっていると思うのか、悪い奴らは目もくれない。だからわざとそのまま捨てた。ただし住所と名前とタイトルの部分だけは黒マジックで消した。今はそのことを後悔している。「ヒルタ」という名前を探す方がずっと楽だったろう。アカッシュに少しずつ出してもらった紙を僕はそれらしい箇所がないか気をつけながらぺらぺらめくっていく。何も見つからなかったら脇に置く。コンテナのまわりにいくつも紙の雪山ができてしまったが、作業が終わったらもちろん全部銀の宇宙船に返すつもりだった。幸い屋根に守られた部分は地面もコンクリートで固められて一段高くなっていたので、時々降っては地上を濡らす雨には浸透されずにすんだ。

「君たち、何か探しているんですか？」

背後でふいに男の声がしたので振り返ると、警官が二人立っていた。住宅街の静かなこの裏道で警官を見かけたことなどこれまでなかった。誰かが通報したのかもしれない。僕はとっさに眠そうな顔の奥に自分を引っ込めて、

「実は大事な論文を間違えて捨ててしまったんです。言語学の論文なんです」

とゆっくり答えた。これで世間離れした言語学の院生の役を演じきり、嘘も上手くつけたと思ったが、考えてみると全く嘘にはなっていない。事実そのものだった。

「あ、そうですか。それじゃあ後でちゃんと片付けておくように」

と言って警官はあっさりその場を去っていった。僕らは顔を見合わせ、肩をすくめて作業をすすめた。

紙はおそろしく薄い。椅子ならばコンテナにせいぜい十五個くらいしか入らないだろうが、紙という厚さ十分の一ミリ以下の層は何万枚も重なって、その一枚一枚におそろしくたくさんの文字が書かれている。それを思うと意識が遠ざかっていって足元がふらつくが、アカッシュの声が聞こえると身体のバランスが元に戻るから不思議だ。

「その論文の内容は覚えてないの？」

「覚えているよ。脳に怪我をした時に表音文字は忘れても表意文字は覚えていることがあるとかいう症例を扱ったものだった。」

「それじゃあHirukoが興味を持つのは当然だな。」

「同郷人かもしれないからね。」

「それもあるけれど、それよりSusanooの病気を治すヒントが隠されているかもしれないからだよ。」

そうか、アカッシュにそう言われてみると確かにそうだ。ヒルタの論文を他の論文といっしょに何も考えずに捨ててしまった僕の脳はジャガイモと変わらない。僕らはしばらく黙って作業を続けていたが、そのうちアカッシュがふいにこんなことを言った。

「君はどうしてSusanooが言葉をしゃべらなくなったんだと思う?」

「さあ。特にHirukoと話すのを避けているように見えるね。記憶を共有するのが嫌なのかもしれない。故郷について自分だけの物語を持っていて、それを守りたいから黙っているのかもしれない。」

タイトルのない原稿の最初か最後かも不明なページにさっと目を通して、それが自分の探している原稿なのか瞬時に判断するのはとても神経の疲れる作業だった。もしアカッシュが手伝ってくれなかったら、とっくに放棄《ほうき》していただろう。Ｈｉｒｕｋｏに電話であんなことを話さなければよかったと後悔した。でも話したからこそ、発見できる可能性が生まれたのだ。もし完全に忘却していたら、何年に一度しか現れない手がかりが消えて、再生紙になっていたかもしれないのだ。コンテナの中の紙はなかなか減らなかった。アカッシュはため息をついて言った。

「思ったよりずっと圧縮されているみたい。靴の底から紙が押してくるのが感じられる。ノラにも手伝ってもらおうか。お見舞いに行く以外には特に用がないから、観光客でも演じてみるって言っていたけれど、実際のところは退屈しているかも。」

「遠慮しておくよ。ノラはきちんとした人だから僕の失態を知ったら呆れるだろう。罵《ののし》ったりはしないだろうけれど、こんな間抜けな人にはこれまで会ったことがないって目で言うだろうから、それを見るのがつらい。ナヌークに助けを頼めないかな？」

「ナヌークはだめだ。」

「どうして？」

「鼻先で笑うだけで、手伝ってなんかくれないよ。」

「そんなに性格が変わってしまったのか。」

「そうなんだ。」

その時、僕の手がとまった。一つの文章に視線が吸い込まれ、次の文章、そしてその次と、すり鉢型のアリ地獄にアリのように落ちていった。幼児の話す言葉は両親の精神に大きな影響を及ぼす。母親と父親では聞こえてくる意味が異なるため、夫婦喧嘩の原因になる場合もある。父親が幼児語の中に宇宙からのメッセージを読み取り、家族を捨てて蒸発してしまったという極端な例をこの本では扱いたい、などと全体の要旨を手短に述べているところを見ると、前書きの一部なのだろう。原稿全体がほしい。ところがそのすぐ上下にある紙は残念ながら別の投稿者のものだった。幸い手書きなのですぐに区別がつく。

「アカッシュ、ここに面白い論文がある。僕が探している論文ではないけれど、どうしても読みたい。だからちょっと待ってくれ。」

僕は地面に散らばったチェック済みの原稿をもう一度あさり、同じ筆跡の原稿を数枚見つけた。それをリュックサックにしまい、アカッシュに作業を続けようと声をかけた。実は休憩したかったが、散らかしたままコーヒーを飲みに行くこともできないのでもう少し我慢することにした。

小雨はだらしなく漏れてはこらえて止まるということを三度ほど繰り返し、僕らは汗と空中の湿気でじっとり湿った身体でやっとコンテナの底に辿り着いた。一番下にはさっき興味をそそられた幼児語についての論文がひと束見つかったが、ヒルタの原稿はなかった。

「おかしいな。見落としてはいないと思うんだが。」

僕はコンテナのまわりに積み上げられた紙の山とコンテナの剝き出しになった金属の底をアカッシュに写真に撮ってもらった。ゴミを底の底まであさったと明日Ｈｉｒｕｋｏに伝えても信じてもらえなそうな気がしたのだ。それは僕を信用していないからではなく、Ｈｉｒｕｋｏが疑い深いからでもなく、このような作業を何時間もかけてやる人間がいることが僕自身信じられないからだ。学術的とは言えない作業に付き合わせてしまったお礼にアカッシュを夕食に招待することにした。

「僕が一番美味しいと思っているインド料理屋があるんだけれど、どうかな」

と少し冗談めかして誘うと、アカッシュは顔をかしげて、

「面白そうだね」

と言った。それは外から見た限り目立たない店で、昔から新装しないままずるずる常連を引きずって経営している酒場のような雰囲気をかぶっていた。僕がこの店を知ったのも偶然のことで、一年ほど前のある日曜日、足をくじいてしまい、家にトマトケチャップとマスタード以外、口に入れる物が何もないことに気がついた。おふくろ

に電話すればすぐに前菜からデザートまで揃えて籠に入れてデリバリーしてくれるだろうがそれだけは避けたい。こんな時いつもなら駅に出て屋台のホットドッグを食べるところだが、足をくじいているので駅は遠過ぎる。タクシーに乗ってホットドッグを食べに行くのもちぐはぐだ。ふと家の近くにこれまで入ったことのない店のあることを思い出した。ただの飲み屋かもしれないが、そんなところでもちょっとした食べ物は出すだろう。足を引きずって行ってみると、驚いたことにインド料理屋だった。外には何も書いてないがドアをあけた途端に香辛料の香りが流れ出してきた。客は僕一人で、カウンターの後ろにいる髭《ひげ》の男がにこりともせずにメニューを持って来た。半信半疑だったが空腹に任せて思い切ってラムカレーを注文すると、運ばれてきた料理は驚きをもたらした。肉が口の中でとろけ、胃の中で獣の活力になって燃え始めた。値段は高めだったのであれっきり食べに行ってないが、アカッシュに感謝を表すにはホットドッグでは不充分だし、アカッシュは菜食主義者かもしれないのでインド料理屋にしておけば間違いないだろうと思ったのだ。

店には僕が先に足を踏み入れ、がらがらの店内を見回してからアカッシュをふりかえると、その顔がかすかにこわばっていた。奥から出て来てテーブルに案内してくれた口髭をたくわえた男に対してもアカッシュはいつもの愛嬌で笑いかけたりしなかった。

「どうしたんだい？」

僕はテーブル越しに顔を近づけ、声を殺して訊いた。

「パキスタン人の店だよ。インドじゃない。」

「そうなの？　ごめん。じゃあ、出ようか。」

「いや、においから判断すると食事は質がよさそうだ。それに平和主義者なら問題ないよ。ただ、店内に変な緊張感がある。」

メニューには「インド料理」と書いてあるじゃないか、と言おうとして表紙、裏表紙を調べ、中のページを全部めくってみたが、どこにも「インド」とは書いてない。象が鼻を持ち上げて笑っているイラストが各所にちりばめられているだけだった。象の絵を見ただけでインドと思い込むほど僕の脳は短絡的なのかとがっかりする。

アカッシュは話題を変えて、コペンハーゲンで彼を泊めてくれている人の話をしてくれた。アカッシュと同じくプネー出身で、若い頃は哲学を専攻していたが今は中古車の販売をしている。インド風の顔と痩せた体型を見て、「車はいらないがヨガを教えて欲しい」と顧客に言われたこともあるそうだ。欠陥車を売りつけられるのではないかと疑う人はいても、欠陥ヨガを売りつけられる可能性について考えてみる人がいないのは不思議だと言う。

「アカッシュ、君はいいね。アルルでもオスローでも同郷人のところに泊まって、夜は談話を楽しんでいるんだろう。」

「まあね。だからＨｉｒｕｋｏが可哀想なのさ。誰とも子供時代の話ができない。こんな駄菓子があったねとか、こんな玩具が流行ったね、とか、たわいもない話でもすごく落ち着くんだ。激しく消しゴムで擦られ続けている過去を上から書きなぞるんだ。どうせもう一生帰らないんだから故郷の話なんかする必要ない、と思うかもしれないけれどそうじゃない。帰れないからこそ子供時代の鮮やかなイメージが生きるのに必要なんじゃないかな。しかも一人じゃだめだ。一人で思い浮かべているのでは妄想になってしまう。時には誰かと共有する必要があるんだ。」

翌日の午後一時ぴったりにＨｉｒｕｋｏはやって来た。衣服の深緑色に肌の色が映えていた。

「電車は遅れなかったみたいだね。」

「遅れる箱は電車ではない。」

「そんな風に言える鉄道会社がこの世から姿を消したことは、まことに残念だ。でも実はもっと残念なことがある。ヒルタの投稿原稿は見つからなかったんだ。何時間も探したんだけれど。」

僕はアカッシュの撮ってくれた写真をＨｉｒｕｋｏに見せた。

「ありがとう。」

表情は雨模様だったがＨｉｒｕｋｏの口から最初に出てきた言葉が非難ではなくお礼の言葉だったので、僕はますます自分を責めたくなった。

「本当にご免。あんなに大切なものを捨ててしまったことが信じられないよ。郵便物に埋もれて窒息しそうだったから、とにかく捨てることしか頭になかったんだ。」

その時Ｈｉｒｕｋｏは机の上に汚れて角の折れた原稿が一束置いてあるのをめざとく見つけた。

「あれはね、探していた原稿じゃないんだ。でも僕にとっては大事な内容が含まれているような気がしたんで、拾っておくことにした。」

そう話してしまってから、Ｈｉｒｕｋｏからの頼まれた原稿を本気で探す代わりに自分の関心のある原稿に気を奪われていたと思われないか不安になって付け加えた。

「ご免。偶然、見つけて、ちょっと興味を持っただけなんだ。」

「内容は？」

「我が子の話す喃語《なんご》を聞いているうちに、それが宇宙からのメッセージに聞こえてきて、指示に従ってどこかへ姿を消してしまった男の話さ。最近になってその男の行方が分かった。アイデンティティを偽ってローマで暮らしていたんだ。テロリストではないかと疑われて調べを受け、経歴が明るみに出た。偽名就職は雇い主にとっては腹立たしいことだし、黙って妻と幼い息子を置き去りにしたことは道徳的に非難されてもしかたがないが、とりあえずテロリズムとは関係がないようなので、そのまま釈放されて、マスコミでも報道されずに済んだが、当人はそのあと不眠症にかかり、論文の著者である精神科医の治療を受けることになった。彼はこの症例に関心を持ち、研究結果を発表する許可を得た。」

Ｈｉｒｕｋｏが目を輝かせて聞き入っていたので僕はほっとした。

「それはさておき、自慢の手料理のホットドッグをご馳走する約束だったね。」

僕はパンをオーブンに入れ、フライパンに油を引き、ピクルスを瓶から指でつまみだして紙みたいに薄く切った。タマネギは輪切りにしてカリカリに揚げたものを冷蔵庫にしまってある。ケチャップとマスタードの大きな容器は常備している。

「セブンイレブンで売っているホットドッグが美味しいと言う奴が最近多い。でもこれから食べてもらうのは、手作りの伝統料理だからね。」

「北越のセブンイレブンでは、おでんを売っていた。」

「オーディン？　北欧神話のボスはそんな遠くまで勢力を伸ばしていたんだね。」

「オーディンではない。おでん。」

僕らは砂場で遊ぶ二人の子供のようにソーセージの焼けるのを真剣に眺めたり、パンにマスタードを塗ったり、オーブンの中で温まったパンに転がり落ちようとするソーセージを載せたり、その上に揚げたタマネギを散らしたり、ケチャップをかけて指を舐めたり、ピクルスをつまみ食いしながら並べたりした。


ランデヴーの行き先がいつも病院だと話したら、人は僕が悲劇の主人公なのではないかと思うだろう。不治の病に伏す恋人に毎日会いに行く、あるいは母親を見舞う恋人に毎日付き添う。僕らの場合はちょっと違った。約束しあって会うことを他に呼びようがないので「ランデヴー」と呼ぶ。友達と会うのと違ってそこには恋人同士が会うような特別な期待と味わいがある。しかし恋人にはなりたくなかった。なぜなら恋人とは遅かれ早かれ喧嘩別れしてしまうだろうが、Ｈｉｒｕｋｏとはいつまでも別れたくない。

「ランデヴー」という単語は、Ｈｉｒｕｋｏの使っている自家製の言語パンスカの語彙にも正式に受け入れられたようだ。パンスカはスカンジナビア諸言語を自分流に交ぜたものだが、もちろんそれ以外の言語に由来する単語も混ざっている。たとえばジャケットのようなものをすべてひっくるめてＨｉｒｕｋｏは「アノラック」と呼んでいる。グリーンランド語に由来するこの言葉の響きがＨｉｒｕｋｏは大好きで、逆に、パーカー、ウィンドブレーカー、ブルゾン、ライダースジャケットなどの単語は「モール言葉」と呼んで軽蔑している。モールを歩き回って一歩遅れた流行服を手頃な値段で買いあさる人たちの欲望をそそる言葉は、すべてモール言葉なんだそうだ。

「さあ、出かけるぞ。アノラックを着てランデヴーだ」

と僕が言うと、Ｈｉｒｕｋｏは自分の話す言葉をからかわれたと思って僕の腕を叩き、そのまま腕を絡ませて体重をかけてきた。

「アノラックは美しい言葉。半被《はっぴ》という言葉も好き。」

「ハッピー？」

「半被は、幸福な上半身。」

「上半身には口や耳があるから幸福さ。」

「Ｓｕｓａｎｏｏは話がしたい？」

「したいだろう。人間ならだれでも声を出したいよ。」

「Susanooは誰と話がしたい？」

「まず今のところは、僕たちとしゃべりたいんじゃないか。君と僕とアカッシュとノラとナヌークだ。Susanooは長いこと忘れていた友情という出汁の味を思い出したんじゃないかな。数人でつるむ友情なんて、どこか高校生風だけれどね。大人になったらなかなか味わえない贅沢な味だ。」

「Susanooは、わたしたちと話したい。でも、わたしとは話したくない。」

「どうしてそう思うの？」

「顔の言語。」

「そうかなあ。」

「あなたの話したくない人は？」

「特にそういう人はいない。あ、一人いるか。」

僕は両手の指を使ってMの字を作ったが、それが二つの大きなおっぱいに見えたので、あわてて手を下ろした。

「お母さん？　息子は母親と話したくない？　わたしはSusanooの母親？」

「顔が似ているのかもね。」

Hirukoがぎょっとしたようだったので僕は眉をちょっと上げて、それは冗談だという注釈顔をつくってみせた。

「わたしは本当にSusanooの母親に似ているのかも。そしてSusanooは母とは話したくないのかも。ののしる代わりに、黙るか、不可解な言語を話すか。ハムレット。」

今度は僕がぎょっとする番だった。Hirukoがそれに気づいて心配そうに訊いた。

「ハムレットは電気ショック？」

「そうだね。まあそんなところ。」

「どうして？」

「おふくろがね、僕はハムレットだって時々言うんだ。」

「賞賛？」

「罵倒語だよ。」

僕たちはとりとめもないおしゃべりを続けながら病院に入り、受付で訪問者登録を済ませ、リフトに乗った。なんだか幽霊でも出そうな古風な箱だった。Hirukoの顔が曇ってきた。

「Susanooは、わたしとは話したくない。」

「Susanooはまだ誰とも口をきかない。君と話すのを避けているわけじゃないよ。」

「わたしはSusanooに言葉をたくさん投げた。野球のピッチャーみたいにたくさん投げた。Susanooはキャッチャーではなかった。」

「わるいけど、ピッチャーって何だっけ？　ヨーロッパには野球のルールを知っている人はほとんどいないよ。」

「わたしはイザナギのように桃の言葉をイザナミに投げた。」

「ごめん。そのスポーツはもっと不可解だ。」

「神話というスポーツ。走ったり、飛んだり、玉を取り合ったり。」

「ああ、神話なら興味ある。でも北欧の桃は高いぞ。三個も投げつけたら破産する。だからオーディンもワルキューレも桃は投げないんだ。」

　蝶々のようなおしゃべりにふいに終止符を打ったのは一枚の白いドアだった。病院のドアは、開けると向こう側に全く予想もできないような異質の次元が待っているようで恐ろしい。

# 第八章　Ｈｉｒｕｋｏは語る

ドアを開けると、室内は妙に薄暗かった。奥に患者と医者のようにＳｕｓａｎｏｏとナヌークが向かい合ってすわっていた。ナヌークが上半身をよじってこちらを見た。まぶしい白衣の襟《えり》元から絹光りする紺色のネクタイがのぞいている。気取っている。まだ大学の入り口でうろうろしているくせに、国際的に名を知られた医者みたいに威張《いば》っている。いやね、それは素顔の君自身ではないでしょう、ナヌーク。誰かの真似をしているの？　それともこれは「お医者さんごっこ」？

部屋の雰囲気は、「ごっこ」とはほど遠く、どんな笑いも許されない厳《おごそ》かさに満ちていた。わたしはこういう空気にさらされると、すぐにでも逃げ出したくなる。秘密組織の会合。新興宗教の必修ゼミ。まさかナヌーク、誰かに洗脳されたんじゃないでしょうね。クヌートも同じように重苦しい空気を感じたのか、鼻先の悪臭を扇子で払

うように手を動かしながら、大股で部屋の真ん中まで進み、わざとおどけた調子で、

「ごめん、ごめん。邪魔だとは思ったけれど、僕は生まれつき邪魔な人間で、どうやらそれ以外の役は演じられないようなんだ」

と言った。ナヌークは、年齢に似合わない疲れた皮肉な笑いを口元に浮かべて答えた。

「君たちの来院は邪魔にはならない。むしろ感謝している。Ｓｕｓａｎｏｏには同郷人の助けが必要だ。友達というものは、人が期待するほど役に立たないが、同郷人は役に立つ場合があるからね。」

友達は役に立たないという意見にクヌートはかちっときたようだが、反論するかわりに道化を通そうと決めたのか、

「そうかい。それじゃあＳｕｓａｎｏｏの同郷人であるＨｉｒｕｋｏを連れてきた僕もお褒めの言葉をいただけると嬉しいんだけれど」

と言って映画に出て来る執事みたいにお辞儀をしてみせた。

わたしは全く反応を示さないＳｕｓａｎｏｏの顔を凝視していたが、それがかえっていけないのだと思い直し、くるっと背を向けた。すると目の前にいきなりムンクの絵が現れた。展覧会のポスターが壁に貼ってあったのだ。三人の若い女性が欄干《らんかん》に並

んで立っている姿が斜め後ろから描かれている。三人の顔は見えない。ワンピースの柔らかい白、オレンジがかった赤、若葉色がそれぞれの身体をゆったりと包み、北欧の夏の心地よさがわたしの肌を撫でる。女たちの表情は見えないが、欄干に肘をのせて彼女らの覗き込む水面は暗い。川なのか、湖の一部なのか。暗い水は、向こうにある陸地とそこに立つこんもりと緑色に太った樹木を映している。こういう水鏡に映るとすべてが悲しく陰って見える。その陸地に対して欄干は直角に伸びているのだが遠近法とやらのせいか、角度は遠ざかるに連れて鋭くなり、暗い水がナイフのように三人の胸を突き刺して消失点に向かう。夏の間は夜を迎えるまでの時間がとても長い。よく見ると小さな黄色い月が背景に描かれている。月は、いつまでも沈もうとしない夏の太陽に遠慮して、大木の後ろの低い位置で待機している。

わたしはみんなに背を向けているので、ナヌークがＳｕｓａｎｏｏに英語で話しかける声も背後で聞こえた。

「今日はＨｉｒｕｋｏが来てくれたから、いつもと違う実験ができる。彼女は君と同じ母語を話す。」

クヌートがからかうようにコメントを入れた。

「ナヌーク、君もＳｕｓａｎｏｏの母語が話せるんだろう。だったらＨｉｒｕｋｏは必要ないんじゃないのか。」

ナヌークは咳払いをしてからもったいぶって答えた。

「もちろん自分もその言語ができないわけではない。しかし自分の場合は、語学の才能があり努力家ではあるが、大人になってから習った外国語だ。土着ではない。それと比べると、原住民Ｈｉｒｕｋｏの話す言葉には、過去のにおいや味とかがしみついているから、同郷人の記憶を刺激してくれるかもしれない。」

ナヌークは「土着」とか「原住民」という言葉を使った。まるでわたしが未開人で、自分は国際学会に出てその未開人の言語について英語で発表している研究者みたいな顔をしている。その点をさりげなく厳しく指摘してやりたかったけれど、今のわたしにはもっと大切な宿題がある。Ｓｕｓａｎｏｏに話しかけること。Ｓｕｓａｎｏｏが言葉を取り戻す手伝いをすること。

わたしは二、三度深呼吸してからＳｕｓａｎｏｏに話しかけようとした。ところが声を出そうとしても喉の奥に「きびだんご」が詰まって声が出ない。そんな馬鹿な。これまできびだんごなんて食べたことのないわたしの喉にきびだんごが詰まるはずがない。食べたいと思ったことさえない。いつだったか、「報酬として、きびだんごをやるから、ついて来い」と誘われたことがあるような気がする。額に日の丸のはちまきをした暴走族の青年が他人のなわばりを荒らしにいくために志願兵を集めているのだった。その時は、「バッカバカシイ。そんなオダンゴなんかいらないわ」と答えて、ぷいっとそっぽを向いてしまった。ところが気がつくとまわりの友達はみんなきびだんごをもらって嬉しそうにしている。随分前にみた夢だった。

わたしはSusanooに背を向けたまま、きびだんごの幻想が消えるまで何度も唾をごっくんごっくんと音をたてて呑んだ。やっときびだんごが消えて、喉の奥から予想外に大きな声が流れ出てきた。

「わたしは誰だったっけ？　朝、目が醒めて最初にそんなことを思うことがある。わたしは何語が話せるんだっけ？　別に記憶が消えたわけじゃないけれど、でも睡眠によって一度意識が途切れたせいで、なんだか遠ざかってしまった自分にあらためて出遭うのが不思議。朝って、まだ自分が誰なのか思い出せていない時間でしょう？　わたしは今日、誰と話すつもりだったんだっけ？　いろいろな疑問が湧いてくる。でもね、おはよう！　と声に出して言うと、なんだかほっとする。おはよう！　子供の頃は一つの言い方しか知らなかった。おはよう！　朝起きて最初に声に出す言葉は、おはよう。じゃぶじゃぶっと顔を洗って、ミントの味のする歯磨き粉をつけて歯を磨いてから、お父さんとお母さんにおはようと言っていたでしょう、あなたも。学校へ行く途中、道で会った友達に、おはよう、と言っていたでしょう。それとも照れて、やあ、なんて言ってごまかしていたの？　教室に入って授業の始まる前、クラス全員で声を揃えて先生に、おはようございますって言ったでしょう。一日の初めにまわりの人たちと同じ時間を生きていることを確認し合う言葉。おはよう。」

わたしはあいかわらずみんなに背を向けていたが、空気の中で温かさが移動してきたのでクヌートが近づいて来るのかなと思った。案の定、耳たぶのすぐ後ろでクヌートの声がした。

「今、何て言ったの？」

「おはよう。」

「そんなに長いの？　一体、何音節あるんだい？」

「おはようだけじゃなくて、おはようの周辺。おはようの場面。おはようの思い出。」

「ああ、そういうことなら僕も思い出があるよ。子供の頃よく朝食のパンに食いついてからあわてて、おはようと言っておふくろに叱られた。もっと急いでいる時はパンをくわえて自転車に飛び乗ってから、急に思い出して首だけ振り返って家の方向に、おはよう、と叫んだこともあった。でも口がふさがっているから、ウウウとしか聞こえない。Ｈｉｒｕｋｏ、君もよく遅刻したの？　自転車通学？」

「自転車通学は禁止。」

「それじゃあ親に車で学校まで送ってもらったの？」

「車での送り迎えは禁止。」

「どうして？」

「上流階級ごっこは禁止。」

「それじゃあ君の国には上流階級は存在しなかったの？」

「存在した。太陽。太陽の力。」

「え、太陽エネルギー？」

クヌートが素《す》っ頓狂《とんきよう》な声を出した。Susanooがかすかに笑う声がした。そんな気がした。まさか。でも風のようにわたしの耳に届いた笑いは、ナヌークの声ともクヌートの声とも違っていた。もう少しで振り返りそうになったが我慢した。このまま顔を見ないで話し続けよう。ツボを見つけた、という手応えがあった。「太陽」のイメージが鍵になりそうだ。ただタイヨウと言うだけでは弱い。もっとじっくりとSusanooの心をあぶりだしてみたい。そこで太陽について思いつくことを次々並べたててみた。

「水平線から、地平線から、稜線《りようせん》から、まるくお顔をお出しになり、オレンジや石榴《ざくろ》の色に輝いて、眠っている鳥を起こし、夜の間、暗闇で色を失っていた木の葉に緑を戻し、花に赤や黄色や青を戻し、冷えた地面を温め、人々を野外に誘い出す球形女神様。」

もしかしたら太陽には昔こんな長い名前があったかもしれない。

「今、なんて言ったの？」

クヌートはわたしの言っていることが知りたくて我慢できないようだった。

「太陽の長い名前。」

「そんなのがあるの？」

「ない。発明。」

そこに物知りナヌークの声が差し挟まれた。

「長い名前の女神、実際に神話の中に存在するんだよね。本で読んだことがある。アマ、なんだっけ、アマ。」

「天照大神《あまてらすおおみかみ》。」

「それそれ。アマは雨って意味だろう。雨傘の雨。」

「ちがう。」

「それじゃあ、甘口カレーの甘。」

「ちがう。」

「奄美大島《あまみおおしま》。」

「ちがう。」

「尼寺。」

「ちがう。」

わたしはナヌークの語彙の豊かさに感心しながらもいらいらしてきた。こんなに優れた脳味噌の持ち主が大学に通う代わりにお医者さんごっこをして、威張り散らして自己満足に浸っているのはもったいない。

「アマは空という意味。一番上にいる神。その神様は女性なの」

とはっきり言ってやった。するとナヌークは、

「へえ、女が一番上に位置するなんて、それはフェミニズムという名前の宗教かい?」

とからかうような口調で返した。ナヌークは英語もデンマーク語も流暢に話す。わたしはある国の上流階級またはエリートの喋り方を真似したいと思ったことはこれまで一度もない。国と国の間を移動しながら、必要な単語を拾ったり、要らなくなった単語を捨てたりして、自家製の言語パンスカをつくってきた。パンスカは絶えず姿を

変えながら、わたしに同行してくれる。言語の引っ越しを続けるわたしの完璧な道連れパンスカ。でもナヌークの流暢なデンマーク語や英語を聞いていると、わたしの大好きなパンスカがまわりからは単なる「移民の片言」として低く見られてしまうかもしれないという気がしてくる。おもわず声が萎《しぼ》んでしまった。

「それはフェミニズムではなく、シントーという宗教。」

「シン島という島か。」

「島じゃない。トーは、みち。神様たちのアウトバーン。追突事故が多いアウトバーン。わたしが安全を守りたい。」

「へえ、君が安全を守るの？　交通警察かい？」

「わたしは太陽の女神。」

口からでまかせを言った勢いで、つい振り返ってしまった。Ｓｕｓａｎｏｏはさっき見た通りの姿勢で微動もせずにすわっている。

突然振り返る鬼のイメージが鮮やかに蘇った。子供の頃、「誰かさんが転んだ」という遊びがあった。遊びには鬼という役割がある。鬼がいなければ、遊びはなりたたない。だから鬼を退治してしまってはいけないのだ。無視するのもいけない。たとえＳｕｓａｎｏｏが鬼であったとしてもそちらに向かっていかなければ。わたしは昔の友達にばったり道で会って、喫茶店でお喋りしている場面を思い浮かべながらSusanooに語りかけた。

「誰かさんが転んだっていう遊び、覚えている？　鬼になった子は顔を両手でおおって目を閉じて、ゆっくりと、誰かさんが転んだ、と言う。鬼がこの台詞《せりふ》を言っている間はみんな動いていいの。でも鬼が振り返った瞬間には静止していないといけない。ビデオの再生をしていて、急に停止のボタンを押した時みたいに、みんな中途半端な姿勢で凍結するのが面白かった。ちょうど片足を上げたところだったりしてね。そこでよろめいたり、動いてしまったりした子は、鬼の人質になる。人質は鬼の身体に数《じゅ》珠《ず》繋がりになって解放されるのを待っている。他の子たちは少しずつ鬼に近づいていって、鬼が向こうを向いている間に見えない鎖をぱっと手で断ち切る。うまくいけば、捕虜は全員解放。覚えているでしょう、あの遊び？」

あの頃は誰もが人質になった子を助けようと必死になっていた。助けても得にはならないのに、それどころか自分が逆に人質になってしまうかもしれないのに、我が身を危険にさらしてでも助けようとしていた。きびだんごを褒美にやるからと誘われたわけじゃない。「鬼に捕まったのは自己責任だ」と割り切って自分だけ家に帰ってしまうことだってできたはずなのに、仲間を見捨てなかった。

そう言えば北欧に留学する前に忘れがたい人質事件があった。高校時代の同級生で一人、地元の新聞社の記者になった人がいた。中央の新聞は「奥歯に物の挟まった」ような記事しか書けなくなってしまい、歯間ブラシをいくら使っても詰まった物が取れないまま読者を失っていった。一方ネット新聞は数が増え過ぎて、信頼できる新聞を見つけるのが難しくなっていた。一つでも信頼できそうなオンライン新聞が出てきて評判になると、同じ名前で偽の報道をして邪魔する人が現れる。そのせいで、紙媒体の地方新聞に注目が集まり、首都に暮らしている人たちが地方の新聞を定期購読し始めた。わたしの同級生はそんな時代の流れの中で全国紙に躍り出た「北越プラーブダ」という新聞に勤めていた。ところがある時、ロシアと中東の間を縫うようにジープを走らせて取材してレポルタージュを書いていて、テロ組織に捕まってしまった。テロ組織は、国に多額の身代金を要求してきた。世間では、「勝手に危険な地区に乗り込むような、しかも自国の政府を批判するような民間新聞の記者になぜ税金から身代金を出さなければならないのだ」という意見が強かった。政府は、「最近は身代金を出しても人質が殺されることが多いので、安全のために身代金は出さないことにした」という声明を発表した。この丁寧で、誰が聞いても完璧に理論的で矛盾を全く感じさせない、さすが政府としか言いようのないみごとな説明に国民は納得したのか、身代金は払われず、政府に抗議するデモも起こらなかった。ところが人質になった本人は殺されなかった。どこに滞在しているのかは不明だが、政府のサイトに不正侵入して、「自分を助けてくれない国家になど未練はない。これからは翻訳者になってテロ組織に情報を提供するつもりだ。スパイになるつもりはない。ただ、正しい情報がいろいろな方向に流れるようにしたいだけだ」などという大胆なメッセージを送ってきた。彼の行為を「国を売る許し難い行為」と批判した大臣に対して彼はすぐに、「自分は国も栗も売っていない。時々市場でピスタチオを売っている程度だ」という答えを返してきた。わたしはなんだかピスタチオという響きがおかしくて、涙が出るまで笑ったのを覚えている。

「だれかさんがころんだ！」

全く表情を動かさないSusanooに向かって歌うように口ずさんでみると、「誰かさん」ではなくて、「だるまさんが転んだ」という遊びだったような気がしてきた。どっちだろう。誰かさんか達磨《だるま》さんか。サムバディかボーディダルマか。

「どうしたの？　何を言おうとしているの？」

クヌートがまた待ちきれなくなったのか、わたしの肘を後ろから掌で包んで揺らしながら訊いてきた。いい香りがゆっくり鼻の粘膜にしみていった。クヌートは杉林とラベンダーと焼きたてのパンの混ざったような香りがする。わたしはこぼれてくる微笑を隠さずに答えた。

「子供の遊び。誰かさんが転んだ。または、達磨さんが転んだ。誰かなのか、達磨なのか。」

「ダルマって誰？」

「何年も坐禅を組んでいたら、手と脚がなくなった人。達する人。磨く人。それが達磨。」

わたしは喋る時にも漢字を思い浮かべて喋っている。クヌートには漢字は見えないんだな、とふと思った。とすると、クヌートはアルファベットを声にしていることになる。ダルマと言う時もアルファベット。鮨と言う時もアルファベット。わたしがそんなことを考えているとも知らずにクヌートは言った。

「いつだったか、ダルマという名前のレストランに行ったことがあるよ。そこで赤貝の鮨を食べた。ところで、カルマとダルマの関係は？」

「どちらもインド発。」

「インド!?」

予想外の方向から素っ頓狂な声が飛んで来た。いつの間にかドアが開いていて、閾《しきい》の向こうに真っ赤なサリーを着たアカッシュが立っていた。ナヌークは厳しい顔を保とうとしながらも口元に微笑をにじませて、早く中へ入ってドアを閉めるようにとアカッシュに手で合図した。アカッシュは赤い。達磨人形も赤い。もちろんサリーの鮮やかな紅色は、民芸品の土臭くて温かい赤とは違う。体型もアカッシュはほっそりしていて、達磨さんとは対照的だ。アカッシュ、達磨さんって知っている？　インド人よ。そんな風にアカッシュに話しかけたかったけれど、アカッシュには英語で話しかける必要があるし、今英語を使ってしまうとSusanooから気持ちが離れてしまいそうだったので、わたしはアカッシュにはうなずいてみせただけで、Susanooに向かって言った。

「達磨はインド人だったと知った時は意外だった。そんなに遠い国の人だったなんて。子供の頃、一番好きだった料理はカレー。わたしだけじゃない。みんなカレーが好きだった。あなたもそう？　子供の頃から馴染《なじ》んできたヒトやモノが遠いインドから来たなんて不思議ね。だから人は自分の子供時代に出遭うために、遠い外国を旅するのかな。」

Susanooは何を言われても頰の筋肉ひとつ動かさない。同じ話をクヌートやアカッシュにすればすぐに目を輝かせて反応が返って来るだろう。その方がどれだけ楽しいか知れない。それなのにわたしは今この愛想のないSusanooという男に話しかけ続けなければならない。頑固爺。しゃべらないと決めたらしゃべらない、やらないと決めたら絶対にやらない頑固爺。家族をまとめていく主婦は、そんな舅《しゅうと》に腹をたてて、心の中で皿を壁に投げつける。わたしはそんな主婦の役を演じることになるのかしら。わたしたちはSusanooを同世代の人間として友達扱いしているけれど、Susanooは一つ上の世代に属しているのかもしれない。もしかしたら老人なのかもしれない。若い時から会話が不得意だった人が歳をとると面白くもない話に相槌を打ったり、みんなに合わせて笑ったりすることがますます億劫になってくる。顔が若いから考えてみなかったけれど、もしもSusanooが言葉を失った孤独な青年なんかではなくて、ただの頑固爺なのだとしたらどうしよう。

「一つ、訊きたいことがあるんだけれど、いいかな。あなた何歳なの？　とても若そうに見えるけれど、もしかしたらわたしたちよりずっと年上なんじゃない？　だから若い人と話をするのが億劫だとか。」

Susanooがほっとした顔で、自分は実はもう五十代なのだ、と答えるところを想像してみた。それどころか六十代、七十代、八十代。まさか。頑固爺にも自分から話しかけた方がいいんだよ、と小学校の先生が言っていた。同世代の友達と話していた方がもちろん楽しい。好きなアイドルの名前を言うだけで話が通じた気がするのだから。でもいつも不機嫌で言葉数の少ない老人にも積極的に話しかけた方がいい。そうすればきっと「いいこと」がある。先生、いいことって何ですか？　それはね、簡単には言えないけれど、庭の枯れ木にどっさり柿がなって、気持ちのいい客が次々訪ねて来て、長患《ながわずら》いしていた家族の病気もけろっと治って、と、まあ、そんなような幸福の連鎖みたいなことだよ。やだ、先生、それ花咲爺とかそういう民話じゃないの？　頭の中で記憶の木魂《こだま》が響き合う。そうそう、小学校の先生は「オトシヨリを大切に」といつも繰り返していた。でもなんだか実感が湧かなかった。オトシヨリって誰のこと？　無口で、意固地で、難しくて、それ以外にはなんの特色もないSusanooみたいな人のこと？

アカッシュは必死でSusanooに話しかけるわたしの邪魔をしてはいけないと思ったようで、小声でクヌートに何か訊いている。小声なのでかえって気になり、耳を傾けてしまう。そんなわたしに微笑みかけながらクヌートは英語でアカッシュに答えた。

「Hirukoは言葉の宝庫だ。シャーマンみたいに喋り出したらとまらない。洪水みたいにたくさん言葉が出てきて、とても僕には再現できないよ。」

「全部じゃなくていいから、一つくらい教えてよ。」

「おはよう。」

「おはよう？」

「人生で一番よく使う言葉かもしれないだろう。子供の頃から毎日使っていた言葉だし。」

「でも内容があまりない言葉だね。地方色も薄い。おはようなら何語で言ってもすぐに自分の言葉みたいな気がする。」

わたしはアカッシュの言うことにも一理あるなと思った。もっと特殊な思い出、スカンジナビアにもインドにもない、わたしたちの特殊な地域のにおいのする言葉の思い出って何だろう。漢字？

「朝という漢字には月という字が入っている。朝なのに月。変だと思わなかった？」

Ｓｕｓａｎｏｏは答えない。

「先生に訊いたら、月が見えたらそれが必ずしも月だとは限りません。ニクヅキなんていうものもある、なんて答えが返ってきた。でも月に肉が付いているなんて変。月のステーキ、食べたことある？」

Ｓｕｓａｎｏｏは見えない壁の向こうにいて、わたしの声など単なる空気の振動としてさえ伝わっていないようだ。

「朝日が昇ってもまだ月が空に残っていることがある。紙でできたみたいな白い月。」

あいかわらずの沈黙。

「朝が始まっても夜はまだ終わっていない。昼間と夜が重なっている二重の時間が朝。だから、まだ月が残っている。朝は暗い。明るいのに暗い。あなたは月なの?」

Susanooの肩がこの時初めてびくっと動いた。ほんの小さな動きだったけれどもそれはお腹の奥から伝わった深い振動だったようで、わたしの身体にも直接伝わってきた。Susanooが月だ、なんて口からでまかせを言っただけだけれど、でも「でまかせ」は「出るに任せる」こと。勝手に出てくるものを邪魔しないで出るに任せる。それもいいんじゃない? 最後のためらいを吹き飛ばし、わたしは目隠ししたまま走り出すように喋りまくった。

「そうなのね、あなたは月なのね。そうじゃないかと思った。月男さん。月太郎さん。そんな名前の男の子は、クラスにいなかったでしょう。それなのに朝子さんって子がクラスに必ず一人はいた。朝子さんがいないと朝は来ない。すがすがしい名前。昼子さんという子はクラスにいなかったでしょう? 昼はゆったりくつろげる時間なのにね。何がいけないの? ヒルコでわるかったわね。昼の子ではなくて、蛭《ひる》の子。

生き血を吸う蛭。ぬめぬめした蛭。気持ち悪い？」

クヌートは一言も理解できないはずなのに、わたしの言葉を一つ一つを吸い込むように呼吸している。

「ナメクジ、ミミズ、なまこ。ぬるぬる、にゅるにゅる、うにゅう、にゅう。形のはっきりしない生き物たち。水に溶けてしまいそうな皮膚。蛭の身体は柔らかいけれど、それでもちゃんとした形があるの。マガタマの形。マガタマって覚えているでしょう？　大昔の装身具。マガタマはお腹の中で身体をまるめている赤ちゃんみたい。わたしもお母さんのお腹の中にいた頃は、狭いところで身体をまるめて、マガタマの形をしていた。それがある日突然外に押し出されて、子宮の内壁が消えて、まわりには包んでくれるものが何もなくなって、わたしは形が崩れてふにゃふにゃ。外気は肌に沁《し》みるだけで何の支えにもならなかった。いつまでたっても形が定まらないわたし。だから水に流されて捨てられてしまった。」

「捨てられる」という言葉を発した途端、わたしは全身の力が抜けて、床にくたくたとすわり込んだ。クヌートがすぐ脇にしゃがんでわたしの肩に手をかけて、いたわるように顔を覗き込んだ。

「大丈夫？」

わたしは重い身体をやっと持ち上げてナヌークが勧めてくれた椅子にすわった。

「君は捨てられた子なんだね。」

白衣のナヌークが、わたしの顔を正面から見て真剣にそう言った。

「わたしが捨てられた子？」

「その通り。」

クヌートがめずらしく怒った声で横から口出ししてきた。

「どうしてそんなことを言うんだ、ナヌーク？」

「きょうだいが何人かいると、捨てられる子が必ず一人はいる。失敗作だ。Ｈｉｒｕｋｏも失敗作だったんだろう。海に捨てられて流されて、デンマークに辿り着いた。そうだろう？」

「何の話をしているんだ、ナヌーク？　Ｈｉｒｕｋｏの過去なんか、少しも知らないくせに。」

「うちにもいたんだよ。最初に生まれて手足のたたなかった女の子が。その子は海に落ちて死んでしまった。釣りに連れて行った時に船の縁に這い上って勝手に落ちた。ろくに歩けないのに這い上ることだけは得意な、ナメクジみたいな子だった。」

クヌートが問いかけるように、わたしを見た。わたしは頭の中が真っ白になったがクヌートに答える義務を感じて、おそるおそる手探りで語り始めた。

「捨てられた記憶なんて微塵もない。わたしは家を支える柱だった。わたしはお母さんのお腹に最初に宿った貴重な子供。両親の宝物。男の兄弟が二人、後から生まれてきた。一人は亀みたいにのろくて、もう一人は台風みたいに暴れた。母は泣いた。」

自分でそう言ってしまって動揺した。これはわたしの話じゃない。捨てられたのもわたしの話ではなかったけれど、弟がいたのもわたしではない。どこかの誰かの話をしている。わたしには弟なんかいなかったはず。それなのにどうして、そんな物語がすらすら口から出てくるの？　その時、予想外のことが起こった。Ｓｕｓａｎｏｏの顔が紅茶の中に落とされた角砂糖のようにほろほろと崩れたのだ。それから土色の唇がめくれて真っ白な歯がのぞいた。

「やっと自分の話をしてくれましたね。」

まぎれもなくＳｕｓａｎｏｏがわたしに向かってそう言ったのだった。その声は決して小さくはなかったが、家具の中に仕掛けられたスピーカーからでも出ているように聞こえた。

「話をしないのはオレじゃなくて、君たちの方です。君たちは確かに多数の言葉をあびせかけてくれました。でも話したくないことはまだ何も話していませんね。」

口元がこわばって答えられなかった。頰も首もしびれて冷たい。目の玉だけが勝手にきょろきょろ動いてしまう。まるで壊れたロボットみたい。クヌートとアカッシュは口を半ば開けてこちらをみている。白衣を着たナヌークがちょろちょろと唇をなめる舌先の赤い色が視界にうるさかった。Susanooの声はこれまで予想していたのとは全く違って、静かですがすがしかった。

「あなたは長女ですね。」

「そう、わたしは最初に生まれた女の子で、両親にとても大切にされました。」

つられてわたしまで妙にあらたまった話し方になってしまった。

「あなたは使用人が三人もいる家に生まれて、お嬢様と呼ばれて育ちました。でも髪の毛の薄いひょろひょろした子で、良家のお嬢様の着るような服は全然似合わなかった。それに、人に甘えたり、微笑みかけたりすることができなかった。つまり可愛くなかったんです。」

そう言われてみると、わたしはお嬢様にふさわしいと思われる服はすべて大嫌いだった。それでも八歳くらいまではワンピースを着て居心地悪そうに顔を歪めて写真に写っていたように思う。中学生になると、週末にはわざとペンキ職人の作業服みたいな服をだぶだぶに着て、雨も降っていないのにぶかぶかと長靴を履いたりした。愛嬌のある笑みを浮かべることもできなかった。こちらはかすかに微笑んでいるつもりでも、どうしてそんなに恐い顔をしているのかと親に訊かれることがあった。

「あなたは学校の成績がよかったし、家が金持ちだったので、いじめられた記憶はないでしょう。それでも親に捨てられた記憶は残っているんじゃないですか。蛭みたいに可愛くない女の子だったから海に捨てられた。」

「まさか。もし本当に捨てられたとしたら、わたしの育ての親は生みの親ではなかったということになってしまう。」

興奮していたせいか、「生みの親」の抑揚が狂って「海の親」になってしまった。Susanooは急にまた黙ってしまって、一人じっと考え込んでいる。不快感がじわじわと胸に広がっていった。

わたしはもちろん捨てられたことなんかない。親は頼めば何でもすぐに買ってくれた。「前世紀の昆虫たち」という高価な採集コレクションも、性能のいい天体望遠鏡も買ってくれた。怒鳴られた記憶など一度もない。勉強をしていると有名店の焼き菓子や皮を剥いてきれいに盛った果物を持って来てくれた。父親は石油ビジネスに関わっていて、母親は何とか流の家系の出で、自分も生け花を教えていた。もう流派の名前さえ忘れてしまったけれど。そんな二人がわたしを見る目が失望に曇ることがあった。そのことだけははっきり覚えている。子供だったわたしには失望の理由は解明できなかったし、自分の好きな本や虫や星に没頭している時には親のことは忘れることができた。ところが中学校に入って間もないある日曜日のこと、父親の昔の知り合いだという三人家族が家に遊びに来た。小さいが鋭く光る装身具をさりげなく身に付け、ほっそりした身体を絹のドレスに品よく包んだ女性は、母とお洒落の仕方が似ていた。言葉遣いも化粧の仕方も似ていた。母親二人には明らかに共通点があっても、娘二人はここまで違うかと驚くほど、わたしとその子は違っていた。豊かな髪をポニーテールにして、すでにうっすら色気がにじみ出ている首筋を見せ、若さを引き立たせる地味なワンピースから出た腕は肌が内側から輝き、爪先まで手入れが行き届いていた。まるで高級商品のように隅々まで磨き上げられている。しかも洗練された言葉の合間に華やかにちりばめられた短い笑い、目の細め方、甘えて母親にも父親にも時々軽く身を押しつけて顔を見上げる目つきなど、映画に登場するお嬢様そっくりだった。そんな娘を満足げに眺める父親。どこかに落ち度がないか調べるように神経質そうな視線で娘の身体をなめまわしてはその度に安心したような顔に落ち着く母親。わたしは自分の両親がこの家族をこっそり観察していることに気がついた。母の目にも、父親の目にも明らかにうらやましさが現れている。そうか、この人たちもこういう娘が欲しかったんだ。ひょろひょろした少年みたいなわたしではなくて。ふいに涙が溢れそうになったので部屋を飛び出し、庭に靴下のまま出て、池に飛び込んだ。衝動的な自殺。ばっしゃんと泥水がはねかえり、白いＴシャツに大きなシミをつくった。池は腿を半分浸す深さしかなかった。水を吸い上げたジーパンが腰を下に引っ張る。おろおろと池を逃げまわる錦鯉たちは、わたしよりずっと価値があるに違いない。この日のことをヨーロッパに来てからすっかり忘れていた。そうか、わたしが捨てられたというのはこのことなんだ。海ではなくて池だったけれど。

「確かにわたしは水に入ったかもしれません。でも捨てられたわけではないし、自分の力で外に出て来て、弟たちが生まれてからは、長女としての役目を立派に果たしました。勉強のできない弟と暴れ者の弟。わたし以外には誰も手がつけられなかった男の子たちを可愛がって世話しました。」

Ｓｕｓａｎｏｏはそれを聞いて、からからと笑った。気味の悪い笑いだった。

「弟が生まれた時はショックだったでしょう。親には男の子を重視する古い因習が残っていた。これには驚いて、こんな国ではもう暮らしたくないと思ったでしょう。」

嫌な気持ちが胸を満たした。ドアをノックする音に思考が中断された。ナヌークが「どうぞ」と威厳のある低い声で答えると、ドアがゆっくりと開いてノラが入って来た。わたしは女性がもう一人現れたというだけで心強さを感じた。ノラと話したい。弟が生まれた時のことを。ノラならきっと分かってくれるだろう。ところがノラの目にはわたしなど見えていないようだった。

「本当なの？」

ノラの第一声はナヌークだけに向けられていた。それはドイツ語だったが、わたしにも意味が理解できた。挨拶抜きで、いきなりこの台詞。大胆な演出。ノラの登場はどういうわけか毎回オペラの舞台を思い出させる。たった今まで威張っていたナヌークはノラの声を聞くと首を亀のように白衣の襟にひっこめ、小さな声でぶつぶつ何か反論した。ノラは顎をしゃくって挑発するように言葉を投げた。ナヌークは眉をひそめ、反抗期の少年のように口をとがらせ声を荒らげた。ノラとナヌークの間で言葉のフェンシングが始まった。クヌートもアカッシュも「ああ、そういうことだったのか」という風にうなずきながら二人の口論に耳を傾けている。そのうちクヌートはドイツ語を解さないわたしが話の流れから締め出されていることに気がついて、はしょって訳してくれた。

「どうやらナヌークはベルマー医師と性格を交換したらしい。期限付きの約束だったのにナヌークもベルマーも今は無期限延長を望んでいる。ノラはそれに大反対している。」

　性格を交換するなんてことが可能なのかしら。でもわたしだって、自分ではない人の話を自分の記憶として話しているのだから、人間の中味が入れ替わってしまうということは、やっぱり時々起こることらしい。

　その時、Susanooが大きく両腕を広げてナヌークに向かって英語で言った。

「君は狼の毛皮を着た羊だ。」

　ノラはSusanooが喋ったことに驚きを見せたが、それについては何も言わなかった。一方、これまで患者扱いしていたSusanooに批判されてナヌークはかなりむっとしたようだ。それでとびきり気取った英語でもっともらしい答えを返した。

「君ねえ、狼って言うけれど、ベルマーは狼ではない。いや見方によっては狼そのものかもしれない。つまり人間たちは勝手に、狼は危険だと思っているけれど、それは誤解で、狼は実は全く危険な動物ではない。ただ犬みたいに他人に気に入られる努力をしないだけさ。思っていることをそのまま口にする。それが悪いか。」

「それなら、君はノラに思っていることをそのまま言えるのか。」

　その時再びドアをノックする音がした。誰だろう。わたしたちはもう全員揃っているのに。みんなの顔が当惑の靄《もや》に包まれた。

# 第九章　Susanooは語る

ドアをこつこつノックしたのはベルマー医師だった。誰も「どうぞ」とは言わなかったのにすぐにドアを開けて部屋の真ん中まで遠慮なく踏み込んでくるなり、

「ああ、みなさんお揃いで。ようこそ楽園へ」

などと言いながら歓迎の微笑をばらまいている。「楽園」というのは「病院」の言い間違えだろう。ただならぬ緊張感が部屋にみなぎっていることにベルマーは気がつかないのか、それとも気がつかないふりをしているだけなのか、

「友達は人生のお宝ですね。遠くに住んでいても、忙しくても、病気の友を訪ねてやってくる」

などと空々しいことを言っている。そうだ、こいつ、見かけはベルマーでも性格はナヌークと入れ替わっている。だから嘘くさい綺麗事を口にする時さえ、まぶしいほ

どナイーブで攻めにくい。せっかく室内にみんながオレの次の言葉をおそるおそる待つような雰囲気をつくりあげたのに、ベルマーの登場のせいでせっかくの努力が水の泡と化しそうになっている。ここで何かチクッと、いや、グサッと釘を刺しておかなければならない。

「ドクター・ベルマー、あなたは恥ずかしくないんですか。」

医師はオレの言葉にあきらかにぎょっとしたようだった。しめた、と思った途端、意外な答えが返ってきた。

「君、失語症は治ったのかい？」

どうやらベルマーはオレの鋭い切り込みにぎょっとしたのではなく、これまで黙っていたオレが口をきいたことに驚いただけらしい。このままだとベルマーが医者で、こちらは患者という権力関係に追い込まれる。オレは咳払いで三秒くらい時間を稼いでから、余裕たっぷりに言い返した。

「失語症については後で議論しましょう。ドクター・ベルマー、あなたはドクターだから、目の前にいる人間をまず病人として見る。まあ、それは職業病みたいなものですね、ははは。ドクターと言えば、ドクター・ファウストをご存じですよね。青春を取り戻したくて悪魔に魂を売ってしまった男。あなたも若さを取り戻したくて、ナヌークと取引きしたんですか。」

　こうやって予告編抜きで人の弱みをいきなりスクリーンに映し出し、相手をあわてさせ、魂と呼ばれる住宅のドアの錠や蝶番《ちょうつがい》のねじを全部はずしてしまうのだ。そうすれば野外にひしめく霊たちが暴風のように家の中に流れ込んできて家主はますます混乱し、自分と外からの侵入者の区別さえつかなくなって他人の身の上話も、神話も、自分の子供時代の記憶も一つの鍋に放り込んで、ぐるぐるかき回しながら語り始める。これは隠しておこうとか、ここには触れたくないということを素早く判断して情報が必要以上に流れ出るのを防ぐ装置は動かなくなる。Ｈｉｒｕｋｏの場合、この方法が成功した。暗示にかかりやすい女性には見えないが、母語を同じくする人と話したいという気持ちが強過ぎて、我が身を守ることを忘れたのだろう。それと比べて、たぬきのように落ち着いたベルマーの器にラッコのようにぷりぷりしたナヌークの魂が入っているこの男をゆすぶって告白させるのは難しそうだ。力んだらこちらの負けだし、途中で手綱《たづな》を緩めれば一からやり直しだ。オレは肩に力が入らないように気をつけながら、まぶたに神経を集めて攻めを続行した。

「悪魔に魂を売ったりして恥ずかしくないんですか？」

　ベルマーの瞳孔が広がったように見えた。ここでうまく怒り出してくれるかと期待したが、相手はなんと愉快そうに笑い出した。

「悪魔？　現代人は悪魔を避けようとはしないだろう。むしろ自分の中に悪魔がいた方が人生は楽しいと思っている。性欲、金銭欲、名誉欲。そういう悪魔をコントロールする強い理性さえあれば、欲は強い方がいいと思っている。成功していると言われる人は女も男も、悪魔に首輪をつけてペットとして飼い慣らしている。今時悪魔を恐がるのは、新興宗教の信者くらいではないか。」

新興宗教という言葉を聞いてオレはまずいと思った。別に新興宗教を信奉しているわけではないが、こちらの隠したい部分を見透かされたようで不安になる。オレが一瞬ひるんだのを鋭く察したのか、ベルマーはますます調子に乗って言った。

「正直言うと、こんな自分でも理性が弱くなる瞬間がないわけじゃない。そんな時には欲に振りまわされて失敗を犯すことになった。」

オレはすかさず質問した。

「例えば、どんな失敗を犯したんですか？」

「子供の頃、どうしても欲しかったミニカーを万引きしてしまった。」

「それだけですか？　案外ちっぽけな悪魔ですね。」

「インターン時代には病院からモルヒネを盗んだこともある。でもばれた時にすぐに正直に謝ったらそれで済んだ。人間の犯す過ちはすべて許される。それがヨーロッパだろう。君だって、それが理由でヨーロッパに逃げて来たんだろう。」

まずい方向に話が逸れていく。どうやらオレは、過ちを犯したら切腹したり、自分で自分の指を切り落としたり、死刑判決をくだされたりする国から逃げて来た移民だと思われているようだ。とんだ誤解だ。オレの国には確かに死刑制度みたいなものがあったような気はする。でもそんな制度とは関係のないところでオレは生活してきたんだ。犯罪者の領域に足を踏み入れたことなどない。そう思いたい。ベルマーは目尻にやさしささえ滲《にじ》ませて付け加えた。

「まあ、心配するな。自分とナヌークの間で行われているのは、悪魔とかそんなとんでもなく危険な話じゃない。ちょっとばかり社会的地位を欲しがっている若者と、久しぶりで恋をして、心と器を若返らせたくなった中年男がしばらく役割交換ゲームをしているだけさ。」

「他人の若さを薬みたいに服用するなんて、それはドーピングでしょう。恥ずかしくないんですか。」

「ドーピングか。面白いことを言うね。でも恋はオリンピック競技じゃない。これは化学変化ではない。手術をしたわけでもない。そもそも他人と脳を交換することなど医学的には無理だ。相手の性格を分析して真似ているだけだ。医学ではなく演劇だ。役者がハムレットの役を勉強して、稽古して、お客様の前で演じているのと同じだ。」

なぜかこの時Ｈｉｒｕｋｏがクヌートの顔を見て、「ハムレット」とつぶやいた。するとクヌートがその名前を払いのけるように首を激しく振って話に割り込んできた。

「Ｓｕｓａｎｏｏ、君はＨｉｒｕｋｏの心に暴力的に入り込んだ。同じことを今、ベルマー医師を獲物にして試みているんだろう。」

この種の言いがかりは予想していたのでオレは軽々と反論した。

「それは違う。Ｈｉｒｕｋｏには言葉の暴力なんか与えていないよ。彼女は共通の記憶とやらに行きつくために勝手にシャーマンみたいになっていった。オレは黙ってＨｉｒｕｋｏの話を聴いていただけだ。君も自分の目で見ていただろう。Ｈｉｒｕｋｏはオレの記憶の中に割り込んでこようとして、沸騰するお湯のシャワーみたいに言葉を浴びせかけてきた。一種の洗脳だ。」

クヌートは「洗脳」と聞いてあわてて守備にまわった。

「それは違うよ。Ｈｉｒｕｋｏは君が言葉を取り戻す手伝いをしたいと思って、心に浮かんだことをできるだけたくさん言葉にしてみただけだ。君が答えないから、Ｈｉ ｒｕｋｏが一方的に言葉を浴びせかける結果になってしまったけれど。」

「相手が黙っていたら、沸騰するお湯のシャワーみたいに言葉を浴びせかけても許されるのか。」

「いや、それは良くない。ごめん。そんなつもりじゃなかった。Ｈｉｒｕｋｏの代わりに謝る。でもどうして一度も抗議しなかったんだ。本当は声が出るのに。」

「彼女が大切なことを話し始めるのを待っていたのさ。神話を通り抜けて、子供時代の楽しい思い出を通り抜けて、痛いところに近づいていくのを辛抱強く観察していた。」

「何のためにそんなことをするんだ？」

『それはオレが夜を支配する人間だからだ』という子供時代に読んだ漫画に出てきそうな台詞が口から飛び出しそうになったがあわてて呑み込んで、代わりにこう答えた。

「オレはスモールトークは苦手だ。どうせ話すなら魂の芯に近いことを喋ってほしい。でもそれを人に強制することはできないから、暗示を与えるだけにしている。」

「暗示にかけたということか。」

「ちがう。催眠術じゃない。そんな専門的な技術は身に付けていないよ。相手の話に無言で耳を傾けて、大事な話題に触れた瞬間、そこだ、と指摘するだけだ。」

「大事な話題というのは、人の弱みを握ろうとする君にとって有利な話題ということだろう。君はその話が出た時だけ反応して、あとは何を言われても冷たく無視する。それは心理的暴力じゃないか。」

「そういう君は、いつも自分さえ楽しければいいという気持ちでＨｉｒｕｋｏと会話しているんだろう。」

「二人が関心を持っている話題を選んでいるだけだよ。僕らは言語に魅了されているんだ。言葉、言葉、言葉。」

「言葉を玩具にして戯れあっているだけで満足なのか？」

「それなら一体どんな深刻な話題を取り上げれば君は満足するんだ？」

「たとえば、性だ。君は母親に性欲があることがどうしても許せない。そのことをＨｉｒｕｋｏに話したことがあるか。」

クヌートはさすがに気まずそうな顔をして黙ってしまったが、そのまま姿勢を崩さずによく球を打ち返してきた。

「デマにもスーパーの安売りで買ったデマと、手作りのデマと二種類ある。君が今口にしたのは後者だな。」

「誉め言葉をありがとう。でもこれはデマではなく仮説だよ。君と母親のやりとりを聞かせてもらったことが一回だけあるが、それ一回でかなりのことが推測できた。」

「アルルでのことか。あの時のことは忘れてくれ。」

「息子と母親のやりとりはなかなか興味深かったよ。」

「おふくろは僕が何を考えてどんな毎日を送っているのか全然知らないくせに、自分で勝手にいろいろ思い込みをしている。僕が何も話さないから無理もないが。こちらもおふくろが今何を求めてどんな暮らしをしているのか見当もつかないし、第一、関心がない。」

「関心がないのではなくて、知るのが恐いんだろう。おふくろさんののろけ話を聞けば君は、昔のことを思い出して、胸が痛む。」

「まさか、おふくろに新しい恋人なんかいるはずないだろう。たとえいたとしても関係ないね。僕がおふくろの恋人に嫉妬するとでも思っているのか。ありえないね。」

「嫉妬はしない。君は母親が男と性的につながりたがっていること自体が嫌なんだ。そういうものとしての女性が嫌なんだ。だから性欲が消えた国から来たＨｉｒｕｋｏといっしょにいるんだろう。」

もともと色の白いクヌートの頬が桃色に染まった。クヌートは黙ってしまった。黙られてしまったのでは手の出しようがない。Ｈｉｒｕｋｏについての考察はとりあえず引っ込めて、ちょっと違う角度から攻めてみることにした。

「クヌート、君は感じのいい青年だ。君のちょっと怠慢そうなところにも女性は好感を持つ。でも怠慢なのは生まれつきではないだろう。おふくろさんの恋人たちみたいに欲でギラギラ光る脂っこい男になりたくないから、わざとそんなポーズをとっているんだろう。」

「そりゃあまあ、そうかもしれないな。」

こう簡単に認められてはこちらの攻めも骨抜きにされる。もう少し嫌みの圧力を加えて、パンクしないか見てやろう。

「父親をヒーローだと思うのは男の子の場合は五歳までだよ。君はその段階から成長していないのか。父親が姿を消したから理想像が壊れるきっかけがなくなってしまったのかな。君は今でもおやじさんは知的で繊細で遠慮がちな人間だと信じ込んでいるんじゃないのか。」

「おやじのことは何も覚えていない。姿を消した理由さえ見当がつかないんだ。」

「本当は気づいていることがあるのに、それを認めるのが嫌なんだろう。新興宗教にはまったのか、テロ組織に誘われたのか、それとも女性を追って遠い国へ流れていったのか。いずれにしても小さな息子より魅力的な何かが別の場所に存在したから、家庭を捨てたんだな。」

もしもクヌートがオレと同じ技術を習得していたらここで「そう言うお前はおふくろに捨てられて毎日泣いていたんじゃないのか」とすかさず反撃してきただろう。おふくろが家を出てしまってからしばらくは勉強した記憶も遊んだ記憶もない。覚えているのは繰り返し見た夢のことだけだ。いつもはブラシやスプレーが散らかっているおふくろの鏡台のまわりがきれいに片付けられていたので、どきっとした。鏡には黒いビロードの布がかぶせられている。これはまずいと気がついて姉の家まで走って知らせに行った。オレには姉がいたのか不思議に思いながらも、姉の家まで走っていってドアを叩くと、中からでてきたのは、鼻の下に付け髭を貼って、眉を太く描き、男装した姉だった。姉はオレの話も聞かないでいきなり、「あんたは家は長男が継ぐものだと思い込んでいるのね。時代遅れの馬鹿息子」と叫んでオレの頬に平手打ちを喰らわせた。それほど痛くはなかったが姉に全く信用されていないことが悲しくて、めそめそしながら暗過ぎるほど暗い路地に入って行くと突き当たりに「夜の王国」というキャバレーの看板があった。おふくろが働いていたのはここだ。黴臭《かび》い狭い階段を降りていく。一番奥に赤いランプに照らされた部屋があり、おふくろが古いソファーにすわっている。ソファーは破れて、黄色いスポンジがはみ出して見える。そこから雨に濡れた犬みたいな臭いがたちのぼってくる。おふくろが生きているのでほっとする。ところがおふくろは話しかけても答えない。こちらを見ていない。ソファーの臭いが少しずつ酸味を帯びてきて魚が腐った臭いに近づいていく。臭いを発しているのは古いソファーではなくて、人間の肉なのかもしれないと思った途端、恐くなってそのまま泣きながら階段を上がって、まぶしい外界に出たところで目が醒めた。毎回細部が少しずつ違うが、だいたいそんな夢だ。この夢をよく見た時期には登校しても声をかけられないようにいつもうつむいていた。家に帰ってもおやじとほとんど口をきかなかった。黙々とロボットの製作に取り組んでいるおやじには、なまなましい夢の話はしにくかった。苦しさが体内にたまり、皮膚を破って膿《うみ》が滲んできて自分の身体が臭うような気がする。クラスの女の子たちが変な目でオレを見ているのはそのせいだろうと思った。ところが、どの子が見ているのか確かめてやろうと思って、うつむいた姿勢から急に顔を上げても、誰もこちらを見ていない。それでも見られている、笑われているという肌の感触は消えない。この子だ、この子に違いないという女の子が一人いた。その子はオレの席の脇を頻繁に通り、その度に太股の肌ができるだけ広い範囲で見えるように大股で歩くのだ。こんな嫌がらせをして挑発するのは許せない。一度気になり出すと、もう我慢できず、放課後待ち伏せした。その後何が起こったのかは思い出せない。きっとひどいことをしてしまったのだろう。今クヌートにそのことを指摘されたらオレはその場で降参して逃げ出すだろう。しかし幸いなことにクヌートには、ありすぎるほどあるオレの弱みに近づく技術がない。いずれにしても今はぼんやり自分の子供時代の記憶の中を彷徨っている場合ではないので、あわててクヌートの幼年時代に話を戻した。

「君はまだ子供だったから父親のことは覚えていないと自分自身に絶えず言い聞かせているが、本当は、父親のことをはっきり覚えている。」

クヌートは驚いたような顔をして、反論するどころかいつも以上に謙虚になって言った。

「そんなものかな。君の方がよく知っているなら教えてくれよ。」

「それはオレが教えることじゃないだろう。自分で話せよ。真っ赤な嘘でもいいから、こんな父親だつた、なんてまことしやかに語っているうちに思いがけず真実にぶつかるものだ。」

「どういうことだ？」

「話をつくればいいんだよ。オレなんか絶えず、自分のこれまでの人生はこうだった、というストーリーを頭の中ででっちあげて上書きしているよ。真っ赤な嘘でいいんだ。たとえばこんな話はどうだ。君が小さかった頃、おふくろさんに恋人ができた。そいつは悪知恵の働く奴で、君の親父をだまして家出させた。」

「どうやったら人をだまして家出させることができる?」

「想像力を働かせろよ。ある活動組織に誘って入れてしまうっていうのはどうだ?その組織は、うーん、そうだな、正しいことを目指していたのに過激化して人道をはずれてしまったような組織がいい。たとえば元々は平和を目指し、武器製造に反対していた組織だ。いくら爆弾の残酷さを訴えても誰も耳を傾けてくれないんで、だんだんいらだってくる。そのうち武器の製造をしている会社の社員一人一人に個人的に毎日写真を送りつけるという活動を始める。その写真は、爆弾が家に落ちて怪我して血まみれになった子供たちを写したものだ。」

「恐いな。そんな陰湿で過激なことをおやじはしないよ。」

「そうかもしれない。それじゃあ、こんな話はどうだ。内戦の行われている国に行って孤児になった子供たちを助ける手伝いをしないか、と君のおやじさんは誘われた。昔から人の役に立つことをしたかったことを急に思い出して、旅立つ。」

「おやじは高い理想とか政治には興味のない方だった。」

「ほら、しっかり覚えているじゃないか。何も覚えていないと信じ込んでいるようだが、そんなことはありえない。」

「本当だ。確かに今、何か覚えているような感触があった。不思議だな。」

「こんな話はどうだ。君のおやじさんは洗練されたインテリ男性で、赤ん坊の世話や家事もきちんとこなして、奥さんとも滅多に喧嘩しなかった。でも朝起きるといつも心に月のような穴がぽっかり空いていた。ある日、飲み屋のカウンターで隣にすわった男と意気投合して深夜まで語り合った。そして、そのままいっしょに旅に出ようと誘われて、ふらっと家を出てしまった。」

その時、ギイイイッと家具を動かす音がして、オレは飛び上がるほど驚いた。アカッシュが細い腕で椅子を動かしてノラに勧め、自分も腰を下ろすところだった。なんだ、椅子が床をこする音だったのか。驚かすなよ。亡霊が出たかと思った。アカッシュはこれからじっくり芝居を鑑賞させてもらおうと楽しみにしているようだ。あまり明るい気持ちでくつろいでもらっては困る。これは暗黒劇なのだから。この部屋にいる人間の数が多過ぎることも問題だ。オレが得意なのは一対一の勝負。しかし一人だけ残して、残りの人たちに部屋から出てもらうわけにもいかない。クヌートは直立したまま嵐の中の大木のようにゆっくり左右に揺れている。ナヌークとベルマーは胸の前で腕を組んで余裕のあるところを見せつけ、Ｈｉｒｕｋｏは奥のソファーに身を沈めて小さくなっている。体力を使い果たして休んでいるように見えるが、こういう痩せて小柄な女性は意外に手強い。何度死にかけても必ず回復して、より強くなって戻って来る。油断しているとオレなど歳の離れた弟のように扱われてしまうだろう。その時クヌートがはっと我に返ってみんなの顔を見まわして、

「ごめん。自分の話ばかりして。この場でおやじの話をしても意味ないのに」

と謝った。

「いいじゃないか。君がどんな人間なのか全部知りたいよ」

とアカッシュがよく通る美しい声で言った。ありがたい発言だ。クヌートはアカッシュに向かって感謝するように頷きながら言った。

「おやじの背中を覚えているような気がする。皿を洗ったり、洗濯物を乾燥機から出してたたんだり、一生懸命家事をしていた。それを僕は後ろから見ていた。話しかけても答えてくれない。仕事が終わると嬉しそうに外に出かけていった。いっしょに遊んでくれたらいいのにと思った。」

「一度あとをつけていったことがあるだろう。」

「まだ幼い頃のことだから、一人で外に出る習慣はなかったような気がする。」

「でも一度だけ、おやじさんに、これから楽しいところに連れて行ってあげよう、と言われて、とても嬉しかったことがあるだろう。」

「あるような気がする。おふくろは日曜日の昼間なのに寝室に閉じこもって寝ていた。おやじは僕を連れてバスに乗った。」

「広場に大人がたくさん集っていて、受付があって、パンフレットが置いてあって、無料でジュースが飲めて、旗や風船が空に揺れていて、音楽がかかっていて、おやじさんがそこに来ている人たちと昔からの友達のように親しげに話し始めたんで、君は子供ながらに不思議に感じたんだろう。」

「そう言えば、そんなことがあったような気がする。」

「中に一人、君にやさしくしてくれた女性がいて、その人はまるで家族みたいに、おやじさんのことをよく知っているようだったので、見てはいけない光景を見てしまったような気がしただろう。」

「確かにそうだ。」

「気をつけて、クヌート。暗示にかけられないように。」

ノラの声だった。人の仕事を邪魔する奴は許せない。ここまではかなり冷静だったつもりのオレだが、この時こみあげてきた怒りは上手く抑えられず、気がつくと拳骨

を握ってノラにズカズカと近づいていた。その時アカッシュがさっと腰を上げてオレの前に立ちはだかり、

「怒るなよ。君は自分の怒りをコントロールできるようになったんだろう」

と言った。こちらも負けてはいない。

「なんだい、女性に変身したつもりでも、とっさの場合はスーパーマンかよ。」

「君はさっき、性欲の消えた国とか言っていたけれど、それって君の国のことだろう。」

「だからどうなんだ？」

「君の場合、性欲は消えたんじゃなくて化学変化を起こしたんだな。まわりの人たちを支配したいという欲に変化してしまったんだ。」

「ふん、自分こそ、女の服をまとった自分の身体しか愛せないんだろう。」

するとアカッシュよりも体格のいいノラが静かに立ち上がって、ドイツ語でオレに向かって何か諭すように言った。ドイツ語はかなり得意なつもりだが、この時は意味をつかみ損ねた。低めの落ち着いた女性の声。信頼できる声。オレは昔、おふくろの華やかで艶のある声とは対照的な、こういう声に出遭って急にまじめに勉強しようと心を入れ替えた覚えがある。そうだ、英語を教えていたドイツ人女性の声じゃなかっ

たっけ。その声が大きな貨物船のようにオレを乗せてヨーロッパに連れてきてくれた。もしあのまま生まれた町にいたらオレは女の子を甘い言葉で誘って、誠実そうなアドバイスを与え、巧みに言葉で傷つけてはやさしく慰め、そのうち思い通りに動かして、相手の身体に触れなくても性的満足を得られるような教師にでもなっていたのではないか。でもそうならないで済んだ。あの声の低い女性が船を用意してくれたから離国することができたんだ。そうして普通のガールフレンドをつくって、普通に交際することもできた。いや、語学教師が船を用意してくれるはずはないから、この記憶もどこかに歪みがある。

「声が出るようになって良かったわね、本当に。」

ノラの言ったことが今度はちゃんと理解できた。まるでオレの心配をしている姉さんみたいな台詞じゃないか。

「Ｓｕｓａｎｏｏが話せるようになって、わたしたちはみんなとても嬉しい。」

部屋の隅から聞こえてきたのはＨｉｒｕｋｏの声だった。口も開けられないくらい疲れていたはずなのに、ノラの声に励まされて一気に元気が回復したようだ。確かＨｉｒｕｋｏはドイツ語ができないんじゃなかったかな。それなのに二人の女たちは今、誤解の余地なくがっちり連帯している。これでは姉御が二人もいるみたいで、こちらはうっとうしくてやりきれない。背の高いノラを見下ろすのは無理だったが、顔を上向きにすると自分の背が少し高くなったような気がする。この姿勢で鼻の穴をふくらませると少しだけ尊大な気分になれた。

「ノラ、君はここに遅れて入って来たから状況がちゃんと把握できていないようだね。話すことができなかったのはオレじゃない。君たちの方だ。確かに声は出していた。でも君たちは口を開け閉めしているだけで大切な話は何もしていない。君だってそうだ、ノラ。君にとって大切なことは何だ。ナヌークとの関係だろう。ナヌークは君から逃げるために旅している。そのことが君は悲しくないのか?」

「ナヌーク、それは本当なの? あなたは逃げているの?」

ノラはオレを無視して突然ナヌークの方に顔を向けて真剣に尋ねた。ナヌークは平然と答えた。

「逃げるつもりはない。外に出て深呼吸したくなっただけだ。君の家の中だけにいると、自分が無力に思えて息苦しい。今の生活は楽しくて、恋人が欲しいという気になれないよ。自分の金もあるし、地位もある。」

「でもその地位は、あなたが自分の力で得たものではないのよ。」

「それでも何ヵ月間かある役を演じていれば、その役が普段着みたいに肌に馴染んでくる。」

「いつだったかしら。医学を勉強したこともないのに病院に入り込んで、医者のふりをして何年も勤務していた詐欺師が逮捕されたでしょう。長年ばれなかったのも役が普段着みたいに身に馴染んできたからでしょう。でもナヌーク、詐欺師の人生を送りたいの？」

それを聞いてベルマーが変に平たく笑った。

「ナヌーク、今君が答えなければならないのはかなり大きな問題だからゆっくり時間をかけて考えればいい。その間、クヌートの話の先が聴きたい」

と観客席のアカッシュが口をはさんだ。オレは監督の座を奪われないようにすかさず言った。

「クヌート、どうだい。もし暗示をかけられているような気がするなら、もう何も話さなくていいよ。」

「いや、そんなことはないよ。子供の時におやじが連れて行ってくれたのは、秘密結社みたいに暗い集まりじゃなかった。明るい太陽のもとで、ガス入りの赤い風船が青空にたくさん揺れていて、女たちも男たちも、同志として語り合っていた。」

ノラがそれを聞いて表情をゆるませ、ナヌーク問題をしばし忘れて楽しげに話に乗ってきた。

「なんだか組合のお祭りみたいね。昔は子供を連れて来ている人も多かったから小さかったクヌートも連れて行ってもらったのかもしれない。」

「ノラ、君は組合運動に関心があるんだ」

とアカッシュが合いの手を入れる。

「そうなの。ほとんど全滅していた組合文化が復活した時期があったでしょう。私もよく行ったわ。メイデイ、女性の日、夏祭り、クリスマスバザール。」

オレは目隠しをしたまま矢を放った。

「君が熱心に集会にでかけていったのは、ある男に会うためだろう。」

口から出任せを言ったまでだ。なにしろノラのことは微塵も知らないし、ヒントになる情報のかけらもないのだから勘に頼るしかない。

「確かにそんなこともあったような気がするわ。」

「政治集会でしか好きな人の顔を見ることができないというのも寂しいな。」

オレにそう言われてノラの表情が陰った。しめたぞ。脈がありそうだ。あまり明るい方向に行ってしまうと力が発揮できなくなる。オレの支配するのは、時間帯で言えば夜、太陽ではなくて月の時間だ。ノラがシュウッと息を吸い、その音は蛇の這う音を思わせた。

「そうかもしれない。あの頃の私はある人に会うのを楽しみにしていた。」

「でもその男は女としての君には関心がなかった。」

「私は自分の気持ちを隠さず見せたつもりだけれど、相手は無関心のまま。むしろ私を避け始めた。」

「君は自分の性格や態度を磨けば、それで自分の魅力が増すと思っていたんだろう。でも彼みたいな人間は、性的興奮を長期にわたって与えてくれる相手かどうかを本能的に見抜いて、その女性に近づくかどうか決めるんだ。性格が良いとか、生き方が魅力的だとか、そういうことには興味がない。と言うか、自分と比べてしまうとみじめになるような女性は煙たいから避ける。」

「そんな、ひどい。」

「性器の興奮を麻薬に置き換えてみれば分かりやすい。」

「それじゃまるで麻薬を買う金が手に入るなら何でもするが、それ以外のことには関心がなくなった中毒患者みたいじゃないか」

とアカッシュが抗議した。

「男性にはそういうところがある」

とオレは別にそう考えているわけではないが試しに言ってみて、アカッシュの反応を見た。

「もしそれが本当だとしたら、男性をやめたくなる人間がいても無理ないね。」

涼しい自己アイロニーを吹かせるアカッシュはやはり攻める隙を見せない。一方ナヌークは、萎《しお》れたノラを見ているうちに、どんどん居心地がわるそうな顔になり、

「ノラ、君はすばらしい人間だ。頼りになるし、まっすぐだ。みんなそれを評価している」

と言って慰めた。ナヌークだけなら絶対に口にしそうにない台詞だが、ベルマーが中年の知恵を吹き込んでいるのだろう。ノラはその言葉に慰められるどころかますます悲しそうな顔になって言った。

「あなたは一体誰なの、ナヌーク。あなたがベルマー医師の地位と性格をもらって生きていることは分かった。でもそれなら、あなたはベルマー医師が愛している人を愛しているの？」

ナヌークは笑いながら首を横に振った。

「それじゃあベルマーが俺の若さを借りた意味がないだろう。彼はある女性を愛しているそうだ。俺は誰も愛していない。」

「恋愛なんて面白いかしら」

とＨｉｒｕｋｏが背後でつぶやいた。オレはみんなをはっとさせたその発言を露骨に無視して声を高めてクヌートに意地悪く尋ねた。

「クヌート、君はベルマー医師が誰と恋しているか、知っているか。」

クヌートは困惑して首を横に振ったがすぐに落ち着きを取り戻して、

「関心ないね。でもおやじがどうして消えたのか、その原因には興味が湧いてきた。もし何か知っているなら教えてくれ」

とオレに頼んだ。人に頼られるのは気持ちがいい。ある人を支配したいと思ったらその人を助けるのが一番だ。

「手がかりを教えてやれないわけじゃないが。」

「Ｓｕｓａｎｏｏは恐らく何も知らないくせに、君を暗示にかけて君の口からそれを引き出そうとしているだけだよ。それでもいいのかい？」

アカッシュが心配そうにクヌートに警告した。どうやらこいつはかなりクヌートの身を案じているようだ。あ、そうか、クヌートに恋しているんだ。それ以外には考えられない。

「クヌート、君はアカッシュがいっしょの部屋に泊まろうと誘ったらどうする？　拒むか。受け入れるか。」

オレは反射的に誰も触ろうとしない点に触れた。クヌートは意味がつかめないようで、トンチンカンな答えを返した。

「おやじは女装したら似合うだろうとおふくろが一度、言ったことがあった。どうしてそんなことを言うのかすごく不思議で記憶に残っている。」

アカッシュは真剣な顔になって言った。

「クヌート、Susanooは君と本気で会話をしているんじゃない。みんなを操り人形にしようとしているんだ。」

「ははは、君にも隠したいことはあるのかい。」

「Susanoo、みんなが君をわざわざ訪ねていって、黙りこんでいる君に話をしてもらおうと必死になったのは、Hirukoのためなんだよ。連絡が取れなくなってしまった国、世界地図から消えてしまった国を見つけるためなんだよ。ここに集まったのは、君に鼻輪をつけられて牛みたいに牛舎に引っ張り込まれたかったんじゃない。君の牛舎は狭くて暗い。」

「でも君たちは、オレがその国とやらに帰りたいのかどうか、懐かしんで連絡を取りたがっているのかどうか、同郷人と会って話したいと思っているのかどうか一度も訊いてくれなかったじゃないか。それが当たり前だという前提で、いきなり押しかけてきた。それはナショナリズムだろう。」

アカッシュは唖然となった。おそらくアカッシュにとってはヨーロッパで他のインド人たちとネットワークをつくって助け合いながら生きていくのは人間としてあまりにも当たり前なのだろう。アカッシュはやっとのことで言葉をかき集めて言った。

「ナショナリズムは本国にしか発生し得ないものだと思っていた。」

「そんなことはない。」

「でもこれはナショナリズムなんかじゃない。もっと個人的な欲求だ。君は昔の友人や家族と連絡を取りたくないのか？」

「ないね。過去の人間関係は足を引っ張るだけだ。それにしても君たちは一体どうしてＨｉｒｕｋｏを助けようなんて思ったんだい？　その国とやらが無くなって君たちの誰かが困るのか。」

しばらく沈黙があった。

「それは同じ地球人だから気にするさ。」

数秒後にアカッシュがそう答えたが自信に満ちた口調ではなかった。オレは安心して続けた。

「アカッシュ、君は自分自身のことをもっと心配した方がいいんじゃないのか。性の引っ越しと言うが、ずっと引っ越し屋のバンで寝泊まりするつもりか。バンで君といっしょに暮らしたい人間はいないぞ。クヌート、君はアカッシュと二人で引っ越し屋のバンで寝泊まりしたいか。」

「え？　引っ越し屋のバン？　面白いかもね。でもちょっと狭いかな。子供の頃、トラックの荷台にこっそり飛び乗って遠くへ行ったら面白いだろうなあ、と思ったことがある。どうだろう、今思いついたんだけれど、みんなでキャンピングカーを借りて旅してみたら？　毎回それぞれが交通手段とホテルを探すのは大変だよね。」

とんでもない方向に話が流れていく。クヌートは興奮して続けた。

「いや、船の方がいいな。次の目的地はローマみたいに車で行ける町じゃない。船に乗ってＨｉｒｕｋｏの故郷を訪ねてみないか？　国際航空網から抜け落ちてしまった地域でも、船なら行けるだろう。ここから地中海にまわりこんで、スエズ運河を抜けて、アカッシュの故郷経由で東南アジアを辿っていけば、その先がどうなっているのか、自分の目で確かめられるだろう。」

オレはあわてて水をさした。

「クヌート、君はなんてこと言い出すんだ。意外におやじさんに似ているね。彼もきっとただの思いつきで、それほどよく知らない人たちといっしょに目的地のない旅に出てしまったんだよ、きっと。そして二度と帰って来なかった。困ったことに、そういう遺伝子を持つ人間が人類全体の何パーセントか存在するんだ。」

「違う。そうじゃない。いや、そうかもしれない。」

「クヌート、君が長旅に出ても悲しむ子供はいない。今こそ旅に出るのにふさわしい時期じゃないか」

などとアカッシュが船旅という夢の風船をふくらますようなことを言うのでオレはどうにか針を刺して、ぱちんと風船を割ろうと必死になった。

「豪華船の旅か。つまらないぞ。船の上にプールや宝石店があって、毎晩タキシードを着て晩餐《ばんさん》会だ。」

アカッシュが反論してきた。

「違うよ、そんな船に乗る必要はない。インド行きの貨物船に乗せてもらうんだ。そしてムンバイでシンガポール行きの貨物船に乗り換える。」

「乗せてもらう代わりに、船酔いの吐き気を抑えながら毎日皿を洗わされるんだろう。」

「いや、重労働はしなくても大丈夫らしい。実は乗らないかって何度か誘われたことがある。」

　アカッシュはもう片足を甲板に乗せたつもりになっているようで、意外にもまずナヌークにその興奮が伝わっていた。

「海か。懐かしいな。病院で毎日過ごしていると海が近いことをすっかり忘れてしまうよ。子供の頃は波に揺られて、ラッコを見たことがある。釣りを教えてもらったこともある。なんだかむしょうに船に乗りたくなってきた。」

　この病院を出たらもうこれまでみたいにはいばれないことをナヌークに言ってやりたかったがかえって逆効果と見て別のことを言ってみた。

「君が懐かしがっているのは北海だろう。グリーンランドをとりまく氷の浮いた海だろう。インドに向かうことで君は君の海から遠ざかってしまうんだぞ。生温かい太平洋の水なんか気持ち悪い。」

「俺の海とか他人の海とか、そんな区別ができるのかな。子供の頃はグリーンランドしか知らなかった。コペンハーゲンに留学したら、もっと遠くへ行ってみたくなった。トリアーまで出かけていって、今は存在しない古代ローマ帝国まで足を踏み入れた。でもそれ以上大きなヨーロッパは見えなかった。」

「そして今コペンハーゲンに戻ってしまった。それでいいのか君は、ナヌーク。もちろんこは住みやすいだろう。でも君が求めたのは楽なだけの生活だったのか」

とアカッシュが余計な口をはさんだ。ナヌークが答える前にオレはむっとしてアカッシュに言い返した。

「生活は楽な方が良いに決まっている。狭い船室に閉じ込められて床がたえず揺れている生活なんて、不健康なだけだ。」

アカッシュはオレを正面から見て言った。

「たしかに狭いかもしれないな、船の中は。でも狭いところに閉じこもって、遠くまで行くのが船の旅だよ。」

黙って話を聞いていたベルマーが意外なことを言い出した。

「おいおい、ナヌーク、人の性格を持ち逃げする気か。旅に出るならこちらも連れて行ってもらうよ。」

まさか行くまいと思っていたこの人まで乗り気になっている。

「ぴーぴー煩《うるさ》いヒナ鳥たちとの旅はしんどいですよ、ドクター。若者は馬鹿者。あまり深く関わり合わない方がいい。」

「そんなことはない。このところ若者の良さを満喫しているところだ。連れて行ってくれ。その代わり、恋人も連れて行っていいか。」

「それは無理でしょう。この旅はカップル禁止だ」

とオレは言ってみたが、何も知らないクヌートが、

「どうして禁止なんだ。別にいいだろう、誰がいっしょだって」

と言うので、

「誰がいっしょでも本当にいいのか？　君のおふくろさんがいっしょでもいいのか？」

と念を押すとクヌートはオレが冗談を言ったと思ったようで笑いながら、

「まあ、家族は困るね。でもカップルならいいだろう」

と言った。全く呑気な奴だ。船に乗ってから後悔しても知らないぞ。

「大洋。休暇。風。船。波。上空には太陽。」

ノラは言葉を羅列しながら、半分目を閉じて太陽を探すように顔を上に向けた。

「帰って来られないかもしれない旅を休暇とは呼ばないだろう」

とオレがせっかく注意してやったのにノラはアカッシュに向かって、

「この間、冒険旅行を体験させてもらった後だから、もうどんなに困難に満ちた旅も不安じゃない。それに船の旅はとても環境にやさしい」

とオレにとっては見当外れのことを言った。Ｈｉｒｕｋｏは船の旅を思い浮かべて

いるうちに遠い海に意識が飛んでいってしまったようで、オレにしか意味が解せない言葉で、

「われはうみのこ　しらなみの」

と口ずさんだ。クヌートが目を輝かせて、

「何の歌？」

と訊いた。

「海の歌。さわぐいそべの　まつばらに。」

「子供の歌？」

「そう。学校で歌う歌。けむりたなびく　とまやこそ、わがなつかしき　すみかなれ。」

「伝統的な歌？」

クヌートの問いには答えずに、彼女はオレに向かって言った。

「この歌の歌詞はね、クヌート・ハムスンを訳した人が書いたの。まるで歌がわたしたちをスカンジナビアまで呼びに来たみたいでしょう。」

「それは違うよ。」

自分でも理由が分からないままオレは激しく反対した。

「その歌詞は誰が書いたか不明なんだ。誰かがスコットランド民謡を間違えて翻訳した結果できた歌詞なんだ。」

Ｈｉｒｕｋｏはそう言われると自信がなくなったようで黙ってしまった。もちろんオレは口から出任せを言ったまでだが、少なくともＨｉｒｕｋｏがみんなの気持ちをあの島をとりまく海にまで運んでしまうのは避けられたと思う。

「船の旅は人間をだめにする。外は海に囲まれていて逃げられないからみんないっしょにかたまっているが、本当はいっしょにいたいわけじゃない。強制的な共同体ができてしまう。それが船だ。」

オレはやけになって船の旅をとめようとあがいた。しかし内心、オレ一人対残り全員では勝ち目がないことは察していた。身体が硬直して、手足が冷たくなっていく。その時、オレの肩に後ろから手が置かれた。重たくて温かい掌だ。振り返ると、あの子が立っていた。

# 第十章　ムンンは語る

　忘れ物は寂しいね。持ち主と離ればなれになって、うちに帰れるかどうかも分からない。忘れられる奴には大抵、足がない。だから自分では歩けない。忘れ物は、小さな折りたたみ式ナイフ。何のために兄貴はこんなものを持ち歩いているんだろう。ヴィタが近づいて来てナイフを見た。

「ナイフは危ないララ。誰のラ？」

「兄さんのララ。」

「ムンンに兄さんがいるのラ？」

「この間、ここに来た人ララ。名前は、Susanoo。」

「あ、思い出した。すっさ、すっさ、NO、NO、NO！　でもあの人、本当にムンンの兄さんなの？」

「知らラらない。兄さんだといいな。」

「Susanooはどうしてナイフを持っているララ？」

「ナイフで龍と戦うララ。」

「こんな小さなナイフで？　無理ララ。」

ヴィタは鼻の穴を見せてケラケラ笑っている。おいらもつられて笑った。

「このナイフできっと林檎の皮を剝くララ。」

「林檎は皮を剝かないで食べるララ。」

「どうしてララ。」

「皮まで食べると、今以上に美人になるララ。」

それを聞いて手の中でナイフが笑った。寂しくて泣いているかと思ったナイフが笑ったから、おいらはほっとした。

「兄さんに届けてくるララ。」

「あたしもいっしょに行くララ。」

「だめ。」

「どうして、だめ？」

「どうしても絶対だめララ！」

エレベーターで三階に上がり、廊下を急ぐと、速度のせいで左右の白いドアがアイスクリームみたいに視界の両端で溶けていく。看護婦さんたちのまぶしい白衣もアイスクリームみたいに溶けていく。その中の一人がすれ違う時、にっこりして、

「忙しそうね」

と声をかけてくれた。３５７号室を目指せ。それとも375だったかな。場所は覚えているけれど番号は忘れてしまった。あの部屋で兄貴はよくドクター・ベルマーとナヌークと三人で言葉ゲームをやっている。ぬいぐるみや人形を見て、いろいろな国の言葉を言い合う楽しいゲームだ。ドアを開けるとまずＳｕｓａｎｏｏの背中があった。一枚の板みたいに悲しく固まっている。可哀想に。みんなに前方から攻撃されているんだな。一人対その他大勢。Ｓｕｓａｎｏｏは仲間はずれで、いじめられっこ。子供の頃の誰かさんみたいだ。おいらはＳｕｓａｎｏｏの肩に後ろからそっと手を置いた。悲しい時にヴィタが肩に手を置いてくれると、いつも身体の芯が明るくなるから自分も同じことをやってみようと思ったんだ。ところがＳｕｓａｎｏｏは冷たいものにでも触れたみたいにびくっと身体を震わせて、首だけ振り向いた。それでもおいらの顔を見るとほっとしたように笑って、今度はお腹をこちらに向けた。

「君か。どうしたの？　何か探しているの、ムンン？」

「これを忘れたよ」

と言って、おいらがナイフを差し出すとSusanooは目を大きく見ひらいて、

「ツルギ」

とつぶやいて大切そうに受け取った。ツルギって何だろう。部屋の中にいる人間たちは、どうやらSusanooをいじめるつもりなんかないみたいだった。むしろ途方にくれた顔をしている。ドクター・ベルマー。偽ドクターのナヌーク。そして以前も病院に来たことのある男女。確か、クヌートとHirukoという名前だった。今日はもう一人女性がいる。背が高くて、金色の髪の毛の先っぽが静電気でチリチリ輝いている。そしてもう一人、赤い綺麗な服を着た人。女性だと思うと女性だし、男性だと思うと男性だ。どっちかな。これだけ綺麗なら、女でも男でもどっちでもいいや。それにしても、みんなどうしてこの部屋に集まっているんだろう。パーティっていう雰囲気じゃない。会議の雰囲気でもない。Susanooは、おいらから受け取ったナイフとしばらく睨めっこしていたけれど、そのうち決心を固めた顔でナイフの柄を握りしめて、おいらの隣にぴったり身を寄せて、映画の中の戦士みたいに構えた。窓が「大丈夫かな」と言っている。空はまだ暗くはないけれど、夕暮れは少しずつ階段を降りてくる。

その時ドアが開いて、ヴィタが息を切らして立っていた。いっしょに来たらダメだと念を押しておいたのに、おいらを追ってきてしまったんだな。片手にぶらさげているのは、おんぼろラジオ。

「ムンン、ラララジオが壊れたララ。」

「あとで直すよ。今は仕事中。」

「何の仕事?」

この質問には誰も答えられない。おいらも答えられない。ヴィタは待ちきれなくなってまた口を開いた。

「ムンン、ラララジオが壊れた。だからララ、なおして。ほら、スイッチを入れてもね、黙っているララ。」

ヴィタがラジオを床に置いて、星のシールを貼ったボタンを押した。何も音が入らない。いつもならヴィタの好きな音楽ばかり流している局の放送がすぐに入るのに。電波がずれてしまった場合でもザーザーという音が入るはずなのに今は何の音もしない。おかしいな、こんなこと前にもあったかな、としばらく考えていると突然、大きな波がラジオの中に飛び込んで来て、音楽がかかった。おいらはあわててスイッチを切ろうとしたけれど、今度はいくらボタンを押しても音楽は黙らない。ああ、困ったなあ。どうしよう。アコーデオンが奏でるメロディー。少し寒くなってきた頃の移動遊園地みたいに楽しくて寂しい曲。

「いい曲ね。」

ヴィタはおいらが焦っていることなど気にもせずに、自分が持って来た音楽を自分で誉めながら、身体を揺すって今にも踊り出しそうになっている。おいらはラジオを持ってヴィタと退散しようと思ったけれど、いつの間にか音楽に合わせて腰が動いていた。そう言えばいつだったかな、かなり前のことだけれど夏のキャンプで、みんなで輪になって踊る練習をしたことがあった。あれは楽しかったなあ。焚《た》き火のまわりで火の粉も舞っていた。また踊りたいなあ。当時のキャプテンの口癖がなぜか今、おいらの口から飛び出した。

「さあ、みなさん、隣の人の手をとってください！」

おいら自身が自分の言ったことを理解する前にヴィタが理解して、おいらの右手とSusanooの左手を握って、リズムに合わせて足を蹴り上げ始めた。

「ヴィタ、何をしているんだい？」

「あたしたち、これからみんなで踊るんでしょう？」

ヴィタはダンスがアイスクリームより好きで、弾力のある音楽が流れてくると、すぐに鞠みたいに弾み始める。みんなはヴィタがあんまり突飛で強引で無邪気なので、あきれて笑い出しそうな顔をしていた。

「さあ、みんな、早く手をとって！」

いやとは言わせないヴィタの声に押されるように、ＨｉｒｕｋｏがおずおずとＳｕｓａｎｏｏの右手をとった。Ｓｕｓａｎｏｏは視線を逸らしたが、自分からＨｉｒｕｋｏの手を握りなおした。余ったもう一方の手をＨｉｒｕｋｏが胸の高さまで持ち上げると、クヌートがすかさずその手を握った。そうだ、この二人は蝶々の二枚の羽根みたいにいっしょにはばたくんだ。でもカップルっていうのとはどこか違うんだよな。どこが違うのか説明できないけれど、セックスをしていない感じかな。クヌートのまだ空いている右手を赤い綺麗な服を着ている人がゆっくり握ると、背の高い女性が、「アカッシュ」と言ってその人の右手をとった。アカッシュという名前なんだな、綺麗な赤い服を着た人は。それに答えてアカッシュが、「ノラ」と名前を呼んだ。背の高い女性はどうやらノラという名前らしい。アカッシュとノラは仲がいいようだけれど、夫婦のように仲がいいのではない。全然違った仲のよさで、こういうのを何て呼ぶのかおいらは知らない。ノラが顔色を窺うようにナヌークの顔を見ながら、おそるおそる手をとった。ナヌークはダンスなんかご免だ、と言いたげな恐い顔をしていたが、ノラに握られた手をふりほどこうとはしなかった。この二人は仲が悪いのに、なぜか夫婦のように見える。一人残ってしまったベルマーはあわててナヌークとおいらの手をとった。大きな輪が完成した。

「みんなロンドの踊り方、知っていますか」

と訊いてみると、「知っているよ」とすぐに答えたのはヴィタだけだった。知っているといっても、彼女の「知っている」はいつも自己流だ。ヴィタの足がぺんぺんと宙を蹴って、手を引っぱられたおいらと兄貴はよろけそうになった。

「だめだめ、ちょっと待って。まず、お手本を見せます。」

そう言っておいらは両手を静かにふりほどいて輪の中に入り、ステップを踏んで見せた。左に三歩進んで一息休む。また左に三歩進んで一息休む。その場で四回足踏みして、それから左に三歩進んで一息休む。これで一区切りだ。これを何度も繰り返す。

「アビニヨンの橋の上でという歌を知っていますか。この歌を心の中で歌いながらステップを踏むと上手くできます。」

「蹴るのを忘れている！」

とヴィタが早速抗議した。

「蹴るのはもっとあとです。まずここまで練習しましょう。」

みんながロザリオのように繋がってぞろぞろ歩き始めた。右側のヴィタは鞠のように跳ねているのだが、左側のベルマーはリズムという電車に乗れずによたよたしている。右がヴィタ、左がベルマー、おいらは繋ぎ目だ。目の前のアカッシュは身体をくねくね動かすことができる。関節と関節の間に、おまけの関節がたくさんあるみたいだ。クヌートはちょっと恥ずかしそうな微笑みを浮かべて、よろけながら歩いていた。みんなの歩幅が違い過ぎて、輪はすぐにぐしゃぐしゃになって、踊りは止まってしまった。ラジオだけが勝手に演奏を続けている。

「みなさん全員、同じステップでお願いします。」

「それは無理だ。オレたち性格がばらばらなんだから」

とSusanooが確信に満ちた声で言った。

「それなら、みんな、なるべく小さなステップを踏むようにしてみたら?」

とHirukoが提案した。そうだ。そうすれば上手く調子が合いそうだ。Susanooも Hirukoの言葉に不思議なくらい素直にこっくり頷いた。

「では、もう一度いきます。いちにのさん！」

左隣のベルマーはいつの間にかリズムを数式として理解したようで、ロボットのように正確にステップを踏んでいる。この人は脳の性能だけはいいんだな。その向こう隣にいるナヌークの姿は、おいらの位置からはよく見えない。ノラは小さなステップを踏もうとして、長い脚がエックスになってしまっている。あの姿勢はよくないけれど、言葉でどう注意すればいいのか分からなくて困っていると、アカッシュが何かノラに囁き、ノラの膝はすぐに真正面を向いた。ノラはフワッとリズムに乗って、楽々と踊り始めた。すると今度はアカッシュがつまずいてサンダルが脱げそうになった。ノラがアカッシュの身体を支えて運ぶようにしたので、アカッシュは輪の回転をとめないで姿勢を起こし、サンダルをはき直すことができた。二人はお互いを必要としているんだな。クヌートはあいかわらず熊のぬいぐるみみたいに見えた。

「若さは機械の躍動だ」

と隣でベルマーがささやいた。どうして人間ではなくて機械なのか謎だけれど、まあいいや。ちゃんと踊れているんだから。

「指揮者がいなくても拍が合っている。私たちロンドの輪ね」

と言うノラの顔は上気していた。

「ロンドにもいろいろあります。アビニヨン橋はもう通過したんで、今は結婚行進曲を歌いながら踊っています、ははは。近々結婚の予定があるのは、この中では自分だけではないかな。ははは」

　と余裕が出てきたベルマーがのろけると、

「あなた、なんだか、くるみ割り人形と似ていますね。髭はないけれど」

　とノラがからかった。ノラの声に意地悪さはなく、ベルマーもそう言われても怒るどころか上機嫌で、

「くるみ割り人形ですか。チャイコフスキーは、お好きですか？　あのバレエ曲の中にもロンド形式の部分がありますね」

　などと教養のテーブルクロスを広げて見せた。

　アカッシュの手足はリズムの単純さに飽きてきたのか、一拍目と二拍目の間、二拍目と三拍目の間、三拍目と四拍目の間にピラピラくねくね尾鰭をくっつけて動き始めた。しかも首を長く伸ばして、蛇みたいに動かしている。それと比べると隣のクヌートは踊っているというよりは、ただ誠実に歩いているだけみたいに見える。でも本人は踊りを楽しんでいる笑顔で、

「楽しいね。船の甲板でもみんなで毎晩、踊ろうね」

　と言った。その言葉の意味が脳に届いた瞬間、おいらの心臓がでんぐり返しを打った。

「船で旅に出るんですか。」

「そんなことができたらいいね、ってみんなで話していたのさ。消えてしまったかもしれない島国を探しに行く旅だから、やっぱり船がいいだろう。そこへはもう飛行機は飛んでいないわけだし。」

「遠くですか。」

「遠くだよ。すごく遠くだ。」

おいらはヴィタの手をぎゅっと握った。何があってもヴィタだけはおいらといっしょにいてくれる。それでも、この人たちみんながいなくなってしまったら、とても悲しい。特に耐えられないのは、Ｓｕｓａｎｏｏがいなくなってしまうことだ。せっかく兄弟が見つかったのに、また一人っ子か。目がくもって、誰が誰なのか見えなくなった。足だけはちゃんと踊っているけれど、胸が重くて涙がぼろぼろ頬を転げ落ちる。ヴィタがおいらの顔を見た。

「どうしたの、ムンン、悲しいの？」

「Ｓｕｓａｎｏｏが船で遠くに行ってしまう。」

みんながおいらの顔を見ながら次々足を止め、隣の人の手を放して氷の柱みたいに固まってしまった。音楽だけが先に進んでいく。凍りついてしまった世界の中でＳｕ sanooが最初に解凍されて、おいらを抱きしめた。

「弟よ、オレだってここに留まりたいよ。ここにいる人たちといっしょに船の旅になんか出たくない。ずっと、お前といっしょにここにいたいよ。でも行かないとならないんだ。」

ヴィタがそれを聞いて怒りでつぶれたみたいな声で言った。

「どうして行ってしまうの、Susanoo？　ムンンが悲しがっているのに。かわいそうでしょう？　どこへ行くの？　仕事のため？」

Susanooはやさしい睫《まつげ》になって答えた。

「仕事じゃない。オレは自分の悪意からここにいる人たちの扉を開いてしまった。だから責任があるんだ。」

「でも、すぐに帰ってくるんでしょう？」

おいらの訊きたいことをヴィタが代わりに訊いてくれた。Susanooはヴィタの右手を握って持ち上げ、Hirukoの顔をこわごわ覗き込みながらその左手をとって言った。

「答えは、踊りの中にある。さあ、もう少し踊ろうよ。」

ラジオはとっくに次の曲に移っていて、その曲は前の曲よりも響きの色が青かったけれど、でもその曲もおいらたちの練習しているステップにぴったり合った。みんなの息が一つになってまるで足で呼吸しているみたいだ。不思議だな。ノラの樫《かし》の木みたいな身体、アカッシュの柳みたいな身体、クヌートのぬいぐるみみたいな身体、それぞれ身体がこんなに違っているのに、今同じ曲に合わせて一匹の大蛇になって踊っている。蛇は自分の尻尾を口でくわえて輪になっている。その輪が回転しているせいか、おいらの目に映るものが少しずつ変わっていく。窓、机、椅子、壁、ドア。小さな連中が半開きになったドアの向こう側から、部屋の中を覗き込んでいる。おいらの膝に届くか届かないか、そのくらい背の低い連中だ。でも子供じゃない。右側はロボット、左側は毛がすり減った、くすんだ茶色い熊のぬいぐるみ。ロボットは足を持ち上げないで床を滑るように部屋の中に入って来て、ラジオに近づき、腰をカクッと曲げて、突然スイッチを切ってしまった。音楽が消えた。ロボットはブルーに光る金属製のリュックサックを背負っていた。

「あ、あのロボットは、」

とナヌークが叫んだ。ロボットは最後まで言わせないで、

「踊りはここまで。さあ、みんな旅の支度にかかりなさい。船の旅ですから荷物は一人五十キロまで大丈夫です。甲板は日差しが強いので帽子を忘れないように。夜は冷

えるのでセーターも忘れずに」

　とロボットらしい声で命令した。

「出発は、今度の日曜日。夕方六時にコペンハーゲン港の海外フェリー待合室に集合」

　とドアのところに立った熊のぬいぐるみが付け加えた。人形劇に出てくる動物みたいなしゃべり方だった。

「なんだ、あのオモチャは。セラピー用の道具を入れた棚から逃げ出してきたのか」

　とベルマーが言うと、ナヌークが額の汗を手の甲でぬぐった。

「違うんだ。あのロボットとぬいぐるみは俺がここに来る途中、人に頼まれて運んだんだ。」

「君がここまで運んできたのか？」

「違う。ハンブルクまでだ。」

「ハンブルクからコペンハーゲンまでは他の少年に運ばせた」

　とロボットがナヌークに代わって答えた。へえ、ナヌークもロボットの目から見たら、ただの「少年」ってことになってしまうんだな。その時、ロボットの背負った金属製のリュックサックからシュッと長方形の硬い紙が数枚飛び出してきた。

「さあ、これがケープタウンまでの船の切符です。ケープタウンに着いたら、ガンジー・トラベルオフィスでインドへ行く船の切符を買いなさい。チェンナイ行きでもムンバイ行きでもいい。その後でインドより更に東に行く船に乗り換えるのだと話して、どの港を目指すのが一番いいのかそこで訊きなさい。」

ロボットはキャプテンみたいに威張っている。

「私たち、夢を見ているのね」

とノラがつぶやいた。

「でもみんなで同じ夢を見ているってこと？　それとも僕は君の夢に出てくる登場人物に過ぎないの？」

とアカッシュが言った。ベルマーは腰を軽々とかがめて床に散らばったチケットを集めた。この人、以前は腰痛だって嘆いていたのに今は身体の動きが若者みたいにしなやかだ。

「名前が書いてあるな。これはナヌーク。これはノラ。」

ベルマーは乗船券に書かれた名前を読み上げながら配り始めた。チケットを受け取りながらナヌークは、

「そうだよな、近い国と遠い国は海で繋がっているんだ。北極と南極だって同じ表面

にある。スカンジナビアと南太平洋の海水も同じ水かもしれないんだよなあ。」

「みんなで船に乗るのが楽しみね」

とナヌークの顔をじっと見て言ってからノラは急に額に皺を寄せて、

「でも船は海にオイルを流したり、ゴミの絨毯を海に敷いたりもする」

と付け加えた。

「アカッシュ。これは君のチケットだ。」

「久しぶりのインドか。楽しみだなあ。」

「この切符はケープタウンまでよ。そこでガンジー・トラベルオフィスとやらを見つけてインド行きの船の切符を買う時には、アカッシュ、あなたを頼りにしているから」

とノラが言った。

「君、本気で旅に出るのか？　研究の方は平気なのか？」

と言いながらベルマーはクヌートにも切符を渡した。

「船の上でも言語の研究はできるよ。実はいろいろ事情があって、新しい出版社をつくる青年の役を演じようかと思っていたところだけれど、それもおあずけだ。僕はやっぱりＨｉｒｕｋｏの生まれ故郷を探すように運命づけられているんだなあ」

と遠くを見ながら答えるクヌートの顔を見ながら、Ｈｉｒｕｋｏは気乗りしない顔でベルマーからチケットを受け取った。アカッシュはそんなＨｉｒｕｋｏを励ますように、

「君の国、きっと見つかるよ。消えたかもしれない国だって、海から逃れることはできないんだから」

と言った。Ｈｉｒｕｋｏは誰に言うともなく、

「わたしの国？　どの国？　探す意味あるのか、ないのか」

とつぶやいた。

「最後の一枚がＳｕｓａｎｏｏ。あれ、自分の分がないぞ。誰かのチケットと重なっていないか、確かめてくれ。誰か持っているか？」

とあわてるベルマーに向かって、みんな首を横に振った。Ｓｕｓａｎｏｏは恐ろしいものでも見るようにチケットに印刷された船の写真を見つめている。クヌートに観察されていることに気づくと、

「消えた国なんか探しても意味がない。いっそのこと、君のおやじさんを探す旅に出ようか」

と言った。Ｓｕｓａｎｏｏはやさしい人間なのにクヌートに向けられた声には棘が

あった。ベルマーは床を視線で舐めまわして自分の名前の書かれた乗船券が落ちてないか探しているようだった。おいらとヴィタの分もなかったけれど、船に乗るのは面倒くさかったので黙っていた。

「あたしのチケットがない！」

ヴィタが怒って騒ぎ始めた。おいらはヴィタを落ち着かせるために、

「おいらの分もないよ。だから、二人でここに残ろうね」

と言って慰めた。ところがヴィタはおいらより船の方が大切みたいで、そう言われても騒ぐのをやめなかった。

「あたしも船に乗りたい！」

「おいらとサヨナラになっても船に乗りたいのか。」

それを聞いてヴィタはやっと黙った。その時、熊のぬいぐるみが左右に身体をゆすりながら部屋の真ん中に歩いてきた。よく見るとこいつもリュックサックを背負っていた。デニムの布でできた小さなリュックサックで、口が開いている。熊が深くお辞儀するとチケットが三枚飛び出してきて床に散らばった。金色の模様のついた綺麗な緑色のチケット。ベルマーはさっと三枚とも拾って調べた。

「亡命映画スタジオにご招待。なんだ、これは。乗船券ではなくてディナー・パーテ

ィ招待券か。ふん、ドクター・ベルマー様と書いてあるぞ。あとの二枚は、おや、ムンとヴィタの名前がある。」

ベルマーが目をぱちぱちさせて胸のポケットから老眼鏡を出してかけて、招待券をくわしく調べた。

「これはすごいぞ。スカンジナビアで一番有名な映画監督といっしょにディナーだ。今回の映画の撮影にご協力いただいた方々への感謝を込めて、か。協力した覚えはないが、まあそんなことはどうでもいい。知らないうちに役に立ったんだろう。それにしてもムンとヴィタとこの自分がいっしょに招待されるというのは一体どういうことだ。変な組み合わせだな。まあ、それもどうでもいい。正直言うと船の旅に招待されるよりもディナーの方が有り難い。船室に気に入った家具が揃っているかどうかも怪しいものだし、彼女を残して旅に出るのは嫌だし、彼女を連れて行くために自腹を切るのも経済的に痛い。あれ、ディナーは今夜だぞ。八時からだ。これはいかん。急いで家に帰って着替えなければ。病院にはタキシードは置いてないんだ。」

ベルマーは部屋を飛び出していったが、ドアを閉める寸前に振り返って、面倒くさそうにおいらとヴィタを見たが、目尻に急に笑いの皺を浮かべて、

「七時四十五分に車でここに迎えに来るから、それまでにいい服を着てお洒落してお

きなさい」

と言い残し、それからお化けみたいにどろんと消えた。ベルマーは本当に親切な人だ。ヴィタは、

「映画うれしい、スタジオうれしい、監督大好き」

とかなんとか勝手に節をつけて歌いながら、手を腰に置いて「8」の字を描きながらまた踊り始めた。船に乗れないことはどうやら忘れてくれたようだ。

いつの間にか窓の外は薄暗くなっていて、「もう家に帰ろう」、「宿に帰ろう」という雰囲気が部屋に充満してきた。おいらは時間を止めるために、あわててこんなことを言った。

「みなさん全員にプレゼントがありますので、帰る前においらの部屋に来てください。」

「誕生日のプレゼントか」

とSusanooが腕にやさしく触れて言った。

「誰か今日が誕生日なの？」

とクヌートが不思議そうに訊いた。

「違うよ。大きな旅に出るのは、生まれ変わるようなものだろう。今日はみんなの第

二の誕生日ってわけさ」

とSusanooがおいらの代わりに答えてくれた。実際にそう考えたのかどうかは自分でも分からない。でもSusanooがおいらの代わりに説明してくれたのが嬉しかった。やっぱりこの人は兄さんだ。

「そうです。旅に出る人にはプレゼントをあげるのが正しいのです」

とおいらは説明した。

「それはプレゼントと言うより、悪い霊から旅人を守ってくれるお守りだろう」

とナヌークがそんなことは誰でも知っているさ、という口調で言った。

「ソーベツカイのプレゼント」

とHirukoが言った。ソーベツカイって何だろう。何でもいいや。おいらはみんなを地下に案内した。行列をなして廊下を歩くおいらたちを、すれ違う看護婦さんたちは不思議そうに眺めていた。エレベーターに乗ると遠くで星が唸るみたいな音が聞こえ始めた。星は唸らないとヴィタは言うけれど、おいらは唸ると思う。このエレベーターは上昇する時はすぐに目的の階につくのに、下降する時にはどこまでも降りて行って、亡霊が勝手に操作しているみたいな寒さを感じる。

半地下には病院で使われる食器を洗う作業場がある。銀色の機械やプレートの光る空間を抜けると、その奥に居間と寝室がある。電気をつけて、みんなの足の踏み場をつくるために、床に散らばっていた服を全部ベッドの上に投げ上げた。

「さあさあ、どうぞ、こちらです。」

クヌートは大きな身体をまるめて入って来た。おいらの部屋はそれほど天井が低いわけでもドアが小さいわけでもないけれどクヌートにはそう感じられたんだろう。ノラはめずらしそうに部屋の中を見まわしている。HirukoとSusanooは、きょうだいの部屋に入る子供のようにためらわずにどんどん奥まで入って来た。アカッシュが壁に貼ってある星座地図を指先でそっと触りながら、

「へえ、ここが君の部屋か。素敵だね。プレゼントって何かな」

とつぶやいた。おいらはカーテンをしめて、部屋の電気を消した。街灯の光に外から照らされて、カーテンにおいらがパンチで開けた穴から光が漏れ、穴は星のように輝き始めた。

「そうか。自家製のプラネタリウムなんだね」

とアカッシュが興奮して叫んだ。

「そうです。これからみなさんに星をプレゼントします。旅のお守りに持って行ってください。」

おいらはカーテンにクレヨンで引いた黄色い線を指でたどっていって、レグレス星を見つけた。

「ナヌーク、これがあなたの星です。レグレス星です。意味はライオンの心臓です。」

「人を幸せにしてくれる星でしょう」

と横から口をはさんだノラは、誰かが自分を幸せにしてくれると信じているのかもしれない。その誰かはナヌークかな。でもライオンの心臓が人間を幸せにしてくれるという話は聞いたことがない。

「ノラ、あなたはアークトゥルス星です。」

「そうじゃないかと自分でも思ったの。ありがとう。」

「あなたは大熊座を追いかけて北を旅します。」

「熊は誰かしら。熊をつかまえたら熊と結婚するの?」

「アークトゥルス星は、妻と夫と二つの星でできています。だから最初から夫婦です。」

おいらはこのセリフを占いの本で読んで暗記していた。難しい本なので文字を拾いながら何度も読み返すのは億劫だ。読み返さないですむように最初に読んだ時に暗記した。ノラはおいらの言葉を聞いて目を大きくしたけれど何も言わず、アークトゥルス星と呼ばれたカーテンの穴を左右から眺めていた。残念ながら穴は穴だから、目を凝らしても夫婦星には見えないだろうけれど。

「ムンン、君は星座の研究をしているの？　尊敬するよ」

とアカッシュが誉めてくれたので、

「君には赤い星を用意しました」

と感謝をこめて言った。

「へえ、何ていう名前の星？」

「ベテルギウスです。」

「遠いの？」

「かなり遠いです。でもいろいろな人にいつも見つめられています。だから孤独ではありません。それはクヌートも同じです。」

「僕はどんな星？」

「クヌートはこの星です。」

おいらは大きめの穴を指さして言った。

「近いから明るいし、見つけやすい。」

「シリウスでしょう」

とノラが口をはさんだ。

「そうです。あ、それから、みなさん、太陽から離れていくと暗くなってしまうので離れないでください。」

「太陽はHirukoだろう」

とSusanooが口を挟んだ。

「違います。Hirukoはカペラです。もし太陽がとても遠くにあって星の一つだったら、カペラそっくりの顔をしているはずです。」

Hirukoは考え込むような顔をして言った。

「星は遠いことが親切。太陽が近いのは危険。」

「でも太陽の光がなかったら生物は全部死んでしまうよ」

とアカッシュが口をとがらせて抗議した。

「太陽がほんの少し、宇宙にとっては意味がないくらいほんの少し今より近づいただけで、わたしたちみんな焼け死ぬ。」

Hirukoは自分が近づくことでみんなが死んでしまうことを予想しているような暗い顔をしていた。おいらはあわてて言った。

「カペラは人を殺しません。カペラは寂しさから他の星に近づいたりしないで、遠いところにいます。」

それを聞いてもＨｉｒｕｋｏの顔は曇り空で、本当に明るくはならなかった。

「あなたは複数の存在が重なってできている星なのよ。二組のカップルがあなたを構成しているの」

とノラがＨｉｒｕｋｏに言った。どうやら彼女も星が好きな仲間の一員らしい。

「ノラ、あなたは星の博士です。」

「そうじゃないの。アレッポまでシリア人の恋人を追っていったことがあって、結局彼は見つからなくて、仕方なく砂漠に入って一ヵ月くらい過ごした。夜になると寂しさで身体が冷えて、星がぼこぼこ宝石みたいに空にくっついていて、手を伸ばせば摑めそうだった。でも取れないのよね、当たり前だけれど。」

「星って船からもよく見えるのかなあ。」

そう言うクヌートの心はもう船に乗っているようだった。おいらは好きなアニメの文句を引用して、Ｓｕｓａｎｏｏに話しかけた。

「最愛のきょうだい、アルタイルよ。空高く飛ぶ大きな鳥のように！」

しゃべりながら目に涙が滲んできた。

「船の旅だから、Ｓｕｓａｎｏｏが水先案内人のカノープスになったらいいかなとも思った。でも、それはやっぱりダメだ。だってSusanooが水先案内人になったら船は沈んでしまう。Susanooには鳥になってほしいんだ。そうすれば船が沈んでも溺れる心配がないから。」

しゃべりながら涙が二粒こぼれた。

「ヒコボシ」

とHirukoがつぶやいた。

「誰だい、ヒコボシって？」

Hirukoの言うことにはすぐに興味を示すクヌートが訊くと、

「ヒコボシは、布を織る女を捜す男。女の名は、織り姫」

とHirukoが答えた。それを聞いてSusanooがうなだれて、

「オレは織り姫の身体をひどく傷つけてしまった。彼女を探し出して話をしないといけない」

と神妙に言った。オリヒメ。聞いたことのない星の名前だ。クヌートが、

「さあ、みんなもう帰って旅の計画を立てないと。それにヴィタとムンンは今夜招待されているんだからこれ以上邪魔したらわるいよ」

と言った。それを合図にみんなの心は星から離れてしまった。おいらはみんなを一

応エレベーターの前までは送って行ったけれど、そこであっさり別れることにした。

「それじゃあ元気でね。ハグはしないよ」

と言って、おいらはクルッと背中を向け、そのまま振り返らずに部屋に戻った。ヴイタが寝室でおいおい泣いていた。

「どうしてそんなに泣いているララ？」

「ムンンが悲しいから、代わりに泣いているララ。」

「あとどのくらい泣いているつもりララ？」

「七分か九分くらいララ。」

半地下の窓からはいつも建物から出て行く人たちの足が見える。向こうはおいらに見られているなんて思ってもいないだろうけれど。ガラスに鼻を押しつけてしばらく待っていると、クヌートが軽い足取りで出てきた。黄土色の革靴は表面がきつねみたいで触ってみたくなる。クヌートの足は止まり、遅れて出てきたＨｉｒｕｋｏと並んで門に向かって去っていった。Ｈｉｒｕｋｏの足首は細くて、くるぶしを包む皮も薄い。あれじゃあ骨のかたちがまる見えだ。パンプスではなくて登山靴をはいて旅に出た方がいいと思う。誰だって足だけはちゃんと守らなきゃ。Ｈｉｒｕｋｏを追うようにパタパタとアカッシュのサンダルが続いた。大股のスニーカーがナヌークだろう。

それを追うノラの足取りは、しっかりしていた。Ｓｕｓａｎｏｏは院内に寝泊まりしているのでこの出口は使わないのだろう。

疲れが波になって襲ってきた。泣いているヴィタの涙をタオルで拭いて、パーティ用のドレスを着るように説得して、自分も着る服を探さなきゃ。せっかくディナーに招待されたんだから。一度家に帰ったベルマーが車で迎えに来てくれるまで、きっともうあまり時間がない。でも五分だけ眠りたい。ほんの少しでいいんだ。瞼が重い。Ｓｕｓａｎｏｏが上半身裸で海亀の甲羅にすわっている。なんだ、船で旅に出ると言っていたのに、船って亀のことだったんだな。亀に乗るのは楽しそうだけれど、つかまるところがないから落ちそうだ。他のみんなはどうしたんだろう。もしかしたらおいらがＳｕｓａｎｏｏが水先案内人になると船は沈む、なんて言ったから、みんな逃げてしまったのかな。余計なことを言って悪いことをした。Ｓｕｓａｎｏｏは亀の背中から降りて、海水に入って、クロールでこちらに向かって少し泳ぎ始めた。藻が腕にからまって泳ぎにくそうだった。藻は透明で、アルディ、ネットー、ビルカなどスーパーマーケットのロゴがついていた。Ｓｕｓａｎｏｏは必死で藻を振り払いながら泳いでくる。やっと浅いところまでくると、Ｓｕｓａｎｏｏは立ち上がった。あれ、身体にびっしり鱗が生えている。白い短パンをはいているけれど、足もお腹も胸も腕も蛇みたいだ。Ｓｕｓａｎｏｏはしゃがんで何か探している。やっと見つけて拾いあげたのは、小さな黒い貝だった。奥歯で必死に噛んであけようとしている。よほどお腹が空いているんだろう。でも頑固に閉じたままの貝はとっくに死んだ貝だから食べたらだめだよ。おいらは注意してあげようと思ったけれど声が出ない。そうか、この旅においらは同行していないんだ。つまり、Ｓｕｓａｎｏｏのいる場所に、おいらはいないんだ。風が吹いて、吐き気を催すような臭いがしてきた。見ると砂の上に乗り上げた漁船の脇腹に灰色のどろりとしたものがこびりついている。プラスチックが腐ったものみたいだ。プラスチックも腐るのかな。Ｓｕｓａｎｏｏは貝を食べるのは諦めて、よたよたと海から離れて歩き出した。漁村と言っても絵本の中の漁村と違って、スチールみたいな壁に囲まれた箱形の家が並んでいた。窓もドアもない。日差しがとても強くて、それが道に反射して、道そのものが全然見えないくらいまぶしい。この光をずっと見ていたら、きっと視力が傷んでしまう。そんな気がした。街路樹の幹が透き通って見える。葉っぱは全部地面に落ちて、犬の糞みたいな色になってまるまっている。遠くに高層ビルがたくさん見えるけれど、みんな真っ黒に焦げている。Ｓｕｓａｎｏｏが家の裏にまわった。ついていくと、外壁にドレスのチャックがついていて、Ｓｕｓａｎｏｏはそれを開けて中に入っていった。家の中は病院の一室みたいに白くて、真ん中に機織機《はたおり》が一台置いてあった。すわって作業しているのはHiｒｕｋｏだ。指先からどんどん身体が糸になって布に織り込まれていくから、もう頭がない肩もなくなりかけている。できていく布の模様にHｉｒｕｋｏの顔が浮かび上がる。布になりながらもHｉｒｕｋｏがSｕｓａｎｏｏに話しかけたけれど、意味が０パーセントしか理解できない言語だった。妙に寒いなと思ったら脇に大きなスピーカーがあって、そこから音楽ではなくて、冷風が吹き出していた。暖かい毛糸のセーターがあるといいんだけれど。

と思ったところで目が醒めた。どうやら窓が自分で自分を開けてしまったようだ。月の司《つかさど》る時間のひんやりした風が室内に吹き込んできていた。心臓がどきどき鳴っている。その時、涙をきれいにぬぐって祝祭のドレスを着たヴィタが向こうから近づいてくるのが見えた。

# 解説

岩川ありさ（早稲田大学文学学術院准教授）

多和田葉子の長篇三部作（『地球にちりばめられて』『星に仄めかされて』『太陽諸島』）は、時代の転換期のなかで紡《つむ》がれてきた。第一部『地球にちりばめられて』の連載は、『群像』二〇一六年一二月号から二〇一七年九月号まで。単行本が二〇一八年に刊行され、文庫化は二〇二一年のことだった。以来『地球にちりばめられて』の連載時や単行本刊行時には想像もできなかった事が多く起こった。二〇二〇年、新型コロナウイルス感染症拡大で世界が動きをやめ、静まりかえり、人びとの行き来は途絶えた。さまざまな芸術は「不要不急だ」といわれ、劇場や映画館は厳しい状況に置かれた。感染者数と死者数が毎日増えてゆく。その様子をニュースや新聞で見ながら、これまでの生活を変えざるをえなくなった。そして、二〇二二年二月二四日にはロシアによるウクライナへの侵攻がはじまった。

そのようなコロナと戦争の時代に向かうなかで、『星に仄めかされて』(『群像』二〇一九年一月号から一〇月号まで連載、単行本二〇二〇年五月)は発表され、『太陽諸島』(『群像』二〇二一年一〇月号から二〇二二年七月号まで連載、単行本二〇二二年一〇月)が続いた。この時代背景を追えば、多和田の長篇三部作がどれだけ深く同時代の出来事と拮抗《きっこう》しながら、生み出されてきたのかがわかる。「毎日新聞」(二〇二二年一二月一一日、朝刊)のインタビューでは、実用的な会話でもなく、討論会や授業のような改まった会話でもない「中間の会話」が大事だと多和田は話している。人びとが集まり、歴史や政治について考えを交換し、おしゃべりすることを楽しむ場が社会では重要だとも続けている。また、多和田は、「読売新聞」(二〇二二年一一月二二日、朝刊)のインタビューで、『太陽諸島』は、コロナ禍の沈黙を破るため、「とにかくみんなでおしゃべりしようという反コロナ小説です」と答えている。たしかに、『地球にちりばめられて』『星に仄めかされて』『太陽諸島』は、どれも、「おしゃべり」が聴こえだす小説だ。また、おたがいの意見を言いあい、納得できないことや行き違いもあるが、それでも、誰かをはじきだすのではなく、ともにゆく人がいるエクソフォニー、母語の外へ出る旅を誰かとともに行う小説になっている。

『星に仄めかされて』につながる重要な点がたくさんあるので、まず、『地球にちりばめられて』についてまとめてみよう。コペンハーゲン大学で言語学を専攻する大学院生クヌートは、テレビで観たことをきっかけに、ヨーロッパ留学中に自分が生まれ育った国が消えてしまったＨｉｒｕｋｏに会いにゆく。映画を中心とした比較文化を専攻しており、「性の引っ越し」をしているアカッシュとも知りあい、Ｈｉｒｕｋｏとアカッシュは Ｈｉｒｕｋｏと同じ言語を話すという青年テンゾがいるオスローへと向かう。しかし、オスローで明らかになるのは、テンゾは、グリーンランドで生まれ育った「エスキモー」であり、ナヌークという名前で、Ｈｉｒｕｋｏが生まれた「鮨の国の住人」を演じていたという事実である。テンゾと恋人といえるほど近い距離にいたノラも合流し、五人は、かつて働いていたフーズムの鮨屋でテンゾが話に聞いたことがある、福井出身のＳｕｓａｎｏｏに会うため、アルルに向かう。彼らは、Ｓｕｓａｎｏｏに会うことはできたが、Ｓｕｓａｎｏｏは「失語症」のようで、Ｈｉｒｕｋｏが望んでいた「同郷人」の言葉を聴き、話すことはできない。

『星に仄めかされて』は、『地球にちりばめられて』の直後の物語だ。クヌートと天文言語学のゼミで一緒に学んだことがあり、「失語症」について研究しているドクター・ベルマーはコペンハーゲンにある大きな病院に勤務している。『星に仄めかされて』はSusanooらがベルマーを訪れるところからはじまる。けれども、『星に仄めかされて』の第一章の語り手は『地球にちりばめられて』には登場しなかったムンンという人物。『星に仄めかされて』では、ベルマーが勤める大病院の半地下で皿洗いをしているムンンとヴィタという登場人物が重要な役割を果たす。誰とも言葉を交わさないかと思われたSusanooだが、ムンンとは意思疎通ができる。そして、ヴィタは、「すっさ、すっさ、NO、NO、NO！」という音楽的な響きによって、Susanooという固有名詞を言葉のレベルで解体し、進学塾に通っていた子どもの頃、「ダメな弟の役柄がぴったりだ」からという理由で、アマテラスオオミカミの弟スサノオという渾名で呼ばれていたSusanooを神話の物語から連れ出す。『星に仄めかされて』のムンンとヴィタは、ある人が縛られていた役割から救い出すことができる。

しかし、物語の終盤にかけて、Susanooは、「人の弱み」をたくみに映し出し、「魂」の「蝶番《ちょうつがい》のねじ」を外してしまう。Hiruko、ベルマー、クヌート、アカッシュ、ノラ、ナヌークたちは、こじ開けられてしまった、自らの痛みや傷と向きあうことになる。Susanooのペースに乗せられるかに見えるが、救いとなるのはやはりムンンとヴィタだ。ムンンは対立を深めるSusanooを分断を煽《あお》る世界から連れ戻す。ムンンは、Ｓｕｓａｎｏｏを「兄さん」と慕い、一緒にいたいと望んでいるが、Ｓｕｓａｎｏｏは、「自分の悪意からここにいる人たちの扉を開いてしまった」ということに気がつき、クヌートらとともに船で旅立つことを決意する。クヌートやＨｉｒｕｋｏたちは、家族のようにどこかひとつに帰属するのではなく、別々の旅を続けているうちに旅の道づれとなり、ともに地球をゆく人びとだ。

多和田は、「日本経済新聞」（二〇二〇年六月八日、夕刊）のインタビューで、『星に仄めかされて』について話し、小説はきっぱり終わるほうがよいと考えていたが、「家族や友人に対する気持ちと一緒で、行方がずっと気になる。こうした継続的な関係っていいなと思って始めました」と答えている。作者と小説の世界をそのままつなげることはできないが、多和田のエッセイを読めばわかるように、母語の外へ出る旅はいつもいつも孤独なわけではない。ひとり旅でありながら、孤立していない。『すばる』（二〇一二年九月号）に掲載された「言葉は傘の下から生まれる」という多和田のエッセイは、「置き傘」という言葉からはじまり、ロートレアモンの「ミシンとコウモリ傘」などへと連想が広がってゆく。そして、原爆投下によって引き起こされた「黒い雨」や原発事故によって雨すら脅威になる現状にまで話はつながってゆく。このエッセイの最後は、「そんな地球のどこかで、傘をさし、人に傘をさしかけ、一本の傘の下に他人同士が入る、そういう空間を取りあえず言葉の生まれる場所として考えている」という言葉で締めくくられている。自然環境の破壊や社会的な差別など、脅威は現在も存在している。けれども、傘をさし、傘の下で生まれた言葉はお互いを少しのあいだつなぎとめるかもしれない。この人もまた雨に濡れ、痛み傷つくのだと知ることは、他者の苦しみと向きあうことにほかならない。傘から誰かをはじきとばし、傘に入ってきた人を差別したり侮蔑したり、自分のための傘を独り占めする時代はもう終わりだ。『星に仄めかされて』では、眠りが浅くなってしまったクヌートに、Ｈｉｒｕｋｏが、「心配は友情の屋根」と告げる場面がある。「傘」や「屋根」のイメージは現在の地球という星について考えるとき、よりいっそう、重要な比喩となってくる。自分たちが生きている環境そのものを破壊する時代において、どうやって生きのびることができるのか。未来を変えるための言葉はどうすれば生まれてくるのだろうか。

長篇三部作の主題のひとつは気候変動だろう。気候変動は地球に生きるすべての生きものに影響を与える。だが、これまで、地球についての決定権はある特定の人びとにあり、その人びとが自然を征服できると思い込んできた。新大陸の発見と侵略、自然からの搾取、産業の発展と公害、戦争と紛争、病原菌やウイルスの世界規模での脅威など、この数百年の歴史は、ある人びとが他の人びとを支配して従わせる仕組みをつくり出し、その仕組みが人類と地球を危機に陥らせる時代であった。同時に、この数百年を振り返ると、人とはなんと人間以外の声を聴かない生きものであったのかということを痛感する。産業革命から、核、原子力へとつながるエネルギーの急激な変化や、生物をDNAまで解体して理解してゆくような最先端の科学技術のなかで、すべてのものが、資源になるか、生産性があるかに還元されてしまう。だからこそ、多和田の文学は地球環境や自然環境とともに生き、自分ではないものたちの声を聴く方法を手探りしている。そうした多和田の文学について考えるとき、『百年の散歩』（二〇一七年）などで追究された百年という単位が、さらに数千年単位に広がってゆくような感覚がある。『星に仄めかされて』には、古代ローマ時代から存在したトリアーやアルルなどの都市が登場するが、その時代の痕跡をたしかに現在も知ることができるのは、この星が現在も存在するからだ。これから先の百年や千年を地球という星は生きられるのだろうか。生態学者のユージーン・F・ストーマーや、オゾン層破壊についての研究で知られ一九九五年にノーベル化学賞を受賞したパウル・J・クルッツェンが提起した、人新世（Anthropocene、人類の活動が地球環境に影響し、大気や生態系を変容させ、地層として残る地質学上の時代区分）という言葉も近年よく用いられるようになった。二〇一八年にグレタ・トゥーンベリが気候変動の問題をスウェーデンの国会議事堂前で訴えた「未来のための金曜日《フライデイズ・フォー・フューチャー》」に端を発する抵抗運動やデモも世界中に広がっている。時代の転換期というのは、まさに今、行動しなければ、地球は終わってしまうという危機である。

『星に仄めかされて』のなかでは、繰り返し、飛行機や電車などの移動手段についての会話が交わされる。たとえば、第四章のノラとナヌークのやりとりは印象的だ。ふたりとも、どの移動手段がよいのか、迷いつつ、選ぼうとしている。また、『星に仄めかされて』の最後に船旅が選ばれるのも示唆的だろう。二〇一七年にスウェーデンで生まれ、ヨーロッパでもよく知られるようになった「飛び恥」（スウェーデン語ではFlygskam、ドイツ語ではFlugscham、英語ではFlight Shame）という言葉がある。飛行機での移動は二酸化炭素を多く排出するため、飛ぶことは恥であるという考え方が広まった。ドイツでもそれは例外ではなく、短距離の移動は鉄道を使うなど行動様式に変化が起こっているという。廃棄される食用植物油を分解したSAF（Sustainable Aviation Fuel、持続可能な航空燃料）がドイツで増えていることが新聞やテレビなどでも報道され、日本でも知られるようになってきている。コロナ禍で人びとの移動は制限された。多くの人が亡くなり、今も苦しんでいるのだから、「新しい生活様式」について諸手をあげて喜ぶことはできない。けれども、これまでと同じ生活でいいはずがないことだけは鮮明になった。多和田は、インタビューやエッセイのなかで、パンデミックは国家間の戦争ではないと言い、この危機において国境を越えて協力するよりほかないのだと主張する。張り巡らされた境界線を越えることはたやすくない。しかし、武力やカネやモノの移動による国境の越えかたではなく、言葉でもって国境を越えてゆくこともできるのではないだろうか。多和田は、伊藤比呂美、リヴィア・モネとの鼎談「世界文学としての石牟礼道子」(『文學界』二〇二〇年五月号)のなかで、「混合言語」を自分でつくり、生きのびる可能性について、「聞いた言葉がどんな規則によってできているのかを勘で探りながら自分で法則を探す」ことを「サバイバル文法」と呼んでいる。ここまで聴けば、長篇三部作の読者は、Ｈｉｒｕｋｏが編み出した、スカンジナビアの人ならば意味が理解できる人工語「パンスカ」のことを思い出すだろう。『星に仄めかされて』でも「パンスカ」は健在だ。生きのび、他者とつながるための言葉の可能性が模索されている。Ｈｉｒｕｋｏやテンゾは、自らの「状況そのものが言語」となるような複層的なアイデンティティを生きている。

しかし、現在の言語のなかで、自分自身について、あるいは大切な他者について語るときに困難をともなうことも多い。章によって語り手が入れかわる『星に仄めかされて』では、その場にいない人について語るために三人称代名詞を用いる場面が出てくる。クヌートは、「性の引っ越し中」であるアカッシュのことを考えるとき、「彼」というべきか、「彼女」というべきなのか思案する。クヌートがたどり着いたのは、「男なのか女なのかは一目瞭然だという前提は時代遅れであるし、性別だけがくっきり浮かび上がっているのに実はその場にいない三人称というのもグロテスクではないか」という結論である。多和田は、アーサー・ビナード、関口涼子、李琴峰《りことみ》とのシンポジウム「移動するアイデンティティ」（『文學界』二〇二二年六月号）のなかで、『地球にちりばめられて』の英訳版がイギリスで紹介されたとき、エージェントがアカッシュのことを「トランスジェンダー」と説明していたというエピソードを披露する。その説明にいったんは多和田もそれでよいと返事をしたが、英語への翻訳を手がけた満谷マーガレットは、「アカッシュはトランスジェンダーではない。小説の中では『性の引っ越しをしている最中』と書かれてあり、『トランスジェンダー』という言葉は使われていない」と抗議し、多和田は、「示されているのはあるプロセスであって、トランスジェンダーというアイデンティティではな」かったのだと気がついたという。多和田の小説を多く翻訳してきた満谷だからこそできた指摘だろう。

近年、トランスジェンダーの人びとをステレオタイプで捉えたり、差別したり、偏見を流布する言説が増加している。しかし、誇りを持って自分のことをトランスジェンダーと呼ぶときや、その言葉で自分たちの存在や歴史について語るとき、社会的な運動をするときなど以外で、名詞で語って事足れりとされるのは横着で乱暴だ。ひとりひとりに「プロセス」があり、他者との関係性のなかで、人びとは生きている。多和田が小説において誰かの生を言葉で固定するのではなく、その生がいかにして今を生きているのかに焦点をあてることができるのは、名詞だけで小説を語らないからだ。名詞で表現されることが多い物事や事柄を動詞や形容詞や形容動詞や助動詞や助詞を駆使してあらわし、言葉をいつも「プロセス」のなかに投げ入れる。そして、置き去りにはしない。状況によって変化しながらも、誰かをもうすっかりと理解したという前提で物語は進まない。だから、アカッシュが、今後、どういう人になってゆくのかは未知数なのだ。代名詞の呪縛がいつか代名詞の祝福に変わる日がくるだろうか。英語では、「she」や「he」に代わって「they」を使うなど代名詞が変化してきている。しっくりくる代名詞というのは実はとても見つかりづらい。それでも、その代名詞を使うまでの「プロセス」や関係性のあり方まで含めて描く小説が増えれば、マイノリティの物語は広がってゆくだろう。

『太陽諸島』が刊行された直後の二〇二二年一一月二日には、早稲田大学で、ピアニストの高瀬アキと多和田が三年ぶりのライブパフォーマンス&ワークショップを行った。パフォーマンスの題名は「メキシコは江戸より暑き国にて候」。二〇二〇年、二〇二一年と同じく、「フリーダ・カーロの絵画」がモチーフだった。高瀬との言葉と音楽のコラボレーションは多彩な言葉遊びに満ちあふれていた。この公演の最後に、多和田の口から、「春がくることを全身で信じて」という言葉が発せられたとき、三年という月日のことが思い出された。春がやってくることは実は稀有《けう》なことなのだ。コロナ禍で人びとが黙り込んだ春。戦争に踏《ふ》み躙《にじ》られた春。そして、季節そのものが壊されるような気候変動の春。今も終わっていない。けれども、これらの困難を言葉でときほぐし、別の未来の可能性を想像することが文学の言葉にはできる。翻訳され、世界中で多和田の文学が読まれることで、多様な解釈が生まれてゆく。それぞれの場所で、新しい星座を見つけるようにして、読者は多和田の文学を読み継ぎ、言葉の旅をする。その旅の楽しさと苦しさの両方を描きえたのが、『星に仄めかされて』という小説である。まだまだ会えない春は続いている。しかし、希望は必ずある。来年の春も、再来年の春も、再び会えることを全身で信じて。

本書は二〇二〇年五月、小社より単行本として刊行されました。

|著者| 多和田葉子　小説家、詩人。1960年東京都生まれ。早稲田大学第一文学部卒業。ハンブルク大学大学院修士課程修了。チューリッヒ大学博士課程修了。'82年よりドイツに在住し、日本語とドイツ語で作品を手がける。'91年『かかとを失くして』で群像新人文学賞、'93年『犬婿入り』で芥川賞、2000年『ヒナギクのお茶の場合』で泉鏡花文学賞、'02年『球形時間』でBunkamuraドゥマゴ文学賞、'03年『容疑者の夜行列車』で伊藤整文学賞、谷崎潤一郎賞、'05年にゲーテ・メダル、'11年『尼僧とキューピッドの弓』で紫式部文学賞、『雪の練習生』で野間文芸賞、'13年『雲をつかむ話』で読売文学賞、芸術選奨文部科学大臣賞を受賞。'16年にドイツのクライスト賞を日本人で初めて受賞し、'18年『献灯使』で全米図書賞（翻訳文学部門）、'20年朝日賞など受賞多数。著書に『ゴットハルト鉄道』『エクソフォニー　母語の外へ出る旅』『旅をする裸の眼』『ボルドーの義兄』『地球にちりばめられて』『太陽諸島』などがある。

星《ほし》に仄《ほの》めかされて

多和田葉子《たわだようこ》



講談社文庫

定価はカバーに
表示してあります

2023年5月16日第1刷発行

KODANSHA

発行者――鈴木章一
発行所――株式会社　講談社
東京都文京区音羽2-12-21　〒112-8001
電話　出版（03）5395-3510
　　　販売（03）5395-5817
　　　業務（03）5395-3615

デザイン―菊地信義
本文データ制作―講談社デジタル製作
印刷―――株式会社KPSプロダクツ
製本―――株式会社国宝社

Printed in Japan



ISBN978-4-06-531800-3

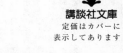

# 講談社文庫刊行の辞

二十一世紀の到来を目睫に望みながら、われわれはいま、人類史上かつて例を見ない巨大な転換期をむかえようとしている。

世界も、日本も、激動の予兆に対する期待とおののきを内に蔵して、未知の時代に歩み入ろうとしている。このときにあたり、創業の人野間清治の「ナショナル・エデュケイター」への志を現代に甦らせようと意図して、われわれはここに古今の文芸作品はいうまでもなく、ひろく人文・社会・自然の諸科学から東西の名著を網羅する、新しい綜合文庫の発刊を決意した。

激動の転換期はまた断絶の時代である。われわれは戦後二十五年間の出版文化のありかたへの深い反省をこめて、この断絶の時代にあえて人間的な持続を求めようとする。いたずらに浮薄な商業主義のあだ花を追い求めることなく、長期にわたって良書に生命をあたえようとつとめるところにしか、今後の出版文化の真の繁栄はあり得ないと信じるからである。

同時にわれわれはこの綜合文庫の刊行を通じて、人文・社会・自然の諸科学が、結局人間の学にほかならないことを立証しようと願っている。かつて知識とは、「汝自身を知る」ことにつきていた。現代社会の瑣末な情報の氾濫のなかから、力強い知識の源泉を掘り起し、技術文明のただなかに、生きた人間の姿を復活させること。それこそわれわれの切なる希求である。

われわれは権威に盲従せず、俗流に媚びることなく、渾然一体となって日本の「草の根」をかたちづくる若く新しい世代の人々に、心をこめてこの新しい綜合文庫をおくり届けたい。それは知識の泉であるとともに感受性のふるさとであり、もっとも有機的に組織され、社会に開かれた万人のための大学をめざしている。大方の支援と協力を衷心より切望してやまない。

一九七一年七月

野間省一

## 講談社文庫 最新刊

佐々木裕一
**赤坂の達《だる》磨《ま》**
〈公家武者信平《のぶひら》ことはじめ(十三)〉
達磨先生と呼ばれる元江戸家老が襲撃さる。藩政の混乱に信平は——！ 大人気時代小説シリーズ。

横山光輝
山岡荘八・原作
**漫画版 徳川家康 7**
関ヶ原の戦に勝った家康は、征夷大将軍に。大坂城の秀頼が引かず冬の陣をむかえる。

輪渡颯介
**攫《さら》い鬼**
〈怪談飯屋古狸〉
惚《ほ》れたお悌《てい》とは真逆で、怖い話と唐茄子《かぼちゃ》が苦手な虎太《とらた》。お悌の父親亀八《かめはち》を捜し出せるのか!?

田中啓文
**誰が千姫を殺したか**
〈蛇身探偵豊臣秀頼〉
大坂夏の陣の終結から四十五年。千姫事件の真相とは？ 書下ろし時代本格ミステリ！

秋川滝美
**ヒソップ亭2**
〈湯けむり食事処〉
不景気続きの世の中に、旨《うま》い料理としみる酒。新しい仲間を迎え、今日も元気に営業中！

夏原エヰジ
**Cocoon《コクーン》**
〈京都・不死篇5—巡《めぐる》—〉
生きるとは何か。死ぬとは何か。瑠璃《るり》は、黒幕・蘆屋道満《あしやどうまん》と対峙する。新シリーズ最終章！

ナガノ
**ちいかわノート**
「ちいかわ」と仲間たちが、文庫本仕様のノートになって登場！ 使い方はあなた次第！

講談社タイガ

森 らむね
原作／田島列島
脚本／大島里美
**小説 水は海に向かって流れる**
高校生の直達《なおたつ》が好きになったのは、「恋愛はしない」と決めた女性《ひと》——。10歳差の恋物語！

講談社文芸文庫

李良枝

# 石の聲 完全版

解説＝李　栄　年譜＝編集部

三十七歳で急逝した芥川賞作家の未完の大作「石の聲」（一〜三章）に編集者への手紙、実妹の回想他を併録する。没後三十余年を経て再注目を浴びる、文学の精華。

い－3
978-4-06-531743-3

リービ英雄

# 日本語の勝利／アイデンティティーズ

解説＝鴻巣友季子

青年期に習得した日本語での小説執筆を志した著者は、随筆や評論も数多く記してきた。日本語の内と外を往還して得た新たな視点で世界を捉えた初期エッセイ集。

りC3
978-4-06-530962-9

講談社文庫　目録

橘　もも 著 / 沖田×華 原作 / 安達奈緒子 脚本　小説 透明なゆりかご (上)(下)
橘　もも 著 / ヤマシタトモコ 原作 / 相沢友子 脚本　さんかく窓の外側は夜〈映画版ノベライズ〉
橘　もも / 脚本　三木　聡　大怪獣のあとしまつ〈映画ノベライズ〉
滝口悠生　高　架　線
髙山文彦　ふ　た　り〈皇后美智子と石牟礼道子〉
高橋弘希　日曜日の人々
武田綾乃　青い春を数えて
谷口雅美　殿、恐れながらブラックでござる
谷口雅美　殿、恐れながらリモートでござる
武川　佑　虎　の　牙
武内　涼　謀聖　尼子経久伝〈青雲の章〉
武内　涼　謀聖　尼子経久伝〈風雲の章〉
武内　涼　謀聖　尼子経久伝〈瑞雲の章〉
武内　涼　謀聖　尼子経久伝〈雷雲の章〉
立松和平　すらすら読める奥の細道
陳　舜　臣　中国五千年 (上)(下)
陳　舜　臣　中国の歴史　全七冊
陳　舜　臣　小説十八史略　全六冊
千早　茜　森　の　家

千野隆司　大　店　の　暖簾《のれん》〈下り酒一番〉
千野隆司　分　家　の　始　末〈下り酒一番㈡〉
千野隆司　献　上　の　祝　酒〈下り酒一番㈢〉
千野隆司　大《おお》酒《ざけ》の　合　戦〈下り酒一番㈣〉
千野隆司　銘　酒　の　真　贋〈下り酒一番㈤〉
千野隆司　追　跡
知《ち》野《の》みさき　江　戸　は　浅　草
知野みさき　江　戸　は　浅　草　2〈盗人探し〉
知野みさき　江　戸　は　浅　草　3〈桃と桜〉
知野みさき　江　戸　は　浅　草　4〈冬青《そよご》灯籠《どうろう》〉
崔《チェ》　実《シル》　ジニのパズル
崔　実　pray human《プレイヒューマン》
筒井康隆　創作の極意と掟
筒井康隆　読書の極意と掟
筒井康隆 ほか12名　名探偵登場！
都筑道夫　なめくじに聞いてみろ〈新装版〉
辻村深月　冷たい校舎の時は止まる (上)(下)
辻村深月　子どもたちは夜と遊ぶ (上)(下)
辻村深月　凍りのくじら

辻村深月　ぼくのメジャースプーン
辻村深月　スロウハイツの神様 (上)(下)
辻村深月　名前探しの放課後 (上)(下)
辻村深月　ロードムービー
辻村深月　ゼロ、ハチ、ゼロ、ナナ。
辻村深月　V.　T.　R.
辻村深月　光待つ場所へ
辻村深月　ネオカル日和
辻村深月　島はぼくらと
辻村深月　家族シアター
辻村深月　図書室で暮らしたい
辻村深月　噛みあわない会話と、ある過去について
新川直司 漫画 / 辻村深月 原作　コミック 冷たい校舎の時は止まる (上)(下)
津村記久子　ポトスライムの舟
津村記久子　カソウスキの行方
津村記久子　やりたいことは二度寝だけ
津村記久子　二度寝とは、遠くにありて想うもの
恒川光太郎　竜が最後に帰る場所
月村了衛　神《み》子《こ》上《がみ》典《てん》膳《ぜん》

月村了衛　悪の五輪
辻堂　魁《かい》　落暉《ゆうひ》に燃ゆる〈大岡裁き再吟味〉
辻堂　魁　山桜花〈大岡裁き再吟味〉
フランソワ・デュボワ　太極拳が教えてくれた人生の宝物〈中国・武当山90日間修行の記〉
手塚マキと歌舞伎町ホスト80人 from Smappa! Group　ホスト万葉集〈文庫スペシャル〉
土居良一　海翁伝
鳥羽　亮　金貸し権兵衛〈鶴亀横丁の風来坊〉
鳥羽　亮　提《ちょう》灯《ちん》斬り〈鶴亀横丁の風来坊〉
鳥羽　亮　お京危うし〈鶴亀横丁の風来坊〉
鳥羽　亮　狙われた横丁〈鶴亀横丁の風来坊〉
東郷　隆　上田信　絵　【絵解き】雑兵足軽たちの戦い〈歴史・時代小説ファン必携〉
堂場瞬一　八月からの手紙
堂場瞬一　壊れる心〈警視庁犯罪被害者支援課〉
堂場瞬一　邪心〈警視庁犯罪被害者支援課2〉
堂場瞬一　二度泣いた少女〈警視庁犯罪被害者支援課3〉
堂場瞬一　身代わりの空(上)(下)〈警視庁犯罪被害者支援課4〉
堂場瞬一　影の守護者〈警視庁犯罪被害者支援課5〉
堂場瞬一　不信の鎖〈警視庁犯罪被害者支援課6〉
堂場瞬一　空白の家族〈警視庁犯罪被害者支援課7〉

堂場瞬一　チェンジ〈警視庁犯罪被害者支援課8〉
堂場瞬一　誤《あやま》ちの絆〈警視庁総合支援課〉
堂場瞬一　傷
堂場瞬一　埋れた牙
堂場瞬一　Killers(上)(下)
堂場瞬一　虹のふもと
堂場瞬一　ネタ元
堂場瞬一　ピットフォール
堂場瞬一　焦土の刑事
堂場瞬一　動乱の刑事
堂場瞬一　沃野の刑事
土橋章宏　超高速！参勤交代
土橋章宏　超高速！参勤交代 リターンズ
戸谷洋志　Jポップで考える哲学〈自分を問い直すための15曲〉
富樫倫太郎　信長の二十四時間
富樫倫太郎　スカーフェイス〈警視庁特別捜査第三係・淵神律子〉
富樫倫太郎　スカーフェイスII デッドリミット〈警視庁特別捜査第三係・淵神律子〉
富樫倫太郎　スカーフェイスIII ブラッドライン〈警視庁特別捜査第三係・淵神律子〉
富樫倫太郎　スカーフェイスIV デストラップ〈警視庁特別捜査第三係・淵神律子〉

豊田　巧　警視庁鉄道捜査班〈鉄血の警視〉
豊田　巧　警視庁鉄道捜査班〈鉄路の牢獄〉
砥《と》上《がみ》裕《ひろ》将《まさ》　線は、僕を描《えが》く
夏樹静子　新装版 二人の夫をもつ女
中井英夫　新装版 虚無への供物(上)(下)
中村敦夫　狙われた羊
中島らも　僕にはわからない
中島らも　今夜、すべてのバーで〈新装版〉
鳴海　章　フェイスブレイカー
鳴海　章　謀略航路
鳴海　章　全能兵器AiCO《アイコ》
中嶋博行　新装版 検察捜査
中村天風　運命を拓く〈天風瞑想録〉
中村天風　叡智のひびき〈天風哲人 箴言註釈《しんげんちゅうしゃく》〉
中村天風　真理のひびき〈天風哲人 新箴言註釈《しんげんちゅうしゃく》〉
中山康樹　ジョン・レノンから始まるロック名盤
梨屋アリエ　でりばりぃAge
梨屋アリエ　ピアニッシシモ
中島京子　妻が椎茸だったころ

## 講談社文庫　目録

法月綸太郎　怪盗グリフィン、絶体絶命
法月綸太郎　怪盗グリフィン対ラトウィッジ機関
法月綸太郎　キングを探せ
法月綸太郎　名探偵傑作短篇集　法月綸太郎篇
法月綸太郎　新装版 頼子のために
法月綸太郎　誰《たそ》彼《がれ》〈新装版〉
法月綸太郎　法月綸太郎の消息
法月綸太郎　雪　密　室〈新装版〉
乃南アサ　不　発　弾
乃南アサ　地のはてから(上)(下)
乃南アサ　チーム・オベリベリ(上)(下)
野沢　尚　破線のマリス
野沢　尚　深　紅
野村克也 宮本慎也　師　弟
乗代《のりしろ》雄介《ゆうすけ》　十七《じゅうしち》八《はち》より
乗代雄介　本物の読書家
乗代雄介　最高の任務
橋本　治　九十八歳になった私
原田泰治　わたしの信州

原田泰治 原田武雄　泰　治　が　歩　く〈原田泰治の物語〉
林　真理子　みんなの秘密
林　真理子　ミスキャスト
林　真理子　ミ　ル　キ　ー
林　真理子　新装版 星に願いを
林　真理子　野　心　と　美　貌〈中年心得帳〉
林　真理子　正　妻(上)(下)〈慶喜と美賀子〉
林　真理子　大《お》原《はら》御《ご》幸《こう》〈帯に生きた家族の物語〉
林　真理子　さくら、さくら〈おとなが恋して〈新装版〉〉
林　真理子 見城　徹　過剰な二人
原田宗典　ス　メ　ル　男〈新装版〉
帚木蓬生　日　御　子(上)(下)
帚木蓬生　襲　来(上)(下)
坂東眞砂子　欲　情
畑村洋太郎　失敗学のすすめ
畑村洋太郎　失敗学実践講義〈文庫増補版〉
はやみねかおる　都《ま》会《ち》のトム&ソーヤ(1)
はやみねかおる　都《ま》会《ち》のトム&ソーヤ(2)〈乱！　RUN！　ラン！〉
はやみねかおる　都《ま》会《ち》のトム&ソーヤ(3)〈いつになったら作戦《ミッション》終了？〉

はやみねかおる　都《ま》会《ち》のトム&ソーヤ(4)〈四重奏《カルテット》〉
はやみねかおる　都《ま》会《ち》のトム&ソーヤ(5)〈I《イ》N《ン》塀戸《VADE》〉(上)(下)
はやみねかおる　都《ま》会《ち》のトム&ソーヤ(6)〈ぼくの家へおいで〉
はやみねかおる　都《ま》会《ち》のトム&ソーヤ(7)《怪人は夢に舞う〈理論編〉》
はやみねかおる　都《ま》会《ち》のトム&ソーヤ(8)《怪人は夢に舞う〈実践編〉》
はやみねかおる　都《ま》会《ち》のトム&ソーヤ(9)〈前夜祭《EVE》　内人《ないと》side〉
はやみねかおる　都《ま》会《ち》のトム&ソーヤ(10)〈前夜祭《EVE》　創也《そうや》side〉
原　武史　滝山コミューン一九七四
濱　嘉之　警視庁情報官〈シークレット・オフィサー〉
濱　嘉之　警視庁情報官　ハニートラップ
濱　嘉之　警視庁情報官　トリックスター
濱　嘉之　警視庁情報官　ブラックドナー
濱　嘉之　警視庁情報官　サイバージハード
濱　嘉之　警視庁情報官　ゴーストマネー
濱　嘉之　警視庁情報官　ノースブリザード
濱　嘉之　ヒトイチ　警視庁人事一課監察係
濱　嘉之　ヒトイチ　画像解析〈警視庁人事一課監察係〉
濱　嘉之　ヒトイチ　内部告発〈警視庁人事一課監察係〉
濱　嘉之　新装版 院　内　刑事《デカ》

# 講談社文庫　目録

平岩弓枝　新装版はやぶさ新八御用帳(六)〈春月の雛〉
平岩弓枝　新装版はやぶさ新八御用帳(七)〈寒椿の寺〉
平岩弓枝　新装版はやぶさ新八御用帳(八)〈春怨　根津権現〉
平岩弓枝　新装版はやぶさ新八御用帳(九)〈王子稲荷の女〉
平岩弓枝　新装版はやぶさ新八御用帳(十)〈幽霊屋敷の女〉
東野圭吾　放課後
東野圭吾　卒業
東野圭吾　学生街の殺人
東野圭吾　魔球
東野圭吾　十字屋敷のピエロ
東野圭吾　眠りの森
東野圭吾　宿命
東野圭吾　変身
東野圭吾　仮面山荘殺人事件
東野圭吾　天使の耳
東野圭吾　ある閉ざされた雪の山荘で
東野圭吾　同級生
東野圭吾　名探偵の呪縛
東野圭吾　むかし僕が死んだ家
東野圭吾　虹を操る少年
東野圭吾　パラレルワールド・ラブストーリー
東野圭吾　天空の蜂
東野圭吾　どちらかが彼女を殺した
東野圭吾　名探偵の掟
東野圭吾　悪意
東野圭吾　私が彼を殺した
東野圭吾　嘘をもうひとつだけ
東野圭吾　赤い指
東野圭吾　流星の絆
東野圭吾　新装版浪花少年探偵団
東野圭吾　新装版しのぶセンセにサヨナラ
東野圭吾　新参者
東野圭吾　麒麟の翼
東野圭吾　パラドックス13
東野圭吾　祈りの幕が下りる時
東野圭吾　危険なビーナス
東野圭吾　時《トキ》生《オ》〈新装版〉
東野圭吾　希望の糸
東野圭吾作家生活25周年祭り実行委員会　東野圭吾公式ガイド〈読者1万人が選んだ東野作品人気ランキング発表〉
東野圭吾作家生活35周年実行委員会 編　東野圭吾公式ガイド〈作家生活35周年ver.〉
平野啓一郎　高瀬川
平野啓一郎　ドーン
平野啓一郎　空白を満たしなさい(上)(下)
百田尚樹　永遠の0《ゼロ》
百田尚樹　輝く夜
百田尚樹　風の中のマリア
百田尚樹　影法師
百田尚樹　ボックス!(上)(下)
百田尚樹　海賊とよばれた男(上)(下)
平田オリザ　幕が上がる
東直子　さようなら窓
蛭田亜紗子　凜
樋口卓治　ボクの妻と結婚してください。
樋口卓治　続・ボクの妻と結婚してください。
樋口卓治　喋る男
平山夢明　魂《たま》豆《どう》腐《ふ》〈大江戸怪談どたんばたん(土壇場譚)〉
平山夢明 ほか 宇佐美まこと　超怖い物件

2023年3月15日現在